Sabine Giebken

Wolkenherz
Schatten im Wind

Band 1: Wolkenherz – Die Spur des weißen Pferdes
Band 2: Wolkenherz – Eine Fährte im Sturm
Band 3: Wolkenherz – Schatten im Wind
Band 4: Wolkenherz – Ein Schimmern am Horizont

Sabine Giebken

WOLKENHERZ

Schatten im Wind

magellan

M wie …

Ein Windhauch fuhr durch die weiße Mähne und Wolkenherz riss seinen Kopf hoch. Jola packte den Strick fester und legte ihre Hand auf seine Brust.

»Ruhig. Ist ja gut. Ich weiß schon.«

Katie drehte sich zu ihr um. »Soll ich ihn lieber halten?«

»Nein, nein, es geht schon. Er ist eben aufgeregt.«

»Okay. Bereit?« Katie wandte sich wieder der Tür zu. Der Tür zum Anbau, durch die Jola ein Dutzend Mal am Tag ein- und ausspazierte, ohne Herzklopfen dabei zu haben oder feuchtkalte Hände.

Sie atmete tief ein und wieder aus, straffte die Schultern und nickte. »Bereit.«

»Dann los.« Katie hopste die zwei Stufen hoch, schloss die Tür auf, trat über die Schwelle und blieb im Flur stehen. Geradeaus ging es in die Wohnung, in der Jola mit ihrem Vater hauste. Aber dorthin wollten sie nicht, sondern nach nebenan – zur Wohnung von Katies Großvater.

Katie zappelte von einem Fuß auf den anderen, dann drehte sie sich noch mal zu Jola um. »Und was, wenn er wieder nicht mit uns reden will?«

»Er muss mit uns reden. Diesmal muss er einfach!«

Sie schauten sich an, und dann guckten sie beide auf den Hengst, der jetzt nervös mit den Ohren zuckte und ein leises

Brummen ausstieß. *Jetzt macht schon.* Katie straffte die Schultern, trat an die Tür und klopfte schnell und laut dagegen.

Sekunden verstrichen, in denen nichts geschah. Minuten. Dann – endlich – hörten sie schlurfende Schritte. Die Tür öffnete sich einen Spalt und Katies Großvater streckte verschlafen den Kopf heraus.

»Ach, du bist es.«

»Ja – ich!« Katie räusperte sich, als müsste sie mit einem besonders strengen Lehrer reden. »Hab ich dich geweckt?«

»Nein.« Er schmunzelte und rieb sich über das verstrubbelte Haar. Ganz und gar grau war es, aber immer noch dicht und wellig, wie das von Helen. »Nur geträumt. Komm rein, Kleines!«

Katie machte einen Schritt zur Seite und gab den Blick durch die Tür frei. Wieder spürte Jola einen kalten Hauch im Nacken, fast wie … Geisteratem. Eine Gänsehaut kroch ihren Rücken hinab, doch genau in dem Moment drängte der Hengst los und zog an ihr vorbei. Die Stufen waren kein Problem für ihn, und bevor Jola reagieren konnte, hatte er sich schon unter dem Sturz durchgedrückt und stand mit seinem halben Körper im Hausflur.

»He, was machst – Mann, Wolkenherz, das geht nicht, raus mit dir, echt!« Katie stemmte sich gegen die Brust des Hengstes und versuchte, ihn rückwärts aus dem Flur zu schieben. Jola griff den Strick fester und zog ebenfalls, so fest sie konnte. Zuerst schien es aussichtslos, sie beide gegen das so viel stärkere Tier – aber dann gab Wolkenherz plötzlich nach und wich zurück, als hätte ihm jemand einen unhörbaren Befehl zugeflüstert. Mit hängendem Kopf stand er neben Jola und lehnte sich gegen ihre Schulter.

»Opa, wir wollten mit dir über …«

»Tut mir leid, Kleines.« Katies Großvater schloss die Tür, bis nur noch seine Nasenspitze rausguckte. »Aber ich bin müde. Ich muss mich hinlegen. Mein Herz … du weißt schon.«

»Aber …« Katie schaute Hilfe suchend zu Jola, dann drückte sie sich schnell gegen die Tür, ehe ihr Großvater sie zuschlagen konnte. »Nur eine Frage, bitte, Opa! Ist er – Wolkenherz?«

Die Augen des alten Mannes versteinerten. Zumindest sah es für Jola so aus. Keine einzige Regung fand darin statt, nicht ein Funken verriet, dass sie richtig gehört und geschlussfolgert hatten. Stumm schüttelte er den Kopf.

»Aber wer ist es dann? Du hast den Namen gesagt, als du aus dem Auto gestiegen bist. Du hast den Namen zu *ihm* gesagt!« Katies Arm fuhr nach hinten und deutete in Richtung des Hengstes.

»Ein Irrtum. Ich bin ein alter Mann, da passiert das schon mal. Und jetzt geht.« Die Tür fiel zu, als Katie gerade die Hand nach dem Spalt ausstreckte. Erschrocken fuhr sie zurück und starrte auf die Stelle, wo eben noch das Gesicht ihres Großvaters hindurchgeguckt hatte.

Wolkenherz stieß ein sachtes Wiehern aus, leise und traurig. Jola schlang die Arme um seinen Hals und drückte ihr Gesicht in sein weiches Fell.

»Es tut mir so leid«, flüsterte sie matt. »Wir verstehen doch auch nicht, warum er so ist!«

Katie stolperte mit gesenktem Kopf zurück auf den Hof und knallte die Haustür hinter sich zu. Resigniert ließ sie sich auf die oberste Stufe fallen und streichelte die weiße Pferdenase.

»Kapierst du das? Nein. Ich werde noch bekloppt! Haben wir uns das nur eingebildet, oder was?«

Jola schüttelte den Kopf. »Wir haben es doch beide gehört. Er hat den Namen geflüstert, zu ihm. Als er aus dem Auto gestiegen ist. Das war echt, Katie, in dem Augenblick hat er einfach nur reagiert!«

»Und warum macht er jetzt einen auf alten Mann und verleugnet ihn total? Das ergibt doch keinen Sinn.«

Jola legte den Kopf schräg und sah zur Haustür. Sie wünschte, Opa Max käme rausgelaufen und würde endlich mit ihnen reden, ehrlich. Aber die Tür blieb fest zu und nichts passierte.

»Das Ouija-Brett hat den Buchstaben M ausgespuckt«, resümierte Katie zum hundertsten Mal. »Opa heißt Max. Und in der Nacht, als er fast gestorben wäre, ist der Hengst … durchsichtig geworden, so als würde er verschwinden.«

»Vielleicht war er sogar wegen ihm krank«, murmelte Jola.

»Äh – was?«

»Der Herzinfarkt. Den hat er gekriegt, nachdem du heimlich geritten bist. Weißt du nicht mehr? Wir haben ein Auto gehört und sind zum Hof gelaufen und du hast deinem Großvater die Zügel in die Hand gedrückt …«

»Mann, Jola.« Katie sprang hoch und stapfte los. Nach ein paar Schritten wirbelte sie herum und warf beide Arme in die Luft. »Dann kapier ich erst recht nicht, warum er so tut, als hätte er das Pferd noch nie gesehen!«

»Er glaubt eben nicht an Geister.«

»Muss er doch auch gar nicht! Irgendwas hat ein weißes Pferd in ihm ausgelöst. Eine Erinnerung oder so. Kann er nicht wenigstens darüber mit uns reden?«

Jola folgte ihr über den Hof und der Hengst trottete hinterher. Als hätte der kühle Geisterwind all seinen Lebensmut davongetragen.

»Was machen wir denn jetzt, hm?« Katie stieß die Tür zum Stall auf und ließ den Hengst hineintreten. Wie von einer unsichtbaren Hand dirigiert, schlurfte er in Keiras alte Box – die Box, in der sie ihn damals gefunden hatten – und lehnte seinen Kopf an die kühlen Gitterstäbe.

»Uns fällt schon was ein. Vielleicht brauchen wir deinen Großvater gar nicht dazu. Es muss doch jemanden geben, der über seine Vergangenheit Bescheid weiß, oder?«

»Hm.« Katie machte sich nicht die Mühe, die Tür zu schließen. Der Hengst lief bestimmt nicht davon. Sie holte ein paar Möhren aus der Futternische und warf sie in den Trog. »Guck ihn dir doch nur mal an. Das heulende Elend. Der hat's auch schon aufgegeben.«

»Aber wir nicht!« Jola stemmte die Hände in die Hüften. »Immerhin haben wir eine konkrete Spur. Wenn wir ihm nicht helfen, Katie, dann macht es keiner, weil sonst niemand an ihn glaubt, an das, was er wirklich ist. Und wenn … wenn wir das auch nicht mehr tun, dann … dann verschwindet er womöglich tatsächlich. Für immer.« Die letzten Worte flüsterte sie nur, weil ihr Tränen in die Augen traten. Schnell wischte sie mit dem Ärmel darüber.

Katie presste die Lippen zusammen, aber dann nickte sie grimmig. »Und es bleibt dabei?«

»Wobei?«

»Bei … Wolkenherz.«

»Aber natürlich.« Jola deutete mit dem Kopf zum Haus hinüber. »Der Name ist unser Öl, das wir von jetzt an täglich in sein Feuer gießen!«

Liebe auf den zweiten Blick

Als Jola am nächsten Morgen aus dem Fenster schaute, sah sie Katie auf dem Reitplatz ihre Runden drehen. Fasziniert drückte sie ihre Nase gegen das Glas der Scheibe.

Keira lief in gebogenen Linien quer durch die Bahn. Schlangenlinien hieß das in der Fachsprache. Drei Bogen. Dann fünf. Dann wechselte sie durch die ganze Bahn und ritt eine perfekte kleine Volte. Keira trabte die ganze Zeit leichtfüßig und hielt den Kopf nach vorn gebeugt, so als wüsste sie, dass sie Zuschauer hatte. Wie hatte sie sich verwandelt! Aus der schreckhaften Zappelstute mit den weit aufgerissenen Augen war ein entspanntes, williges Reittier geworden, das Katie nun sogar über den Platz folgte, ohne dass sie sie am Zügel festhalten musste. Früher war das undenkbar gewesen. Noch vor wenigen Wochen hätte sie die Gelegenheit sofort genutzt und wäre vom Ginsterhof geflohen, so schnell sie nur konnte.

»Dich hat er auch rumgekriegt«, murmelte Jola und wandte sich vom Fenster ab, um sich für die Schule anzuziehen. »Also wird er das bei Katies Opa auch schaffen.«

Sie frühstückte einen Apfel aus der Obstschale und verließ den Anbau durch die Verbindungstür ins Haupthaus. Katie stürmte herein und hopste eilig in Reithosen die Treppe rauf, immer zwei Stufen auf einmal, ohne sich um ihre Mutter zu kümmern, die aus der Küche nach ihr rief.

»Mensch, Katie, du bist viel zu spät dran! Du kannst doch nicht nach Pferd stinkend …« Helen kam auf den Flur und schüttelte verwirrt den Kopf, als sie merkte, dass sie mit Jola redete. »Wo ist sie hin?«

Jola deutete nach oben. »Umziehen, schätze ich.«

Helen seufzte. »Die macht mich noch wahnsinnig. Jedes Frühjahr dasselbe!«

»Warum? Was hat sie denn?«

»Sie stellt den Wecker zwei Stunden früher, damit sie vor der Schule noch trainieren kann. Alles nur wegen dem Turnier!«

Jola horchte auf. »Welchem Turnier?«

»Dem Ginstercup. Aber es sind noch Wochen bis dahin, und es ist ja nicht so, dass sie am Nachmittag nicht reiten könnte. Madame«, rief sie die Treppe hinauf, »Abflug in fünf Minuten!«

Katie brauchte keine drei Minuten, bis sie – diesmal in Jeans und Pullover – wieder heruntergehopst kam. Ihre Haare standen ihr in wilden Lockenwuscheln vom Kopf ab und hatten an diesem Morgen bestimmt noch keine Bürste gesehen, aber das scherte Katie nicht. Sie wickelte notdürftig ein dickes Gummiband darum und stieg in ihre Reitstiefel.

Jola schulterte ihren Rucksack und grinste. »Willst du zur Schule reiten?«

»Was?« Katie sah an sich herunter. Dann verdrehte sie die Augen und tauschte Reitstiefel gegen Turnschuhe. »Zu wenig Schlaf. Ich bin voll müde. Aber Keira war so super, du hättest uns sehen sollen!«

»Hab ich.« Jola hielt ihr die Tür auf und sie verließen gemeinsam das Haus. »Vom Fenster aus. Sie sah aus wie eines dieser perfekten kleinen Barbie-Pferde.«

Katie lachte. »Nur blöd, dass ich nicht viel von einer Barbie habe.«

»Total schön, wie entspannt sie geht, oder?«

»Hm.« Katies Augen blitzten. »Als würde ich ein anderes Pferd reiten. Es stört sie nicht mal, dass Ghost … ich meine, Wolkenherz, nebenan auf der Koppel läuft. Er hat uns zugesehen! Eigentlich müsste er auch mitmachen. Die blöde Longiererei findet er selber dämlich.«

»Warum macht Niko es dann immer noch?«

»Damit er seine Muskeln nicht verliert. Nur auf der Wiese rumstehen ist nicht gesund, auch nicht für Geisterpferde.«

Sie kamen unter dem Torbogen durch und beschleunigten ihre Schritte. »Du, Katie, was ist der Ginstercup?«

»Hat Mama dir davon erzählt?«

»Viel erzählt hat sie nicht.«

Katie verdrehte die Augen. »Also pass auf. Der Ginstercup ist unser großes Frühlingsturnier. Jeder darf mitmachen, auch die Reitschüler. Es gibt unterschiedliche Prüfungen, für alle ist was dabei, Führzügelklasse, Geschicklichkeitsreiten, Ponyspringen, Schauprogramm. Natürlich gibt es auch eine Leistungsklasse am Ende: den Ginstercup. Das ist eine Vielseitigkeitsprüfung mit Dressur, Springen und Geländestrecke. Rat mal, wer letztes Jahr gewonnen hat.«

»Du?«

Katie schüttelte langsam den Kopf und schmunzelte. »Nee. Ein Reiter war besser als ich.«

»Niko?«

»Der ist am Wassergraben vom Pferd gefallen und ist ausgeschieden.«

»Ich kenne niemanden, der besser reitet als du.«

Die Straße machte eine Biegung und sie sahen den Schulbus über den letzten Hügel rollen.

»Shit«, rief Katie, und gleichzeitig begannen sie zu laufen.

»Die Idee von dir war gar nicht so dumm«, keuchte Katie, als sie – als Allerletzte, wie meistens – an der Haltestelle ankamen und in den wartenden Bus sprangen. »Wir sollten wirklich zur Schule reiten.«

»Jetzt sag schon«, drängte Jola, während der Bus rumpelnd anfuhr und sie durch den Gang zu einer freien Zweiersitzbank balancierten. »Wer war es? Wer hat dich beim Ginstercup geschlagen?«

»Die Einzige, die es konnte.« Katie ließ sich auf den Sitz plumpsen und atmete seufzend auf. »Meine Mam.«

»Helen?«

»Oh ja. Sie hat's echt drauf. Du müsstest sie mal sehen. Sie reitet sonst keine Turniere mehr, aber der Ginstercup hat Tradition.« Katie senkte die Stimme zu einem grimmigen Flüstern. »Aber diesmal hat sie keine Chance. Nicht gegen Keira!«

Jola lächelte, aber sie musste sich auf die Lippe beißen, um den Gedanken für sich zu behalten, der ihr spontan durch den Kopf schoss. Es gab sehr wohl ein Pferd auf dem Ginsterhof, das Keira gefährlich werden konnte, selbst wenn sie sich noch so gut machte. Ob Helen mit ihm starten würde? Bislang hatte sie niemandem erlaubt, Wolkenherz zu reiten, angeblich wegen der Versicherung. Und sicher würde sie den Hengst nicht irgendeiner Reitschülerin geben. Helen hatte eine besondere Verbindung zu ihm, eine, die sie sich selbst nicht erklären konnte. Sie wusste schließlich nicht, dass Wolkenherz schon ihr ganzes Leben lang um sie herum gewesen war, ungesehen, als Pferdegeist. Sie spürte es trotzdem. Wolkenherz – er war nicht wie die anderen.

Und er war mit Abstand das beste Pferd, das der Ginsterhof zu bieten hatte!

Der Schultag kroch dahin. Vor den Fenstern zog langsam der Morgennebel ab und junge Blätter und Knospen leuchteten im frischen Sonnenlicht. Es war noch nicht so warm, wie es aussah, aber immerhin hatte der Frühling Einzug gehalten und die Winterstürme endgültig vertrieben.

Jola machte ein aufmerksames Gesicht und meldete sich gerade oft genug, damit die Lehrer sie in Ruhe ließen. Immer wieder schlichen ihre Gedanken zu dem Turnier. Ob Niko sie wohl auch mitreiten lassen würde? Seit einiger Zeit nahm sie an der Fortgeschrittenenreitstunde teil, und obwohl sie fand, dass die anderen Mädchen sich alle viel geschickter anstellten als sie, musste sie zugeben, dass die Pferde langsam machten, was sie von ihnen wollte. Justin hatte sie auf Anhieb in Galopp bekommen, und mit Miley hatte sie sich sogar getraut, über ein Cavaletti zu springen. Nur Billy schien immer bis über beide Pferdeohren zu grinsen, wenn sie ihn zugeteilt bekam. Mit Billy klappte es nur, wenn Billy das wollte.

»Darf wirklich jeder mitmachen beim Turnier?«, fragte sie Katie in der Pause, als sie mit Lea und Sanne zusammenstanden. »Was ist mit euch beiden?«

Sanne riss die Augen auf. »Der Ginstercup! An den habe ich noch gar nicht gedacht. Oh Gott, hat Niko etwa schon die Einteilung gemacht? Er hat gar nichts gesagt!«

»Nein, keine Angst. Du hast noch nichts verpasst. Und ja, es darf jeder mitmachen. Jeder, der mag.« Katie warf Lea einen schnellen Blick zu, aber die schüttelte entschieden den Kopf.

»Nein danke. Damit bin ich durch!«

»Ach, komm schon, Lea! Wir haben doch immer zusammen mitgemacht!«

Lea zuckte mit den Schultern. »Ich reite lieber nur zum Spaß. Außerdem trainiere ich für den Steinbach-Run, das ist mir wichtiger.«

»Du joggst lieber allein in der Gegend rum, anstatt mit uns für den Ginstercup zu üben?« Sanne starrte sie an. »Wo ist dein Problem, Lea?«

»Ihr Problem ist, dass sie nicht verlieren kann.« Katie grinste. »Nachdem ich zwei Jahre besser war als sie, schmeißt sie hin.«

Lea kniff die Augen zusammen und funkelte Katie an. »Du übst ja auch wie besessen dafür. Bestimmt bist du heute Morgen schon auf dem Pferd gesessen, stimmt's? Das kann ich aber nicht, Katie. Ich hab kein eigenes Pferd. Wie soll ich da mithalten? Das ist ein unfairer Wettkampf und darauf hab ich keinen Bock mehr.«

Katie stemmte die Hände in die Hüften. »Ja und? Du kannst gern kommen und mittrainieren, nichts dagegen! Wir haben Pferde genug – du hast freie Auswahl! Selbst schuld, wenn du lieber ausschläfst und rumjammerst.«

Lea verschränkte die Arme vor der Brust. »Stell dir vor, ich war heute auch schon laufen! Vier Kilometer mit meinem Dad!«

Jola schob sich vorsichtig zwischen die beiden und breitete die Arme aus. »Hallo? Beruhigt ihr euch mal wieder? Anstatt euch anzugiften, könntet ihr euch gegenseitig unterstützen. Katie braucht Kondition, also könnt ihr auch zusammen joggen gehen. Dafür feuern wir alle Lea an, wenn sie bei diesem Run mitmacht.«

Katie und Lea schnauften, aber dann ließen sie beide die Hände sinken und schauten in eine andere Richtung.

»Ja, vielleicht«, murmelte Lea.

»Könnten wir schon machen«, brummte Katie.

Sanne zwinkerte Jola zu. »Dann wäre das ja geklärt. Jetzt müssen wir nur noch überlegen, wer von uns welches Pferd reitet. Also, ich hoffe ja, dass ich Miley kriege. Kannst du nicht mit Niko reden, Katie? Bitte, bitte!«

»Du weißt genau, dass Niko sich da nicht reinquatschen lässt. Die Pferde teilt er allein ein.«

Sanne deutete auf ein Mädchen mit kunstvoll geflochtenen Zöpfen, das mit dem Rücken zu ihnen inmitten einer Gruppe Mädchen stand. »Aber Milla durfte sich letztes Mal ihr Pferd aussuchen, dabei reite ich viel besser als sie.«

Katie verdrehte die Augen. »Millas Vater gehört ja auch die Brauerei. Die sind unser Hauptsponsor, ohne die geht gar nichts. Und soweit ich mich erinnere, wollte sie gar nicht Miley, sondern Taylor haben. Also keine Konkurrenz für dich.«

Sanne nickte zufrieden und legte Jola den Arm um die Schultern. »Bin ja echt gespannt, wen du reiten wirst. Hoffentlich nicht Billy. Der liebt es nämlich, seine Reiter genau im Wassergraben abzusetzen!«

Nein, dachte Jola, hoffentlich nicht Billy. Aber ich weiß ja noch nicht einmal, ob ich schon gut genug bin, damit Niko mich mitmachen lässt.

Auf einmal war der Kloß wieder da, der ihren Hals verstopfte und von innen gegen ihre Brust drückte. Ein Gefühl wie verschluckte Klebestreifen. Sie räusperte sich, aber es wollte einfach nicht verschwinden.

Wie du, Mama. Ich verspreche, eines Tages bin ich wie du!

Geisterreiter

Nach dem Mittagessen fuhr Helen zum Futtermittelhändler, und Katie nutzte die Gelegenheit, um mit Keira in den Wald zu verschwinden.

»Ich sehe mal nach, ob unsere Geländehindernisse den Winter gut überstanden haben«, verkündete sie, und kurz darauf sah Jola sie den Weg hinauftraben.

Vielleicht hat Lea doch recht, dachte sie, und Katie übertreibt es ein wenig mit ihrem Training.

Andererseits war es ein völlig neues Gefühl, auf einer entspannten Keira zu reiten. Jola wusste, dass Katie bisher zwar viele Pferde zur Verfügung gehabt hatte, aber keines davon hatte wirklich ihr gehört. Colorado war das Kinderpony ihrer Mutter gewesen. Und Billy lief in den Reitstunden mit. Aber mit Keira war das anders. Alles, was sie konnte, hatte Katie ihr beigebracht. Bestimmt war es ihr deshalb so wichtig, beim Ginstercup gut zu sein – sie wollte allen zeigen, was sie mit der verrückten Stute geschafft hatte.

Jola hockte sich im Schneidersitz auf die Couch, damit sie aus dem Fenster sehen konnte, während sie ihre Hausaufgaben machte. Ein paar einfache Mathegleichungen, die schnell erledigt waren. Englische Grammatikübungen. Dann Lernen für Chemie und Geschichte, wo vermutlich Arbeiten anstanden.

In Geschichte ging es immer noch um die Nachkriegszeit, den Wiederaufbau in Deutschland, die Hungersnot der Leute, die

Rationierung von Nahrungsmitteln. Ein paar Fakten musste sie auswendig lernen, aber bestimmt wollte Herr Ernst wieder eigene Interpretationen haben, um zu sehen, ob sie den Stoff auch verstanden hatten. *Versetze dich in die Situation der Leute damals. Überlege, was du tun würdest.*

Sie versuchte, sich vorzustellen, was sie machen würde, wenn sie in dieser zerstörten Zeit allein gewesen wäre, ohne Familie, ohne einen Ort, an den sie gehörte. Manchmal fühlte sie sich selber auch so, obwohl sie ja ihren Vater hatte und die Webers und es ihr an nichts mangelte. *Zu Hause ist dort, wo die Menschen sind, die du liebst.* Aber ein Mensch fehlte. Und diesen Teil ihres Zuhauses würde sie niemals finden.

Ihr Blick glitt durch das Fensterglas und blieb an Wolkenherz kleben.

Ob es ihm auch so ergangen war? Hatte auch er seine Pferdefamilie verloren und war allein in eine fremde Welt gekommen? Bestimmt war das für ein Pferd ebenso schlimm wie für einen Menschen. Sie versuchte, sich daran zu erinnern, was Herr Ernst über diese Flüchtlingstrecks aus dem Osten erzählt hatte. Nur wenige Pferde hatten überlebt. Wolkenherz musste eins von ihnen gewesen sein. Aber was war dann mit ihm geschehen?

Aus den Augenwinkeln sah sie eine Bewegung. Von oben aus dem Wald spazierte eine Gestalt den Weg herunter. Zuerst dachte sie, es wäre Katie, aber das Pferd war viel zu klein für Keira. Und außerdem hatte es Flecken im Fell und schaukelte leicht beim Gehen, weil die Gestalt daneben sich auf seinem Rücken abstützte. Jola blinzelte. Grüner Parka, leicht gebückter Gang. Das war Opa Max! Und neben ihm, an seiner Seite wie ein folgsamer Hund, das alte Pony Colorado. Die beiden hatten es nicht eilig und sahen aus, als würden sie ein gemütliches Schwätzchen halten, während sie so dahinschlenderten. Womöglich taten sie das sogar.

Jola sprang hoch und drückte ihre Nase an die Scheibe. Was würde Wolkenherz jetzt machen? Ob er über den Zaun sprang, so wie damals am Reitplatz? Oder hatte er es aufgegeben, nach Katies Großvater zu rufen?

Sie verrenkte sich den Hals, aber der Hengst war nirgends auf dem Paddock zu sehen. Verwirrt riss sie das Fenster auf und lehnte sich hinaus. Nein, kein weißes Pferd – nur die eierschalfarbene Bonnie, aber die hatte lauter Matschkrusten im Fell und sah damit aus wie ein Schecke. Wo war er? Wo war Wolkenherz?

Sie schaute wieder zu Opa Max und Colorado. Der alte Mann hielt seinen Blick gesenkt, so als müsste er auf den Weg achten. Aber plötzlich hob er den Kopf und schaute zur Koppel hinüber. Sein Schritt stockte kurz – nur kurz –, dann setzte er seinen Spaziergang unbeirrt fort.

»Also doch«, murmelte Jola. »Du kennst ihn sehr wohl!«

Sie warf das Fenster wieder zu und lief zur Tür, trat in ihre Sneakers und zerrte sie ungeduldig über die Fersen, während sie mit der anderen Hand nach ihrer Wolljacke angelte. Draußen blies ein kühler Wind, der von Osten kam und nach Misthaufen roch. Sie blieb stehen und sah sich um. Die Grasinseln schimmerten in mattem Grün und der riesige Kastanienbaum war voller winziger, kirschgroßer Triebe. Trotzdem lag ein Schleier über dem Hof wie ein unsichtbarer, alles verschlingender Nebel.

Vor dem Stall parkte Nikos Motorrad. Außerdem musste Helen zurück sein, denn das Zebraauto war wieder im Unterstand. Jola rannte zum Stall und drückte das Tor auf. Der Wind folgte ihr jaulend und wirbelte einen Haufen loses Heu auf. Helen und

Niko standen um Wolkenherz herum, der bereits einen Kappzaum trug.

Helen sah sich zu ihr um. »Jola, komm her. Wo ist Katie?«

»Ausgeritten.«

Helen runzelte die Stirn. »Hat sie vorher die Hausis erledigt?«

Jola zuckte mit den Schultern. Natürlich hatte Katie das nicht getan, aber das musste sie ihrer Mutter ja nicht unbedingt verraten.

Helen wandte sich wieder dem Hengst zu, der resigniert den Kopf hängen ließ. »Es gibt Neuigkeiten, was unseren Freund hier betrifft.«

Erschrocken schaute Jola zu Niko, aber der grinste. »Keine Angst. Wir müssen ihn nicht hergeben. Im Gegenteil – jetzt gehört er uns!«

»Was?«

»Es hat sich ein halbes Jahr lang kein Eigentümer gemeldet«, klärte Helen sie auf. Ihre Augen blitzten genau wie die von Katie, wenn sie eine tolle Neuigkeit wusste. »Ghost ist nun also offiziell unser Pferd! Ich habe vorhin mit der Versicherung telefoniert und ihn angemeldet.«

»Das heißt, wir dürfen ihn reiten!« Niko strahlte. »Stefan muss ihm schleunigst einen Sattel machen. Solange nehmen wir noch den Felli. Ich probiere ihn gleich mal aus. Willst du mitkommen?«

»Langsam, Niko. Ich bin dafür, dass wir ihn vorerst an der Longe reiten. Nur für alle Fälle. Du weißt, dass er manchmal wild wird.«

»Helen, warte mal.« Jola biss sich auf die Lippe. »Äh – wir hatten ihm einen anderen Namen gegeben. Weil … weil euch Ghost doch nicht gefallen hat.«

»Ach, stimmt.« Helen schmunzelte. »Wolkenherz. Also, mir ist es egal, wie er heißt, solange ihr euch einig werdet.«

»Wolkenherz!« Niko verdrehte die Augen. »Fällt euch nichts Cooleres ein?«

»Nein! Er muss … also … ich meine, er heißt jetzt Wolkenherz.« Warum war Katie nicht da, wenn man sie mal brauchte? »Das ist wichtig, Helen. Bitte!«

Helen sah sie eine Weile mit gerunzelter Stirn an, aber dann nickte sie. »Gut. Von mir aus. Ich ändere es.«

»Können wir jetzt?« Niko legte den Fellsattel auf Wolkenherz' Rücken und zurrte ihn fest. Dann klinkte er rechts und links am Kappzaum Zügel in die Ösen und wollte den Hengst auf den Hof rausführen, aber Helen trat ihm in den Weg.

»Stopp mal, Niko. Nimmt er das Gebiss immer noch nicht?«

Niko schüttelte den Kopf. »Macht aber nichts. Er ist gut ausgebildet, reagiert super auf Stimmkommandos. Ich glaube allerdings, dass er früher sehr wohl mit Gebiss geritten wurde.« Niko legte die Hand unter Wolkenherz' Unterlippe und zog sie sanft nach unten. »Hier, schaut mal.«

Jola und Helen sanken vor dem Hengst in die Hocke. Innen an der Lippe hatte Wolkenherz eine Stelle, an der sich das Fleisch nach außen wölbte und rötlich verfärbt war. »Ist das eine Wunde?«

»Eher eine Narbe«, murmelte Helen. »Ganz gut verheilt, aber das muss mal übel wehgetan haben. Du hast recht, Niko. Könnte der Grund sein, warum er das Gebiss verweigert.«

»Weil er dort Schmerzen hat?« Jola sah Wolkenherz besorgt ins Gesicht.

»Oder traumatisiert wurde. Von einem miesen Reiter, der ihm

nur im Maul hing.« Niko runzelte sie Stirn. »Man denkt, das Pferd ist wild und unberechenbar, obwohl es eigentlich nur böse Erinnerungen hat.«

»Okay.« Helen richtete sich wieder auf. »In dem Fall verwenden wir besser kein Gebiss. Wir können es mit einem Bosal oder Bitless versuchen, notfalls auch eine sanfte Hackamore. Es gibt genug Alternativen.«

Der Wind hatte aufgehört zu pusten, zumindest kam es Jola so vor, als sie das Tor aufschob und Niko mit dem Hengst hinaustrat. Nicht ein Lufthauch regte sich mehr. Sie blieb stehen und hielt den Atem an. Hufgetrappel, hinter ihr – dann vor ihr. Colorado, der um die Kurve bog, ein freudiges Wiehern ausstieß. Die Antwort hinter ihr, Wolkenherz' Stimme – laut, schrill, verzweifelt.

Dann sah sie Opa Max. Er blieb wie angewurzelt stehen, erstarrte regelrecht, aber nur für einen winzigen Moment, dann sanken seine Schultern wieder nach vorn, und er steuerte eilig den Eingang zur Sattlerei an.

Wolkenherz bockte und versuchte, sich loszureißen. Aber Niko hielt ihn fest am Zügel. »Hohoo, beruhige dich – du darfst ja schon zu deinem Freund!«

Colorado trabte freudig herüber. Er streckte dem Hengst seine Nase hin, genau in dem Moment, als Helens Vater in der Werkstatt verschwand. Wolkenherz' Kopf sank herab. Colorado blies ihm sanft in die Nüstern.

Der weiß, was Sache ist, dachte Jola, er tröstet seinen großen Freund.

Oben am Reitplatz kam ihnen Katie entgegen. Sie strahlte, als sie von der Neuigkeit erfuhr – obwohl sie den Hengst ja schon mehrere Male geritten hatte, auch ohne die Erlaubnis ihrer Mutter.

»Darf ich ihn gleich ausprobieren?«

»Du darfst dich zuerst mal an deinen Hausaufgaben probieren, junge Dame.«

Katie verdrehte die Augen. »Ach, komm schon, die laufen mir doch nicht weg!«

»Ghost … ich meine, Wolkenherz läuft dir jetzt auch nicht mehr weg. Außerdem ist Keira ganz verschwitzt, was habt ihr denn gemacht?«

Katies Augen blitzten. »Och, ein bisschen Geländetraining. Mama, diese Stute ist der Hammer. Diesmal hast du keine Chance gegen mich beim Ginstercup!«

»Abwarten!« Helen trat auf den Platz und nahm Niko die Zügel aus der Hand. Dann griff sie in die Mähne, holte Schwung und saß mit einem einzigen Satz auf Wolkenherz' Rücken.

Katie ritt auf den Platz und ließ Keira am langen Zügel außen entlangschreiten, während Helen mit dem Hengst um sie herumtrabte. Bei ihr sah das so leicht aus, als wäre sie mit dem Pferd verwachsen.

»Na toll«, murrte Niko und lehnte sich neben Jola ans Gatter. »Das ist wieder typisch. Der Einzige, der noch nie auf diesem Pferd gesessen hat, bin mal wieder ich!«

»Willst du ihn auch auf dem Turnier reiten?«, fragte Jola.

Niko deutete auf Wolkenherz, der mit gewölbtem Hals auf dem Zirkel lief und weich daraus wechselte. »Hey, wer immer den reiten darf, hat mit Abstand die besten Gewinnchancen, das ist mal sicher!«

Das ist überhaupt die Idee, dachte Jola. Wenn Wolkenherz

dieses Turnier gewinnt, kann Max gar nicht anders: Er muss ihn endlich sehen!

»Alles klar.« Helen ritt in die Mitte und sprang vom Pferd. Sie war außer Atem, im Gegensatz zu Wolkenherz, der trüb die Ohren hängen ließ. »Er geht traumhaft schön. Und er ist total ruhig. Ihr dürft ihn reiten, aber vorerst nur ihr, verstanden? Ich weiß noch nicht, ob ich die Reitschüler auf ihn raufl asse.« Sie zögerte kurz, dann winkte sie Jola zu sich. »Du kannst mit Katie zum Hof zurückreiten, wenn du magst.«

Jola spürte, wie ihr Herz heftiger klopfte. Keine Reitschüler, hatte Helen gesagt. Aber sie durfte? Dann musste sie unbedingt eine gute Figur machen, solange Helen zusah! Hoffentlich fiel es Opa Max nicht gerade jetzt ein, über den Hof zu laufen, denn wenn der Hengst mit ihr durchging, würde Helen sie bestimmt so schnell nicht mehr auf seinen Rücken lassen.

Weil der Fellsattel keine Steigbügel besaß, machte Helen eine Räuberleiter und hievte sie hinauf. Wolkenherz stand ganz ruhig und wartete, also legte sie ihre Hand auf seinen Hals und flüsterte: »Ich bin's! Pass auf, wir gehen jetzt zurück. Wenn du ihn siehst, flipp nicht aus, okay? Ich verspreche auch, dich nicht aufzuhalten.«

Ein Schauder durchlief den Pferdekörper. Hatte er sie verstanden? Oder hatte er was gesehen oder gehört, was ihr verborgen geblieben war? Keira lief los und Wolkenherz schloss sich ihr an. Obwohl sie schon früher auf ihm gesessen hatte, fühlte es sich diesmal anders an, vielleicht weil Helen sie dabei beobachtete … und überhaupt war dieses Pferd so unglaublich groß! Es würde wehtun, von seinem Rücken zu fallen. Es gab nicht mal einen Riemen zum Festhalten an dem Fellsattel.

Wolkenherz wurde schneller, verlängerte seinen Schritt. Auf einmal hatte er es eilig, zum Hof zu kommen. Jolas Magen machte einen Hüpfer. Sie spürte die Angst, die sie manchmal auf Billys Rücken überkam, merkte, wie sie die Beine ans Pferd klammerte und sich versteifte …

»Ruhig«, flüsterte eine Stimme in ihrem Kopf. »Keine Angst! Ich bin ja bei dir.«

Jola schloss die Augen. Da war sie wieder – die Stimme ihrer Mutter. Wie der Wind vorhin flüsterte sie aus den Bäumen, aus dem Nichts, und doch hörte sie die Worte so klar und deutlich, als würde ihre Mutter neben ihr laufen und sie mit einer Hand sanft an ihrem kurzen Kinderbein festhalten.

»Ganz locker, Jola. So ist gut. Verkrampf dich nicht, das spürt er und dann bekommt auch er Angst und wird nur noch schneller. Bleib ruhig, dann wird er es auch sein.«

Sie machte die Augen wieder auf, weil sie sicher war, Helen hätte zu ihr gesprochen. Aber Helen lief ein gutes Stück hinter ihr und schwatzte mit Niko.

Katie sah sie stirnrunzelnd an. »Hey! Alles klar?«

»Jaja.« Jola atmete tief ein und wieder aus. Dabei merkte sie, dass ihr ganzer Körper weicher wurde und sich der Klammergriff ihrer Beine löste. Sofort wurden Wolkenherz' Schritte deutlich ruhiger.

Katie kniff die Augen zusammen und schüttelte ganz leicht den Kopf.

»Bist du jetzt sauer auf mich?«, fragte Jola vorsichtig. »Ich weiß, dass du ihn reiten wolltest, aber sie hat gefragt, und ich … also …«

Katie blies sich eine Locke aus dem Gesicht. »Ach Quatsch. Wolkenherz kann ich doch jetzt immer reiten. Schau dir Keira an, sie ist total durchgeschwitzt. Wenn ich sie bis zum Ginstercup fit kriegen will, haben wir noch einen Haufen Arbeit vor uns.«

»Aber du hilfst mir doch trotzdem, oder?« Jola musste sich ein Stück hinüberbeugen, damit niemand sonst ihre Worte hörte. »Wir bringen ihn mit Max zusammen und lüften sein Geheimnis?«

»Na logo!« Katie grinste sie an. »Und ich habe sogar schon eine Idee, was wir als Nächstes machen.«

Tränenträume

Die Neuigkeit sprach sich so schnell an der Schule herum, dass Katie sich zur zweiten Pause in die Toilette verzog, um ein paar Minuten Ruhe zu haben. Jedes Mädchen, das am Ginsterhof Reitstunden nahm, kam mit einem hoffnungsfrohen Grinsen im Gesicht zu ihr oder Niko und fragte, ob die Gerüchte stimmten und man das geheimnisvolle weiße Pferd nun tatsächlich reiten durfte.

»Ich weiß gar nicht, was ihr wollt.« Niko lachte nur. »Er wird geritten, aber ausschließlich von uns. Befehl von oben.«

»Aber wenn ihr ihn eine Zeit lang unter dem Sattel habt, dürfen wir dann auch?«

»Was ist mit mir? Ich reite schon auf dem Ginsterhof, seit ich fünf war!«

»Du hast doch gesagt, ich bin die Beste in deiner Stunde. Wenn ihn eine reiten darf, dann ich, oder?«

»Keine Schülerinnen. Ich, Katie, Helen. Wolkenherz ist ein Hengst, der ist nicht ohne.«

»Aber …«

Jola warf Niko einen raschen Blick zu. Warum hatte er ihren Namen nicht gesagt? Schließlich war sie gestern auf Wolkenherz' Rücken gesessen, sie und nicht er! War er etwa neidisch? Oder hatte Helen zwar erlaubt, dass sie unter Aufsicht zurück zum Hof ritt, aber künftig durfte nur noch Niko in den Sattel?

Niko grinste und zwinkerte ihr zu. Vielleicht wollte er auch einfach nur keinen Stress, schließlich war Jola kein Familienmitglied, auch wenn sie am Ginsterhof wohnte. Sie war ein Reitschulmädchen, das in seine Stunden ging, wie die anderen auch. Mehr nicht.

Jola kaute auf ihrer Unterlippe herum und war froh, als es endlich gongte. Sie merkte, dass sie nicht bei der Sache war, aber das war nicht schlimm, denn die letzten beiden Stunden hatten sie Englisch, und Herr Ernst ließ sie für gewöhnlich in Ruhe. So konnte sie in aller Ruhe darüber nachgrübeln, ob es klug war, Wolkenherz reiten zu wollen. Natürlich war er ein Wahnsinnspferd – er war wunderschön, riesengroß, schneeweiß und immer noch voller Rätsel. Obwohl er ein Hengst war, strahlte er Ruhe aus, eine Überlegenheit, als wüsste er mehr als die anderen Pferde. Aber seine Aura zog nicht nur die anderen Pferde in seinen Bann, sondern auch die Mädchen. Jede wollte ihn reiten, und sie wusste, es gab etliche unter ihnen, die schon viel sicherer im Sattel saßen als sie selbst. Warum also sollte Niko ihr erlauben, ihn zu reiten?

Ich muss eben besser werden, dachte sie und presste grimmig die Lippen aufeinander. Mit Billy üben. Wer Billy reiten kann, schafft es mit jedem Pferd.

»Miss Weber«, schnitt Herrn Ernsts Stimme durch den Raum, und Jola zuckte auf ihrem Stuhl zusammen, obwohl sie ja gar nicht gemeint war. »Für Träumereien hast du aber keine Zeit angesichts deines letzten Testergebnisses, meinst du nicht?«

»Jaja, schon gut«, murmelte Katie und ließ schnell ein vollgekritzeltes Blatt Papier verschwinden.

»Zeig doch mal her!« Herr Ernst schritt durch die Reihen und streckte die Hand nach dem Blatt aus.

Katie ließ ergeben die Schultern sinken und sah dem Lehrer gelangweilt ins Gesicht, während sie ihm den Kritzelzettel reichte.

»Die hat ja Nerven«, flüsterte Jonas grinsend.

»Möchtest du uns vielleicht erläutern, was du gezeichnet hast?«, schlug der Lehrer vor und schwenkte das Blatt hin und her. »In English, please.«

»Das sagt er nur, weil er selbst nicht weiß, was es sein soll«, flüsterte Jola zurück.

»I was painting a springer Parcours«, sagte Katie mit lauter, klarer Stimme. Sie richtete sich auf und ihre Augen blitzten. »We have this huge … äh … Turnier on thirteen May, it calls Ginstercup, we will have a Geländestrecke and it will be really exciting, so you should all come and watch, okay? Save the date!«

Verhaltenes Lachen in der Klasse. Jonas reckte hinter Herrn Ernsts Rücken beiden Daumen in die Luft.

Der Lehrer verschränkte die Arme vor dem Bauch und schüttelte ganz leicht den Kopf. »At least your pronunciation is improving«, sagte er nur und ging zurück zur Tafel. »You all should have in mind that we'll have a big translation test next week, so books out, page 57, starting first row with you, Tim. Go on.«

»Wie, keine Strafe? Was ist denn mit dem heute los?« Jonas gluckste immer noch vor sich hin. »Ich hab mal einen Song über ihn geschrieben, als ich sauer auf ihn war. Wenn ich ein berühmter Rockstar bin, läuft der im Radio, dann wird er schon sehen, dass auch aus den Losern in seiner Klasse was werden kann.«

»Hoffentlich ist es kein englischer Song.« Jola kicherte leise. »Sonst heimst er die Lorbeeren dafür ein!«

Als sie später an der Bushaltestelle ausstiegen, stoppte das Postauto neben ihnen, und der Briefträger streckte Jola einen Umschlag entgegen. »Hier, kannst du den mitnehmen? Seit dein Vater nicht mehr bei uns arbeitet, muss ich ja wieder selbst zu euch rausfahren. Wie geht es ihm überhaupt?«

»Gut«, gab Jola zurück und reichte den Brief an Katie weiter, weil »Weber« draufstand. »Er macht gerade eine Fotostrecke über skurrile Bauwerke. Ist viel unterwegs.«

»Dann richte ihm mal schöne Grüße aus.« Der Postbote nickte und brauste davon.

Katie drehte den Brief um, während sie zum Ginsterhof hinaufstiefelten. »Aus Warendorf! Wie cool. Darauf warte ich schon.«

»Der Brief ist doch an deine Mutter adressiert.«

»Ist aber bestimmt meine Jahresturnierlizenz.«

Das Radio lief, als sie in die Küche kamen. Anna trug Ofenhandschuhe und stellte vorsichtig einen gusseisernen Topf auf den Herd, aus dem es verführerisch nach Käse duftete.

»Setzt euch hin, Essen ist schon fertig. Mama hat noch ihre Hausfrauen-Reitstunde.«

»Wo ist Papa?« Katie ließ sich auf einen Stuhl fallen und knibbelte an der Gummierung des Briefs herum.

»Kommt gleich. Opa auch. Kannst du vielleicht den Tisch decken und nicht nur faul rumsitzen?«

Jola klappte den Schrank auf und holte Teller und Gläser heraus. Anna runzelte die Stirn, sagte aber nichts mehr dazu.

»Oh! Doch nicht für mich.«

Jola zählte Besteck ab und legte je eine Gabel und ein Messer neben die Teller. »Was ist es dann?«

»Ein Equidenpass. Für Wolkenherz.«

»Was?« Anna griff nach dem Pass und zog ihn Katie aus der Hand. »Ersatzpass. Dann gehört er also wirklich uns.«

»He, gib ihn wieder her!«

Anna legte den Pass auf der Anrichte ab und begann, dampfende Kasspatzn auf die Teller zu verteilen. »Was ist daran so wichtig? Ist doch nur ein Stück Papier. Was kann da schon drinstehen, was wir nicht eh über ihn wissen?«

»Na logisch ist das wichtig. Ohne Equidenpass darfst du auf keinem Turnier starten!«

»Oh, ich vergaß. Nur darum geht es dir ja!«

»Ach ja? Und was ist mit dir? Du denkst doch auch nur an deine blöde …«

»Seid mal still!« Jola hob die Hand. Anna und Katie verstummten gleichzeitig, und die Musik aus dem Radio war plötzlich wieder zu hören, leise, aber unverkennbar – eine bestens bekannte Melodie.

»Ich glaub's nicht«, kreischte Katie und sprang so hastig auf, dass der Stuhl hinter ihr zu Boden rumpelte. »Mach lauter, mach lauter!«

Jola drehte am Regler und Annas Stimme erfüllte den Raum. Der Song klang anders als bisher, voll mit Beats und Gitarrensound, außerdem schien die Tonlage höher zu sein oder vielleicht hörte es sich im Radio auch einfach nur ungewohnt an. Die Textzeilen hatten sich nicht geändert, und Katie sang unwillkürlich mit, als der Refrain spielte.

Du bist das Flüstern im Nebel, das Mondlicht in der Nacht
Ein Umriss im Regen, das Gefühl um Mitternacht
Du bist mein liebstes Geheimnis, wildes Wolkenkind
Silberschwarzes Fernweh – ein Schatten nur im Wind.

»Ihr seid im Radio, ihr seid echt im Radio!« Katie tanzte um ihre Schwester herum, packte sie bei den Armen und wirbelte sie mit sich herum. »Oh, wow, das ist so irre!«

Auch Jola hatte Herzklopfen vor Aufregung und hätte am liebsten laut mitgekreischt, aber etwas hielt sie davon ab. Es war der Ausdruck auf Annas Gesicht. Verwirrt runzelte Jola die Stirn, aber da lächelte Anna und wippte ebenfalls im Takt mit, bis die letzten Töne verklungen waren und der Radiosprecher verkündete: »Das, liebe Leute, war eine junge Band aus Steinbach, Sunset Barn, mit ihrem Wahnsinnssong ›Schatten im Wind‹!«

»Wie cool ist das denn!« Katie wirbelte zu ihrem Vater und ihrem Großvater herum, die mit verwirrten Gesichtern in der Tür standen. »Habt ihr das mitgekriegt? Annas Song war im Radio, im Radio!«

»Echt jetzt?« Stefan war mit zwei Schritten bei seiner Tochter und umarmte sie heftig. »Anna, das ist ja großartig! Ich freu mich so für dich!«

»Ja, alles gut – erdrück mich nicht gleich!« Anna wand sich aus seiner Umarmung und ließ sich schnell auf ihren Stuhl fallen. »Los jetzt, kommt endlich essen. Ich sterbe vor Hunger.«

»Woher haben sie den?«, wollte Jola wissen. »Habt ihr ihn an die Radiosender geschickt?«

»Jonas' Idee«, murmelte Anna und stopfte sich schnell eine Gabel voll Kasspatzn in den Mund. »Er hat den Link zu unserem neuen YouTube-Clip rumgeschickt. Hätte aber nie gedacht, dass sie ihn wirklich spielen.«

»Ist ja auch ein genialer Song!« Katies Wangen glühten noch immer. »Mann. Meine Schwester ist berühmt!«

»So ein Quark«, brauste Anna auf und ließ scheppernd die Gabel fallen. »Von drei Minuten Radiospielzeit ist noch niemand berühmt geworden.«

»Wenn die Leute den Song gut finden und anrufen, dass sie ihn wieder hören wollen, könnte schon was draus werden.« Stefan tauschte einen Blick mit Katie und Jola sah den Stolz in seinen Augen.

»Ach Bullshit.« Anna begann wieder zu essen. »Jetzt erzählt mal. Wer macht alles beim Turnier mit – Katie, du? Niko auch, oder? Was ist mit dir, Jola? Wir sollten langsam mal mit den Social-Media-Posts anfangen. Ich mache mich heute noch an die Ausschreibung und verlinke sie auf unserer Website und Instagram.«

Katie sprang auf. »Mama hat gestern eine Liste gemacht mit Zeitplan und allem, was zu tun ist. Wir müssen das nur noch unter uns aufteilen. Einen Parcoursplan hatte ich schon, der ist nur gerade … äh … nicht in meinem Besitz.«

Jola beobachtete Anna, die mit Feuereifer die Liste durchging. Seit wann bitte war Anna denn so scharf auf diese Pferdesachen? Weil das Turnier so eine wichtige Veranstaltung für den Ginsterhof war? Oder wollte sie nur ablenken von dem Song, ihrem Song im Radio – aber wieso?

»Wir können ja schon mal aufschreiben, wer von uns dabei ist.« Katie griff nach der Liste, drehte sie um und fing an, eine Tabelle mit zwei Spalten zu malen. »Jola, was ist mit dir – ja oder nein?«

Jolas Herz klopfte schneller. Beim Turnier mitmachen? Natürlich wollte sie das, unbedingt! Sie nickte heftig. »Bin ich denn gut genug? Auf welchem Pferd darf ich reiten?«

»Oh.« Katie strich sich ihre Locken hinters Ohr und zuckte mit den Schultern. »Also, das entscheidet Niko. Ob du mitreiten darfst. Sorry! Ich meinte, ob du als Helfer dabei bist und ich dich mit auf die Liste schreiben kann.«

»Ach so.« Jola biss auf ihre Lippe, bis es schmerzte. Hoffentlich war sie nicht rot geworden. Natürlich musste sie zuerst zeigen, was sie konnte, was sie gelernt hatte – völlig klar. Kein Sonderstatus, auch nicht für sie. Das war in Ordnung. Logisch.

»Klar helfe ich euch«, sagte sie schnell und lächelte tapfer. »Auch wenn ich nicht mitreiten kann.«

Lotte
1945

So viele Menschen!

Von allen Seiten wurde sie geschubst, also blieb sie bei der Tür stehen und versuchte, nicht den Halt zu verlieren. Eine Frau drängte weinend an ihr vorbei, ein kleines Kind an ihre Brust gedrückt wie einen Schutzschild gegen den Schmerz. Laute Stimmen wirbelten durch den Raum, ein Sturm an Namen, die von den Wänden widerhallten wie ein immerwährendes Echo. Erst da bemerkte sie die vielen Zettel und Kartonscheiben, die überallhin gepinnt worden waren. Sie brauchte eine Weile, bis ihr klar wurde, dass auch dort Namen standen. Namen Suchender. Namen Gesuchter. Unzählige Namen. Ihr Magen wippte unaufhörlich, bis ihr speiübel war, und auf ihrer Stirn bildeten sich winzige Schweißperlen, die sich anfühlten wie verirrte Tränen.

Sie hatte ja keine Ahnung gehabt, wie viele es tatsächlich waren.

Am liebsten wäre sie wieder gegangen. Sofort. Aber dann wäre sie umsonst gekommen, den ganzen weiten Weg bis zum Hafen. Ein junger Soldat hatte ihr von diesem Zimmer erzählt, in dem Namen gesammelt wurden, und damit ihre Hoffnung geweckt. Viele Soldaten gelangten mit dem Schiff aus den ehemaligen Kriegsgebieten zurück. Max hatte gewusst, wohin sie wollten, er hatte sie selbst losgeschickt, auch wenn das schon ewig her zu sein schien. Er suchte bestimmt nach Wolkenherz!

Entschlossen blendete sie den Stimmensturm aus und achtete nicht auf die Ellbogen, die sich in ihre Seite rammten. Sie drängelte sich durch die Menschen bis zur Wand und begann, die Zettel mit den Namen zu lesen. Jeden einzelnen.

Als sie damit fertig war, schien die Luft in dem kleinen Raum verblasst, und sie hatte das Gefühl, durch einen Schleier zu blicken. Sie war so voller Hoffnung hierhergekommen und jetzt wusste sie plötzlich nicht mehr weiter. Eine Hand berührte ihren Arm, aber sie achtete nicht darauf, bis jemand sie ansprach.

»Wen suchst du denn?«

Sie fuhr herum. Eine Frau saß hinter dem einzigen Möbelstück im Raum – einem kleinen Holztisch mit einer Schreibmaschine darauf. Sie trug einen weißen Kittel und hatte müde, aber freundliche Augen.

»Max«, stammelte sie tonlos. »Max von Weyke. Ihn … und seine Familie.«

»Max«, wiederholte die Frau und begann, auf ihrer Schreibmaschine zu tippen. »Von Weyke, ja?«

Sie nickte und spürte, wie die Hoffnung erneut erwachte. »Haben Sie von ihm gehört? War er hier? Hat er … sucht er …«

Die Frau schaute sie bedauernd an. »Ach, Mädchen. Weißt du, wie viele Namen ich tagtäglich höre? Sag mir, wie du heißt und wo er dich finden kann. Mehr kann ich leider nicht tun.«

Sie spürte, wie ihr die Tränen kamen, und konnte nichts dagegen tun. Die Frau tat, als sehe sie es nicht.

»Ich bin … aber er sucht wahrscheinlich nicht nach mir, sondern nach seinem Pferd. Wolkenherz.«

»Ein Pferd?« Die Frau runzelte die Stirn. »Sagtest du, er sucht nach seinem Pferd?«

Ein paar Leute, die um sie herumstanden, wollten sie zur Seite schieben und riefen laut die Namen ihrer Angehörigen dazwischen, aber diesmal ließ sie sich nicht wegschubsen.

»Ja«, sagte sie und wischte die Tränen mit dem Ärmel ab. »Wolkenherz. Er wird ihn unbedingt finden wollen, also schreiben Sie bitte Wolkenherz auf.«

Die Frau im weißen Kittel starrte sie einen Moment lang an. »Du willst, dass ich eine Suchkarte für ein Pferd anlege?«

Sie nickte fest. »Ja. Bitte.«

Kopfschüttelnd machte sich die Frau daran, auf ihre Schreibmaschine einzutippen. »Also gut. Wie war das? W-o-l-k-e-n-h-e-r-z. Und wo findet er … das Pferd?«

Sie nannte ihr die Anschrift des Bauernhofs, auf dem sie arbeitete, und wollte noch hinzufügen, dass er sich beeilen sollte, denn Wolkenherz wurde immer dünner und schwächer wegen der schweren Arbeit auf dem Feld, aber die Frau hatte sich bereits einer verzweifelt schluchzenden Frau zugewandt.

Einen Augenblick stand sie reglos da, während die Stimmen um sie herumschwirrten wie lästige Fliegen. Im Grunde hatte sie nichts erreicht, weder von Max noch von seinen Eltern gab es eine Spur. Aber sie hatte Wolkenherz gemeldet. Offiziell. Nun war es nur noch eine Frage der Zeit, bis sie sich endgültig von ihm trennen musste.

Sie zog ihre Jacke vor der Brust zusammen und trat hinaus auf die Straße. Die Luft war mild und die Sonne spiegelte sich in den staubigen Fensterscheiben. Sie lief um die Ecke und stieß dabei mit einem Mann zusammen, der mit dem Rücken zu ihr stand und Wolkenherz anstarrte.

Vor lauter Schreck blieb sie stehen. Der Mann trug einen breiten Hut und sie sah nur die untere Hälfte seines Gesichts. Sie kannte ihn nicht, aber sein Blick klebte unmissverständlich an dem silberschwar-

zen Hengst, der jetzt den Kopf hochriss und ein freudiges Wiehern ausstieß. Der Junge, der ihn am Zügel hielt, hatte alle Mühe mit ihm. Schnell lief sie zu ihnen und kramte in ihrer Tasche, bis sie die versprochenen Geldmünzen gefunden hatte.

»Hier.« Sie drückte dem Jungen das Geld in die Hand und er reichte ihr dafür die Zügel zurück. »War alles in Ordnung?«

»Na klar. Ich halte nicht zum ersten Mal ein Pferd fest«, verkündete er stolz.

Sie legte Wolkenherz die Hand auf den Hals und er schnaubte ihr ins Haar.

»Was will der Mann?«, flüsterte sie und deutete mit den Augen in Richtung des Fremden.

Der Junge zuckte mit den Schultern und wisperte ebenso leise zurück: »Er hat nur gefragt, ob es mein Pferd ist.«

»Warum wollte er das wissen?«

»Keine Ahnung. Ich muss jetzt auch los.« Ungeduldig klimperte der Junge mit dem Geld, also dankte sie ihm noch einmal, und er verschwand in einer Gasse.

Sie versuchte, nicht auf den Mann zu achten, der sie die ganze Zeit stumm beobachtete. Etwas an seinem Blick machte sie nervös. Sie legte Wolkenherz die Zügel über den Hals, nahm Anlauf und schwang sich auf seinen blanken Rücken. Durch das Gewühl der Gassen ritt sie davon, ohne sich noch einmal umzusehen.

Als sie die Stadt hinter sich gelassen hatten, atmete sie tief durch. Was bitte war denn eben mit ihr los gewesen? Noch vor wenigen Minuten hatte sie Wolkenherz in der Vermisstenstelle gemeldet. Nun würde es nicht mehr lange dauern, bis jemand kam, um ihn abzuholen. Sie hoffte natürlich, dass es Max war. Max, ihr Max. Er würde alles tun, um sein Pferd wiederzufinden! Aber genauso gut konnten ihn auch Herr oder Frau von Weyke holen kommen oder jemand anderes vom Gestüt, jemand, der die Papiere für ihn besaß, jemand, der mehr zu sagen gehabt hatte als der Stallmeister oder gar seine Tochter …

Sie schüttelte den Kopf. Nein, das war Unsinn! Max würde Wolkenherz suchen. Der Hengst war die einzige Verbindung zwischen ihnen. Es war richtig gewesen, ihn zu melden, ihre einzige Chance. Max würde Wolkenherz finden und sie wären wieder vereint!

Wolkenherz schnaubte und wich einem Fahrradfahrer aus, der sie mit zwei Fingern grüßte. Er drehte sich noch einmal nach ihr um, und sofort nahm sie die Zügel auf und ließ den Hengst antraben. Sie trabten zwischen den Feldern hindurch, bis der Fahrradfahrer außer Sichtweite war.

Unwillkürlich schaute sie sich um. Es war, als würden sich plötzlich von überall her fremde Hände nach ihm ausstrecken. Wolkenherz gehörte ihr nicht, natürlich, das hatte er nie – und doch gehörten sie untrennbar zusammen.

Wir sind nicht mehr die, die wir einmal waren, dachte sie. Wir sind jetzt Überlebende.

Zweibrecher

Nach dem Essen verzog Katie sich in ihr Zimmer, um Hausaufgaben zu machen. Jola schlich noch eine Weile in der Küche herum, half Helen, die von ihrer Hausfrauen-Reitstunde zurückgekommen war und sich hungrig über die restlichen Kasspatzn hergemacht hatte, das Geschirr wegzuräumen, und schaute sich die To-do-Liste an, auf der mehrfach ihr Name stand.

Helen beugte sich über den Tisch. »Ah, ihr habt euch schon aufgeteilt. Sehr gut. Du hilfst auch mit, Jola? Das finde ich toll.«

»Hm, ja, ich … also, ich war ja noch nie bei einem richtigen Turnier.«

Stimmt nicht, dachte sie. War ich schon. Aber damals war ich noch so klein, dass ich mich nicht daran erinnern kann.

Der Schmerz in ihrer Brust wuchs wie ein Luftballon und drückte ihr die Luft ab, aber sie lächelte schnell, damit Helen es nicht merkte.

»Keine Sorge. An dem Tag wird es zwar ziemlich hektisch zugehen, aber wir sind ja da und helfen dir. Die meisten Arbeiten erledigen wir ohnehin vorher.« Helen fuhr mit dem Finger über die Liste. »Parcoursdienst – och, das ist nicht schwer. Du musst eigentlich nur aufpassen, ob jemand einen Fehler macht, und dann die Stange wieder auflegen. Willst du selbst auch mitreiten?«

Jola biss sich auf die Lippe. »Bin ich denn gut genug dafür?«

Helen legte den Kopf schräg. »Na ja, ob es für den Ginstercup reicht, kann ich dir nicht versprechen. Das soll Niko entscheiden. Aber bei den einfachen Wettbewerben finden wir bestimmt was für dich.«

Jola nickte langsam. Immerhin etwas. Sie würde nicht den ganzen Tag lang als Zuschauer oder im Parcourshelfer-T-Shirt herumlaufen, sie durfte mitmachen, wenigstens ... ein bisschen. Ginstercup. Vielleicht sollte sie zuerst einmal rauskriegen, was genau sie dafür können musste.

Helen drehte die Liste um, notierte ein paar Sätze mit dem Bleistift, holte sich das Telefon aus der Station und setzte sich damit an den Küchentisch. Sie warf Jola einen schnellen Blick zu. »Du, ich muss mit dem Sponsor telefonieren. Das könnte länger dauern.«

»Okay. Ich muss sowieso los.« Jola schloss die Tür, als sie ging.

Was jetzt? Hausis machen? Sie hatte später noch Reitstunde bei Niko. Zusammen mit einem ganzen Haufen Mädchen, die sich bestimmt nicht mit den einfachen Wettbewerben abspeisen lassen würden. Vor der Verbindungstür zum Anbau blieb sie stehen. Nein. Hausaufgaben mussten heute warten. Sie brauchte jemanden zum Reden – jemanden, der verstand, was sie fühlte.

Im Stall war es staubig und still. Sie streifte den Gang entlang, ließ ihre Hand über die Gitterstäbe an den Boxen gleiten, schloss die Augen. Versuchte, sich vorzustellen, wie das war, auf einem Turnier – vor lauter Zuschauern reiten und zeigen, was man gelernt hatte, was man schaffte, zusammen mit seinem Pferd. Würde ihr Magen vor Aufregung kribbelig werden? Konnte man noch schlafen, oder war man schon in der Nacht davor so nervös, dass man kein Auge zukriegte? Wie empfanden Pferde so einen Trubel – die vielen Menschen, der Lärm, die veränderte Umgebung? Lautsprecher waren ein Punkt auf der Liste gewesen. Tische mit Blumen. Plakate. Fähnchen. Würstchenbude. Sie klappte die Augen wieder auf. Nein, vielleicht war es ganz gut, auf den Ginstercup zu verzichten.

Die Tür zum Paddock ließ sich ganz leicht öffnen. Jola schlüpfte hindurch und sah, dass Helen die ganze Herde auf die Koppel gelassen hatte. Sie konnte also einfach über den Sandplatz spazieren, den Zaun öffnen und die Arme ausbreiten, wie sie es immer tat.

Wolkenherz hob den Kopf und spitzte die Ohren. Ein Büschel Gras verschwand in seinem Maul und er kaute genüsslich. Er wirkte absolut … pferdig und echt, kein bisschen geisterhaft. Hatte sie sich alles nur eingebildet, in dieser gruseligen Gewitternacht? Sein Durchschimmern, sein Verschwinden? Nein, oh nein, das hatte sie ganz bestimmt nicht. Wolkenherz war ein Geisterpferd und der Grund für seine Anwesenheit war Max, auch daran gab es keinen Zweifel mehr! Aber wie kamen all diese Bilder in ihren Kopf? Warum fühlte sie sich ihrer Mutter näher, wenn sie auf ihm saß, bei ihm war – wie passte das zusammen?

Der Hengst schüttelte kurz den Kopf. Er glänzte silbrig unter dem grauen Märzhimmel, als würden sich die Wolken auf ihm spiegeln. Er sah sie an und wieherte, sacht und leise.

Hast du mir niemanden mitgebracht?

Nein, leider nicht, antwortete sie in Gedanken. Aber wir bleiben an ihm dran, versprochen.

Wolkenherz kam mit langen Schritten zu ihr und lief an ihr vorbei in den Stall.

»He«, rief sie ihm nach. »Wartest du mal auf mich?«

Sie ließ das Zaunende fallen und lief ihm hinterher. Der Hengst blieb vor Keiras Box stehen und wandte ihr wieder den Kopf zu.

»Was?«, fragte sie. »Willst du reiten? Ich darf das nicht, also, nicht allein. Irgendwie wollen jetzt alle auf dir reiten. Aber wir … wir finden einen anderen Weg, okay? Wir brauchen nur … Kontakt.«

Jola sah sich um. Auf einem Regal entdeckte sie eine weiche Bürste, also angelte sie danach und begann, damit seinen Fellstrich nachzufahren. Sie schloss die Augen und streichelte mit der freien Hand hinterher, versuchte zu fühlen, etwas, aber die Bilder kamen nicht. So funktionierte das also nicht. Sie machte die Augen wieder auf und legte die Bürste auf seinem Hinterteil ab.

Was fiel ihr noch ein? Wolkenherz schnaubte ungeduldig, also trat sie nach vorn, vor seine Brust, schlang die Arme um seinen Hals und drückte ihr Gesicht in seine Mähne. Sie musste ihre Mutter vor sich sehen. Lange dunkle Haare, zu einem Zopf geflochten. Das schwarze Pferd, dessen Mähne ebenfalls lang und seidig gewesen war und sie in Nase und Ohren kitzelte …

»Hatschi!«

Wolkenherz zuckte zusammen. Sie ließ ihn los und wankte zwei Schritte rückwärts.

»Ach, Mann«, murrte sie. »Warum klappt das denn nicht?«

Wieder schnaubte er und sah sie eindringlich an. Ja, toll. Aber das mit dem Reiten war eben nicht so einfach. Moment – vielleicht musste sie ja gar nicht auf ihm draufsitzen! Einen Hocker, irgendwo hier gab es einen Hocker. In der Sattelkammer, genau. Aufstiegshilfe. Sogar mit Treppchen.

Sie schleppte das schwere Holzteil in den Stall und positionierte es genau neben Wolkenherz' Rücken. Dann stieg sie bedächtig auf die oberste Stufe, holte tief Luft und legte sich seitlich über seinen Rücken. Wolkenherz trat einen halben Schritt von dem Hocker weg, sodass sie mit den Beinen in der Luft baumelte. Okay, das sah bestimmt ziemlich bescheuert aus – aber diesmal hatte sie den Kontakt hergestellt, sie fühlte es, bevor sie die Augen schloss und die Bilder in ihrem Kopf explodierten.

Klein, so klein auf diesem riesigen schwarzen Pferd. Es hatte Glitzerspuren im Fell, die sie mit den Fingern nachfuhr. Wie Perlen winziger Tränen. Ihre Beine zuckten nur ganz sacht, und sofort wurde das Pferd schneller, wechselte von Trab in Galopp, und sie schwang mit, fand in seinen Takt, als hätten sie schon immer zusammengehört …

»Wow, Jola!«

Vor Schreck riss sie die Augen auf und merkte, wie der Pferdekörper unter ihr wegrutschte. Sie versuchte noch, sich abzustoßen, aber der glatte Rücken bot null Halt, und sie plumpste hilflos rücklings auf den Hintern. Irgendwer kicherte, aber im Nu war Niko bei ihr und half ihr auf die Füße.

»Sag mal, was treibst du denn da?«

Jola rappelte sich hoch und klopfte Staub und Scham ab. »Ich … äh, also … ich wollte ihn putzen, aber oben … da kommt man so schlecht dran, also hab ich …«

»Sehr nice von dir, dass du mir mein Pferd putzt. Könntet ihr euch mal was abschauen!« Niko drehte sich zu den anderen Mädchen um und klatschte einmal in die Hände. »Okay, Girls, die Show ist vorbei. Holen wir eure Pferde.«

Abwartend blickte er Jola an.

»Äh … was?«

»Reitstunde! Schon vergessen? Es regnet nicht mehr. Wir gehen in den Wald!«

»Ach so. Damit du eine Gelegenheit hast, Wolkenherz zu reiten, ja?« Jola biss sich auf die Lippe, aber Niko grinste nur.

»Das ist deine Interpretation. Ich will meinen Schülern eigentlich nur einen entspannten Ausritt gönnen.«

Jola zögerte. »Geht schon vor. Ich komme gleich nach.«

Niko zog die Brauen hoch und schaute von ihr zu dem Hengst und wieder zurück. Aber dann drehte er sich wortlos um und lief den Reitermädchen hinterher auf den Paddock.

»Hey.« Jola trat zu Wolkenherz und legte ihm die Hand auf die Stirn. »Das war … ich weiß nicht, seltsam, oder? Ich habe meine Mutter gar nicht gespürt, nur mich auf dem Pferd. Aber ich danke dir. Ohne dich wüsste ich überhaupt nichts von ihr.«

Sie trat einen Schritt zurück und klinkte einen Strick in sein Halfter, damit Niko ihn anbinden konnte. Wolkenherz sah sie mit seinen dunklen Augen eindringlich an, und Jola wurde das Gefühl nicht los, dass er ihr noch mehr sagen wollte – noch mehr zeigen. Aber die Verbindung war gekappt und irgendwie hatte es sich diesmal ohnehin anders angefühlt. Unvertraut. Fast als würden die Bilder gar nicht aus ihrem Kopf stammen, sondern aus einer fremden Erinnerung.

Als sie vom Ausritt zurückkamen, wartete Katie am Stall auf sie. »Und?«, fragte sie Niko neugierig.

»Wow.« Er strahlte und klopfte Wolkenherz' Hals, bevor er elegant absprang. »Einfach nur der Hammer!«

»Tja, dann hast du wohl dein Pferd fürs Turnier, was?« Katie zwinkerte ihm zu und grinste. »Vielleicht schaffst du es mit ihm sogar unter die Platzierungen. Außer natürlich, du gehst während dem Wettkampf lieber schwimmen.«

Niko warf den Kopf zurück und lachte. Seine Ohren waren ein klein wenig rot geworden, aber das sah niemand außer Jola, weil alle mit ihren Pferden beschäftigt waren. »Träum weiter. Mit deinem verrückten Huhn hast du keine Chance gegen mich.«

»Kunststück. Wolkenherz ist ausgebildet und Keira noch blutjung. Ich starte mit ihr, damit sie was lernt, aber gewinnen werden wir wohl nicht.«

Katie zuckte mit den Schultern und trat zu Jola, um ihr mit Bonnies Sattel zu helfen. Sie löste den Gurt und beugte sich über Bonnies Rücken. »Endlich seid ihr da! Ich brauch dich, du musst unbedingt mitkommen.«

»Ist was passiert?«, flüsterte Jola zurück.

»Nee. Noch nicht.«

»Hä?«

»Sagen wir mal so: Es hat sich eine Gelegenheit ergeben. Und jetzt los, mach!«

Sie versorgten Bonnie zu zweit, so schnell es ging, was nicht schwer war, da die Stute still hielt und brav von allein zurück in den Paddock marschierte, wo eine große Ladung Heu auf sie wartete. Dann ließ Jola sich von Katie mitzerren.

Sie betraten das Haus durch den Anbau. Verwirrt blieb Jola stehen. »Wo willst du hin? Zu uns?«

»Du musst deine Schuhe ausziehen. Und die Hose auch.«

Jola fing an zu lachen. »Okay, was wird das?«

»Verräterische Pferdehaare!« Katie zog einen Schlüssel aus der Tasche. »Wir wollen doch keine Spuren hinterlassen.«

Langsam schloss Jola die Tür zu ihrer Wohnung auf, streifte die

Stallschuhe ab und schlüpfte in ihre Jeans. »Wo in diesem Haus gibt es keine Pferdehaare? Willst du bei Anna einsteigen?«

Katie wackelte mit dem Kopf und verdrehte die Augen. »Mann, Jola. Hat Bonnie dir das Gehirn durchgeschüttelt oder was? Wir steigen natürlich bei Opa ein!«

»Was?«

»Er ist weggefahren, gerade eben erst! Mit dem Traktor. Das heißt, wir hören, wenn er zurückkommt. Los, das ist die Gelegenheit!«

»Aber … ist das nicht Einbruch?«

Katie legte den Kopf schräg und grinste sie schief an. »Nee. Zweibruch.«

»Haha.«

»Ich hab doch 'nen Schlüssel!«

»Trotzdem macht man das nicht.«

»Ach ja? Dann fragen wir eben noch hundertmal, ob er ein weißes Pferd kennt. Und er schickt uns noch hundertmal weg. Weißt du, ich hab keine Lust mehr zu warten. Wenn ich eins gelernt habe im letzten Winter, als er im Krankenhaus lag, dann dass jeder Moment zählt. Er ist so alt, Jola. Es kann so schnell vorbei sein! Und dann? Soll er sein Geheimnis mit ins Grab nehmen?«

»Nein! Natürlich nicht.«

»Eben.« Katie steckte den Schlüssel ins Schloss und sah sich einmal kurz um, aber sowohl die Eingangstür als auch die Verbindungstür waren fest verschlossen. Dann drehte sie den Schlüssel um und die Tür zu Opa Max' Reich öffnete sich.

Jola wartete, bis Katie eingetreten war, aber dann huschte sie schnell hinterher. Ihr Herz klopfte heftig vor Aufregung.

Einbruch, dachte sie. Irgendwie ist es doch Einbruch!

Aber sie wollten ja gar nichts stehlen. Oder doch? Sie suchten etwas, was ihm gehörte. Nichts Materielles, sondern eine Erinnerung. War das kein Diebstahl? Wenn sie fündig wurden, nahmen sie ihm sehr wohl etwas weg. Sie stahlen sein Geheimnis.

»Puh«, stöhnte Katie und machte schnell die Tür hinter Jola zu. Den Schlüssel steckte sie von innen ins Schloss und drehte ihn anderthalbmal herum, sodass niemand hereinkommen konnte. »Wir machen kein Licht, okay? Und wir hinterlassen alles so, wie es jetzt ist. Keine Lust auf Stress mit meiner Mam deswegen.«

»Geht klar. Und wonach suchen wir?«

»Nach allem. Alten Fotos, Briefen, Unterlagen, keine Ahnung – jeder Hinweis auf ein weißes Pferd hilft uns schon weiter. Stell dir nur mal vor, er verrät uns nichts, weil er in seiner Vergangenheit was Verbotenes gemacht hat. Ihn gestohlen oder so. Mann!«

»Dann bringst du deinen Großvater mit neunzig Jahren noch ins Gefängnis. Spitzenplan, Katie.«

»Das mach ich natürlich nicht. Es kann ja auch sein, dass …« Katie verstummte und drückte sich schnell die Hand auf den Mund. Draußen vor der Tür waren Schritte zu hören, dann klopfte jemand – aber nicht an Max' Tür, sondern die nebenan.

»Jola?«, hörten sie Nikos Stimme. »Jola, bist du da?«

Sie standen wie erstarrt und wagten nicht zu atmen. Nach einer Weile entfernten sich die Schritte wieder, eine Tür schlug zu.

Katie atmete hörbar aus. »Puh! Was wollte der denn jetzt noch von dir?«

»Ist doch egal. Lass uns anfangen, bevor dein Großvater zurückkommt oder Helen merkt, dass der Schlüssel weg ist.«

Katie nickte und wandte sich dem Regal neben dem Eingang zu. Ein paar Bücher standen darauf, darunter eine Bibel, Familienfotos in schlichten Holzrahmen, die jedoch nichts zeigten, was sie nicht schon kannten – Helen als pausbäckiges Kleinkind, eine lachende betagte Frau, die Katies Großmutter sein musste, Helen und Stefan bei ihrer Hochzeit mit Colorado als Blumenpony, Anna und Katie in hübschen weißen Kleidern, wie sie auf dem Heuwagen herumturnten. Es waren Schnappschüsse aus seinem Leben, dem Leben, das sie kannten – nicht dem, nach dem sie suchten. Denn es musste noch ein anderes Leben geben, eines, das er vor seiner Familie geheim hielt. An das er sich erst wieder erinnert hatte, als er Wolkenherz gegenüberstand.

»Jola!«

»Was?«

»Ich hab gefragt, ob wir uns aufteilen sollen. Du nimmst dir das Schlafzimmer vor, ich suche hier weiter. Dann sind wir schneller.« Katie griff nach einer Holzschatulle, die ganz oben im Regal stand, und klappte den Deckel hoch. Ein schmaler goldener Ring lag darin – ein Ehering.

»Oh, ja … alles klar.« Jola riss sich von dem Anblick des Rings los und ging auf eine der beiden Türen zu, die an den Wohnraum angrenzten. Dahinter lag das Bad – ein hellblau gekachelter Raum mit Waschbecken, Toilette und Badewanne. Ein Handtuch hing über der Wanne und ein Zahnputzbecher mit Bürste darin stand auf der Ablage, auch sonst enthielt der Raum nichts Ungewöhnliches. Seifenspender, Spiegelschränkchen, ein Korb mit Deckel für die Schmutzwäsche. Jola schüttelte den Kopf und zog die Tür wieder zu. Niemand versteckte seine Geheimnisse im Badezimmer.

Der andere Raum war das Schlafzimmer. Jola blieb stehen und zögerte. Es fühlte sich komisch an, hier reinzugehen – ein Schlafraum war ja wohl der intimste Bereich einer Wohnung. Aber gerade deshalb war die Chance, dass sie hier etwas finden würde, besonders groß.

Sie sah sich um. Ein Bett an der Wand, ordentlich gemacht. Daneben ein Nachtkästchen. Am gegenüberliegenden Ende ein Kleiderschrank und ein schlichter Holzschemel, über dem ein Hemd und eine Hose hingen. Katies Großvater war auf jeden Fall ein sehr ordentlicher Mann – oder aber jemand, der sich nicht an materiellen Besitz hängte. Das Wolkenlicht vor dem Fenster wurde bereits trüb und tauchte das Zimmer in Halbdämmer, also beeilte sie sich besser mit ihrer Suche.

Jola trat ans Bett und lupfte das Kopfkissen. Nichts. Sie zog die Schublade am Nachtkästchen auf. Ein Notizblock voller leerer Seiten kam zum Vorschein, eine Packung Taschentücher und ein Kärtchen mit der Anschrift eines Arztes. Sie schob die Schublade wieder zu und tastete in den offenen Bereich darunter. Eine weiche Tagesdecke lag dort, aus lauter Flicken genäht, die alle zueinanderpassten und ein hübsches Muster ergaben. Sonst war das Schränkchen leer, also faltete sie die Decke wieder zusammen und wandte sich dem Kleiderschrank zu.

Das Quietschen der Tür durchdrang die Stille, und Jola hatte das Gefühl, jeder im Haus könnte das Geräusch hören und wüsste, was sie hier tat. Ob Helen sie dafür rauswerfen würde? Ihre Hände wurden feucht vor Aufregung, also tastete sie schnell durch die sorgsam gefalteten Hosen, Hemden, T-Shirts und Pullover nach einem versteckten Geheimnis. Nichts! Sie zog ein Schubfach auf, das voller Sockenrollen war, und ließ ihre Finger über den Boden fahren, schloss das Fach. Und sie hatte immer gedacht, ihr Vater lebte spartanisch. Im nächsten Fach entdeckte sie Unterwäsche und zögerte wieder – sie konnte doch nicht durch die Unterhosen des alten Mannes wühlen! Kurz schloss sie die Augen.

Na los, jetzt mach schon.

Sie fasste mit beiden Händen nach den Slips, lugte dazwischen, darunter – aber auch hier gab es nichts, nur blöde Unterwäsche. Im letzten Regal lagen eine Walkweste und die dicke Jacke, die er im Winter immer angehabt hatte. Enttäuscht schlug Jola den Schrank wieder zu.

Der Raum war so wenig geheimnisvoll wie ein Paar Schuhe.

Sie drehte sich noch einmal um sich selbst, um zu überprüfen, ob sie auch nichts übersehen hatte. Nein, nichts. Oder doch? An der Wand hing ein Bild, das Gemälde einer schönen jungen Frau mit langen blonden Haaren, die in einen einfachen Mantel gehüllt war und die Hände faltete, als würde sie beten. Das war bestimmt was Religiöses, die Muttergottes oder eine andere Heilige.

»Und?« Katie lehnte im Türrahmen und lugte in den Raum. »Was entdeckt?«

Jola ließ die Hände sinken. »Nee. Überhaupt gar nichts.«

»Ich auch nicht.« Katie pustete sich eine Locke aus der Stirn. »Total doof, ohne Beweis wird er uns auch weiter nichts erzählen.«

Jola betrachtete die Frau auf dem Bild, die ruhig vor sich hin betete. Ihre Augen waren nach unten gerichtet, weg vom Betrachter. Sie lächelte ganz leicht … so als wüsste sie genau, weshalb sie gekommen waren, und auch, warum sie nicht fanden, was sie suchten.

Auf einmal fühlte Jola sich schrecklich unwohl in ihrer Haut. »Lass uns gehen«, bat sie und schob Katie aus dem Schlafzimmer.

»Warst du im Bad?«, fragte Katie, als sie bereits an der Tür standen.

»Ja, na ja, nur kurz. Was soll im Bad schon sein?«

Katie zögerte. »Wenn wir schon da sind, schauen wir überall nach.« Sie ging ins Bad, und Jola hörte, wie sie den Spiegelschrank öffnete.

Jola schloss die Augen und lehnte sich gegen die Eingangstür. Das geheimnisvolle Lächeln der Frau auf dem Bild hatte so echt ausgesehen. Ach, das bildete sie sich doch bloß ein. Bilder konnten nichts verbergen – oder vielleicht doch?

Jola machte die Augen wieder auf und lief zurück ins Schlafzimmer. Langsam trat sie auf das Bild zu. Es ließ sich ganz leicht von der Wand nehmen. Ihr Herz begann, schneller zu klopfen. Ein Bild auf einer Leinwand, auf einen Rahmen gespannt, der dahinter einen schmalen Hohlraum bildete … sie drehte es herum, und etwas fiel heraus, ein federleichtes graues Büchlein. Vorsichtig stellte Jola das Bild ab und bückte sich danach.

»Katie? Katie! Komm schnell!«

Im Nu stand Katie neben ihr und nahm ihr das Büchlein aus der Hand. Die vergilbten Seiten knackten, als sie den Falz umlegte.

»Soldbuch«, murmelte Katie und klappte es auf. »Mensch, das ist so eine Art Pass!«

»Ist er das?« Jola deutete auf das Foto auf der linken Innenseite. Die Schwarz-Weiß-Aufnahme eines jungen Mannes mit ernsten Augen, der bis zu den Ohren in einer hochgeschlossenen Uniform steckte.

»Wahrscheinlich. Ich kenne sonst keine Fotos von ihm, als er jung war. Oh, wow, schau dir das an!« Katie deutete auf die Spalte mit Angaben zur Person. »Opa hat ja mal voll den edlen Namen gehabt: Maximilian von Weyke. Das wusste ich gar nicht!«

»Wie heißt er denn jetzt?«

»Na, Vogt. Wie Oma. Komisch eigentlich. Das war doch früher gar nicht üblich, oder? Dass ein Mann den Nachnamen seiner Frau annimmt.«

»Hm.« Jola betrachtete den Mann, der sie aus dem Bild heraus anschaute. Er lächelte nicht und etwas in seinem Blick machte sie traurig. Dann stockte ihr plötzlich der Atem. »Katie, schau dir mal den Geburtsort an!«

Katie fuhr mit dem Finger die Zeilen entlang. Als sie bei der Stelle angekommen war, die Jola meinte, keuchte sie auf. Sie sah Jola an, die Augen weit aufgerissen.

»Das ist sie«, flüsterte Jola. »Das ist die Verbindung. Dein Großvater stammt aus Trakehnen!«

Ausflug ins Geisterland

Beim Abendessen wechselten Katie und Jola immer wieder heimliche Blicke, aber während der Mahlzeit ergab sich keine Gelegenheit, das Thema anzusprechen. Stefan verkündete stolz, dass Annas Song im Radio gelaufen war, und Helen berichtete ausführlich von ihrem Gespräch mit dem Sponsor, der in diesem Jahr wieder einen Großteil der Kosten für das Turnier übernehmen würde und dafür alleiniger Getränkelieferant blieb.

»Wir bringen Banner am Reitplatz an und mieten die Hüpfburg von ihm. Außerdem will er natürlich, dass seine Tochter am Ginstercup teilnehmen darf.«

»Alles klar«, gab Stefan zurück und beschmierte sein Brot dick mit Schmalz. »Solange wir sie nicht gewinnen lassen müssen.«

Helen lachte. »Nein, natürlich nicht. Sie will nur dabei sein. Aber das geht klar, Niko sagt, sie reitet inzwischen so gut, dass dem nichts im Wege steht. Ach ja, und mit dem Verband habe ich auch gesprochen. Du könntest dir übrigens überlegen, ob du dieses Jahr nicht einen Verkaufsstand machst, die Nachfrage nach deinen Halftern ist doch ganz ordentlich, oder?«

Jemand trat Jola unter dem Tisch gegen das Schienbein und sie ruckte hoch.

Katie deutete mit dem Kopf auf ihren Großvater, der gedankenversunken in seinem Tee herumrührte und aus dem Fenster schaute.

»Du, Opa«, begann sie und setzte ein unschuldiges Lächeln auf. »Wo warst du heute?«

»Die Elfriede hat einen dicken Fuß. Ich habe geholfen, die Hopfendrähte einzuziehen.«

Katie räusperte sich. »Na ja, also, weil – wir haben dich gesucht. Wir brauchen deine Hilfe für ein Schulprojekt, weißt du? Es geht dabei um die Nachkriegszeit. Wie war das damals so, wenn man … also, wenn man … in Ostpreußen gelebt hat?«

Plötzlich war es so still am Tisch, dass man das leise Ticken der Wanduhr hören konnte. Jola sah, wie Opa Max zusammenzuckte – obwohl seine Miene unverändert blieb.

»Katie«, begann Helen leise. »Du kannst nicht einfach …«

»Schon gut.« Der alte Mann hob die Hand und lächelte seine Enkelin an. »Das ist lange her, Katie. Sehr lange. Und ich bin müde.« Damit stand er auf, obwohl das Brot noch auf seinem Teller lag und der Tee sein Glas bis obenhin füllte.

»Warte«, rief Katie und sprang ebenfalls auf, aber Stefan griff nach ihrem Arm und hielt sie zurück.

»Lass ihn gehen. Katie, setz dich wieder.«

»Das gibt's nicht, nie redet er mit uns!« Katie schnaufte enttäuscht und ließ sich widerwillig auf ihren Platz zurückplumpsen. »Warum ist er so stur?«

»Du kapierst wirklich gar nichts«, murmelte Anna und verdrehte die Augen.

»Er ist nicht stur.« Helen legte ihr Messer zur Seite und beugte sich über den Tisch. »Mein Vater hat den Krieg miterlebt, Katie. Da sind Wunden entstanden, die man nicht sehen kann. Die nie verheilen. Wenn er nicht über diese Zeit reden kann oder will, musst du das akzeptieren. Klar?«

»Aber …«, fing Katie an und warf Jola einen Hilfe suchenden Blick zu.

»War er dabei?«, fragte Jola leise.

»Er war im Krieg«, sagte Helen. »Das ist alles, was wir wissen. Er wollte nie darüber sprechen, aber ich habe das immer hingenommen. Meine Mutter hat oft versucht, etwas aus ihm herauszukriegen. Sie hat mir erzählt, dass er in der Nacht oft schreiend aufgewacht ist und wirres Zeug gestammelt hat.«

»Er hat vermutlich schlimme Dinge erlebt.« Stefan kippte seinen Tee mit einem Zug hinunter. »Er war damals immerhin selbst noch ein halbes Kind, etwa so alt wie Anna jetzt.«

»Bedrängt ihn nicht«, warnte Helen und sah Katie eindringlich an. »Du kannst ihn zu dem Thema fragen, aber wenn er nicht reden will, ist Schluss! Denk an sein Herz. Denk daran, was im Winter passiert ist.«

»Jaja, schon gut.« Katie klaubte die Brotrinde vom Teller und ließ sie unter den Tisch segeln, wo Minnie sich sofort darüber hermachte. »Ich dachte eben, als Zeitzeuge und so …«

»Zeitzeuge«, sagte Anna und stand ebenfalls auf. »Doofes Wort. Opa ist fast neunzig, er hat wahrscheinlich längst vergessen, was damals passiert ist.«

Nach dem Essen, als Jola Helen half, den Tisch abzuräumen, fragte sie: »Hat er es wirklich vergessen? Oder will er bloß nicht darüber sprechen?«

Helen überlegte einen Moment. »Ich denke, er würde sich noch gut erinnern. Aber er will nicht, er will es vergessen. Möglicherweise hat er etwas gesehen oder verloren in seinem früheren Leben, und der Schmerz darüber ist so groß, dass er gelernt hat, ohne die Erinnerung zu leben. Für ihn gibt es nur das Hier und Jetzt. Und … uns.«

Aber Wolkenherz ist hier, dachte Jola. Hier! Jetzt. Er ist Teil seiner Geschichte.

Es musste einen Weg geben, zu ihm durchzudringen und die verborgene Erinnerung zum Leben zu erwecken – genau wie das Geisterpferd.

Am nächsten Morgen durften sie auf Justin und Taylor, den beiden Haflingern, zur Schule reiten. Helen kannte einen Bauern, der ganz in der Nähe der Schule eine eingezäunte Wiese besaß, wo sie die Pferde bis Mittag grasen lassen konnten. Sie waren eine Viertelstunde früher aufgebrochen als sonst, aber weil der Schulbus unterwegs so oft anhalten musste, um Schüler aufzusammeln, kamen sie beinahe gleichzeitig am Steinbacher Gymnasium an. Die anderen klebten an der Scheibe und winkten wie verrückt, aber Katie hob nur lässig die Hand und verdrehte die Augen.

»Die tun ja gerade so, als hätten sie mich noch nie auf einem Pferd gesehen.«

Jola fand es seltsam, in Reithosen im Unterricht zu sitzen, und natürlich konnten es die Jungs nicht lassen, ein paar entsprechende Kommentare dazu abzulassen, die Katie jedoch nur mit einem giftigen Blick quittierte.

Jonas grinste und meinte: »Chic, Jo. Das ist mal was anderes.«

»Musst du nicht irgendwas vor dich hin summen oder so?« Jola schlug ihr Geschichtsbuch auf und begann, den Absatz mit den Rationierungen noch mal zu überfliegen. Sie hatte gestern Abend nur noch dürftig gelernt, weil ihre Gedanken einfach immer wieder zu Katies Großvater und dem seltsamen Soldbuch gewandert waren. Inzwischen wussten sie immerhin, dass ein Soldbuch der Ausweis eines Wehrmachtssoldaten im Zweiten Weltkrieg gewesen war. Maximilian von Weyke war zum Zeitpunkt der Ausstellung siebzehn Jahre alt gewesen. Ziemlich jung für einen Soldaten.

»Hast du in letzter Zeit mal Radio gehört?«, fragte Jonas und lehnte sich halb über das Buch, sodass Jola nicht weiterlesen konnte. »Unser Song geht total ab, die haben ihn jetzt schon dreimal gespielt!«

»Ja, wir haben ihn auch gehört. Glückwunsch.« Jola versuchte, das Buch unter ihm rauszuziehen. »Warum hat Anna eigentlich nachgegeben? Sie war doch voll dagegen, den Song schneller zu spielen.«

»Hat sie nicht.« Jonas gab das Buch frei und sah kurz zur Tür. Herr Ernst berat mit angespannter Miene das Klassenzimmer. »Aber die anderen fanden meine Variante auch besser, also haben wir sie einfach überstimmt.«

»Du weißt auch, wie man sich beliebt macht, oder?«

Jonas grinste wieder. »Tja. Jetzt muss sie einsehen, dass ich recht hatte. Oder hast du den Song vorher schon mal im Radio gehört?«

»Ruhe bitte!« Herr Ernst klopfte auf sein Pult. »Leute, ihr könnt es euch ja schon denken. Wir schreiben einen unangekündigten Test. Keine Panik, fünfzig Prozent der Fragen sind intuitiv beantwortbar, wenn ihr im Unterricht nicht geschlafen habt.«

»Oh shit«, murmelte Jonas und sank in sich zusammen. »Hast du gelernt?«

»Hm.«

»Dann schreib mal groß!«

Jola kaute auf ihren Lippen herum, während Herr Ernst die Blätter verteilte.

Die Aufgabe lautete: »Beschreibe die Situation der Menschen zur Nachkriegszeit. Was ist unter Rationierung zu verstehen? Nenne drei Kommunikationsmedien der damaligen Zeit. Worin unterschied sich das Leben auf dem Land vom Leben in der Stadt?«

Jola setzte den Stift an und begann zu schreiben. Dabei drehte sie das Blatt so, dass Jonas darauf schielen konnte, wenn ihm gar nichts einfiel. Spicken beim Ernst war ein gewagtes Spiel, aber im Zweifel wusste er schon, wer von wem abgeschrieben hatte. Sie dachte nicht groß über ihre Antworten nach, schrieb einfach, was ihr in den Sinn kam – und merkte dabei, dass sie eigentlich die ganze Zeit über eine ganz bestimmte Person schrieb.

»Die Leute auf dem Land waren stärker voneinander abhängig und konnten ihre Geheimnisse schwieriger für sich behalten. Ein junger Soldat, der nach dem Krieg auf seinen Hof zurückkehrte …«

Weiter kam sie nicht, denn plötzlich kicherte jemand auf. Unruhiges Gemurmel entstand und Herr Ernst unterbrach seinen Kontrollgang durch die Reihen.

Die Schüler, die am Fenster saßen, deuteten nach draußen. »Da laufen Pferde über den Schulhof!«

»Was?« Katie sprang auf und hastete zum Fenster. Jeder versuchte, einen Blick auf die Pferde zu erhaschen, auch Jola war aufgestanden, bis der Lehrer die Situation erfasst hatte und die Hände in die Hüften stemmte.

»Ruhe. Setzt euch wieder hin. Noch sind wir mitten in der Prüfungszeit.«

»Aber …«, begann Katie nervös.

»Wer jetzt herumsteht und lieber diesen Pferden zusieht, für den ist die Prüfung beendet«, polterte Herr Ernst und sah Katie scharf an. »Das gilt auch für dich, Katharina.«

Katie überlegte nicht einen Augenblick. Sie griff sich ihr Blatt, drehte es um und drückte es dem Lehrer in die Hand. Dann stürmte sie aus dem Klassenzimmer, ohne auf eine Antwort zu warten.

Jola zögerte, aber nur kurz. »Sorry«, flüsterte sie Jonas zu, hob ihr Blatt auf und reichte es dem Lehrer. »Entschuldigen Sie bitte die Störung«, sagte sie zu ihm, drehte sich um und verließ das Zimmer mit ruhigen Schritten. Erst als die Tür zu war, begann sie zu rennen.

Auf dem Schulhof sprintete Katie auf Justin zu. Sie versuchte, sein Halfter zu packen, aber der Wallach warf den Kopf hoch und machte einen Satz zur Seite.

»Spinnst du jetzt?« Katie sah ihn böse an. »Komm her, du Esel!«

Justin klappte die Ohren zur Seite, als würde er überlegen, was er von dieser aufgebrachten Katie halten sollte. Dann drehte er sich herum und biss Taylor spielerisch in die Flanke, sodass die Stute quiekte und nach ihm ausschlug. Im Nu lieferten sich die beiden einen Wettstreit und rannten einmal quer über den Schulhof, bis Justin im Blumenbeet zu grasen begann und Taylor einen Haufen in das Hüpfspiel am Boden setzte. Jola sah, dass in allen Stockwerken Gesichter hinter den Fensterscheiben klebten, aber nicht nur Schüler, auch Lehrer schauten ihnen zu.

Die lachen sich kaputt über uns, dachte sie und merkte, wie sie zu schwitzen begann.

Katie folgte ihrem Blick und plötzlich passierte etwas Seltsames mit ihr. Sie ließ die Arme fallen, atmete tief durch und straffte die Schultern. Es sah aus, als wäre sie eine Schauspielerin, die in eine Rolle schlüpft – sie blendete die Gesichter und den Schulhof komplett aus und lief auf die beiden Pferde zu, als würden sie zu Hause auf der Koppel stehen. Noch bevor sie Justin erreicht hatte, sah Jola, dass es funktionierte. Diesmal stob der Wallach nicht davon, sondern beäugte sie nur neugierig.

»Was soll denn die Show, hm?« Katie beugte sich runter und schlang ihre Finger fest um das Halfter. »Mann. Wenn ihr auf die Straße lauft und euch passiert was, verzeih ich mir das niemals.«

Zum Glück brauchte Taylor keine Extraeinladung. Als Katie ihren Kumpel davonführte, kam sie ganz freiwillig hinterhergetrottet. Jola versuchte, nicht zu den Fenstern hochzuschauen, als sie über den Schulhof gingen, aber sie hörte das Klatschen und Rufen dahinter und hätte sich am liebsten hinter der Stute verkrochen.

Sie brachten die Pferde zurück auf die Wiese und fischten einen Pappkarton aus dem Altpapiercontainer, in den sie die Pferdeäpfel laden konnten. Dann liefen sie zurück ins Schulhaus und stapften mit dem Gong die Treppe hinauf zu ihrem Klassenzimmer.

»Alles klar?«, fragte Lea leise, als Katie an ihren Platz huschte.

»Hm«, machte Katie nur und fing an, ihre Sachen zusammenzupacken.

»Bleiben die Damen bitte noch einen Moment?« Herr Ernst lehnte sich an sein Pult und sah sie auffordernd an.

Die Luft im Raum war stickig, und Jola hatte das Gefühl, von neugierigen Blicken durchbohrt zu werden. Sie wartete, bis die anderen weg waren, erst dann trat sie vor den Lehrer.

»Wir hatten Angst, dass …«, begann sie, aber Herr Ernst hob die Hand.

»Das ist mir gleichgültig, Jola. Ich will keine Erklärung hören. Eure Pferde haben meinen Unterricht gestört, und soweit ich weiß, haben Pferde auf dem Schulgelände nichts verloren. Ihr werdet beide eine Verwarnung erhalten.«

Katie zuckte zusammen. »Was? Aber wir können doch nichts dafür, wenn sie abhauen!«

»Warum bringt ihr eure Pferde mit zur Schule?«

»Also, eigentlich haben sie uns zur Schule gebracht.«

Der Lehrer hob die Brauen und Katie zog den Kopf ein.

»Ich nehme doch an, du kennst deinen Notenspiegel, Katharina. Dann weißt du auch, dass du dir diese Sechs nicht erlauben kannst.«

Katie biss die Zähne zusammen und starrte missmutig auf ihre Füße.

»Tut uns leid.« Jola schob sich vor Katie und sah Herrn Ernst direkt in die Augen. »Ehrlich, das war total daneben von uns.«

Damit hatte er wohl nicht gerechnet, denn er runzelte nur die Stirn und verschränkte abwartend die Arme vor der Brust.

»Können wir nicht irgendwas machen, um Katies Note zu retten? Ein Extrareferat oder so was?«

»Ich wüsste wirklich nicht, was das bringen soll, Jola.«

»Aber wir haben uns irre viel mit dem Thema Nachkriegszeit beschäftigt. Wirklich! Es gibt da … also, in Katies Familie, ihr Großvater, der hat den Krieg miterlebt, und deshalb haben wir ganz viel darüber gelesen und Videos geschaut, weil uns das interessiert hat. Bitte, Herr Ernst. Geben Sie uns eine Chance, das wiedergutzumachen!«

Jola spürte Katies Schuh schmerzhaft auf ihrem Zeh, aber sie wandte den Blick nicht vom Gesicht des Lehrers ab. Einen Moment lang dachte sie, Herr Ernst würde sie einfach aus dem Raum schicken. Aber zu ihrer Überraschung nickte er.

»Also, meinetwegen«, beschloss er. »Ihr präsentiert uns ein halbstündiges Referat. Lasst euch etwas einfallen, wie ihr das lebendig gestaltet.«

»Machen wir«, sagte Jola schnell. »Ist es egal, worüber?«

Der Lehrer begann, seine Sachen einzupacken. »Solange es zu unserem Thema passt.«

»Dann über Ostpreußen. Und … Trakehner Pferde.«

Herr Ernst zog die Stirn in Falten. »Die Flucht der Menschen aus Ostpreußen, meinst du wohl. Zusammen mit ihren Pferden.«

Jola nickte schnell. »Genau. Sie haben uns doch erzählt, dass nur wenige Pferde – und Menschen natürlich – diese Flucht überhaupt überlebt haben.«

»Das stimmt. Den Menschen war es unter Strafe verboten zu fliehen. Erst im allerletzten Moment, als es schon beinah zu spät war, durften sie Trecks bilden und sich in Sicherheit bringen.« Herr Ernst lächelte jetzt sogar. »Ein gutes Thema. Daraus könnt ihr etwas machen. Es soll aber bitte keine Pferdegeschichte werden. Lasst sie von den Menschen handeln.«

Katie zappelte ungeduldig, während er seinen Block noch mal aus der Tasche zog und darauf Internetadressen und einen Bildband notierte, die ihnen etwas nützen würden.

»Vielleicht könnt ihr ein Interview mit Katies Großvater machen. Es wird von eurem Fleiß und eurer Recherche abhängen, ob ihr eure Noten damit ausgleichen könnt«, rief er ihnen noch hinterher, aber Katie war schon aus dem Zimmer gestürmt und polterte die Treppe hinunter.

»Extraarbeit? Spinnst du? Das ist doch reine Schikane, der gibt mir im Leben keine gute Note mehr! Außerdem muss ich Keira fit kriegen, ich habe überhaupt keine Zeit dafür.«

Jola schüttelte den Kopf und packte Katies Ärmel, damit sie langsamer lief. »Hast du nicht zugehört? Wir reden über ihn – über Wolkenherz! Wir erzählen seine Geschichte. Und der Ernst wird uns dabei helfen, die fehlenden Puzzlestücke zusammenzusetzen.« Sie lächelte ganz leicht. »Hey, weißt du, was? Jetzt können wir zu deinem Großvater gehen. Das Schulprojekt, das du ihm vorgegaukelt hast, das gibt es jetzt in Wirklichkeit!«

Adrenalinisch

Es gibt Tage, dachte Jola am nächsten Morgen, an denen geht einfach alles schief.

Es fing schon beim Frühstück an, als sie sich die Milch über die Hose kippte und versehentlich zwei frische Eier hinunterwarf. In der zweiten Pause merkte sie, dass der Hosenschlitz ihrer Jeans offen stand und man die Streifen ihrer Unterhose sehen konnte, wenn sie blöd stand. Dann fiel die letzte Stunde aus, und sie vergaß vor lauter Ratschen mit Sanne, ihre Sachen in den Rucksack zu räumen, sodass sie mit einer leeren Tasche nach Hause kam. Beim Mittagessen verbrühte sie sich an der heißen Suppe die Zunge und trat Minnie auf den Fuß, woraufhin die Hündin eine halbe Stunde lang hinkte. Der Tag war so verteufelt, dass sie schon gar nicht zur Reitstunde gehen wollte – aber dann zog sie doch ihre Reithose an und lief zum Stall, denn irgendwann musste ihre Pechsträhne ja ein Ende haben und sich alles ins Gegenteil kehren. Wäre doch nicht schlecht, wenn das ausgerechnet in der Reitstunde passierte!

Etwas war anders an dieser Stunde. Jola merkte es an der allgemeinen Stimmung, als sie vor dem Stall auf die anderen traf. Milla – das Mädchen mit den aufwendigen Zöpfen – zupfte die ganze Zeit an ihren Haarbändern herum, und Julia schnatterte ständig aufgeregt dazwischen.

»Achtung«, erklang Nikos Ruf, und alle hasteten zur Seite.

Kurz darauf stoben fünf schnaubende Pferde und Ponys auf den Hof und sammelten sich stampfend vor dem Anbinder. Niko, der ohne Sattel auf Miley hockte, grinste in die Runde. »Hey, was ist denn mit euch los?«

»Sagst du es uns heute?«

»Bitte, Niko, ich kann schon gar nicht mehr schlafen!«

Niko warf sich die Haare aus der Stirn und lachte. »Na, vielleicht. Heute reiten wir mal eine kleine E-Dressur und anschließend dürft ihr ein paar Sprünge machen. Okay?«

»Nur so? Oder …«

»Oh Mann!« Niko verdrehte die Augen. »Also, wer will welches Pferd?«

Es gab ein paar Rangeleien um Miley und Justin, wie immer, aber schon bald waren alle Pferde verteilt. Jolas Bauch hüpfte und tanzte im Kreis, als Niko sie anblickte. Sprünge – sie war noch nie mit einem Pferd gesprungen. Nur von einem Pferd. Unfreiwillig. Ob sie das hinkriegte? Wenn sie beim Turnier mitmachen wollte, durfte sie sich nicht zu dumm anstellen.

Oh, bitte, dachte sie. Bitte nicht Billy. Irgendein anderes Pferd, egal, welches, nur bitte, bitte nicht Billy!

»Dein Freund Billy«, sagte Niko und reichte ihr den Führstrick. »Den reitest du doch sowieso immer mit Katie. Billy springt übrigens wie ein Weltmeister.«

Jola wollte protestieren – aber dann biss sie sich doch auf die Lippe. Nein, wenn sie jetzt schon aufgab, noch bevor sie überhaupt auf dem Pferd saß, dann würde er sie im Leben nicht mitreiten lassen. Sie musste das irgendwie hinkriegen!

»Hey«, sagte sie ganz sanft zu Billy und streichelte seinen grauschwarz gefleckten Hals. »Hast du gehört? Wir sind Freunde, hat er gesagt. Freunde passen aufeinander auf, weißt du? Und tun sich Gefallen. Du tust jetzt mal mir einen Gefallen und dann darfst du dir was wünschen – okay?«

Das Pony wandte den Kopf und schaute sie an. Unglaublich, wie er immer tat, als würde er jedes Wort verstehen! Sie war froh, dass sie seit der Gewitternacht wenigstens keine Angst mehr vor ihm hatte – oder besser davor, von ihm abgeworfen zu werden. Aber deshalb waren sie noch lange kein Dream-Team.

»Was hast du vor?«, fragte Milla und starrte mit großen Augen Wolkenherz an, den Niko eben aus dem Stall führte.

»Ich reite euch vor, was ihr zu tun habt.« Niko strich lässig mit einer weichen Bürste über Wolkenherz' Rücken, der trotz des Nieselwetters blütenweiß glänzte. Dann legte er einen nigelnagelneuen Sattel aus schwarz glänzendem Leder auf seinen Rücken, den bestimmt Stefan gemacht hatte. »Außerdem will ich schauen, was er draufhat.«

»Geht er auch mit beim Turnier?« Julia bekam Stielaugen.

»Das sehen wir noch. Wer hat was vom Turnier gesagt?« Niko machte ein unschuldiges Gesicht und alle stöhnten ungeduldig auf.

Jola sattelte Billy und führte ihn hinter den anderen rauf zum überdachten Reitplatz. Es gab keine feste Regel, wer an welcher Stelle ritt – meistens bildeten sie keine feste Abteilung, sondern ritten jede ihrer eigenen Wege und Figuren und mussten aufpassen, dass sie sich dabei nicht in die Quere kamen. Wenn sie aber in der Abteilung ritten, führte Milla sie an, unabhängig davon, auf welchem Pferd sie saß. Es schien ihr ungemein wichtig zu sein, an der Spitze zu reiten, während Jola gern das Schlusslicht bildete – so konnte sie die anderen beobachten und zuerst einmal gucken, was die so falsch machten, um es dann besser hinzukriegen.

Billy hatte nicht seinen besten Tag, das merkte sie schon, als er im Vorbeigehen nach Justin schnappte. Als er dann auch noch hinter all den anderen hertrotteln sollte, verlor er völlig die Lust. Zweimal brach er aus und lief eine Extrarunde über den Platz. Dann buckelte er, als sie angaloppieren wollte, und lief so dicht auf seinen Vordermann auf, dass Jola nicht anders konnte und ihn zu einer Volte zwingen musste. Sie hatte das Gefühl, Nikos Augen lagen nur auf ihr, und als er sie schließlich in die Mitte zitierte und sie hinter Wolkenherz Aufstellung nehmen ließ, schüttelte er sogar ganz leicht den Kopf.

»Wir machen es jetzt mal ohne den kleinen Störenfried. Also noch mal: Abteilung Te-rab marsch, auf den Zirkel geritten!«

Niko sagte die Bahnfiguren an, und die Gruppe ritt alles korrekt, wie es sein sollte. Sogar die Pferde bogen schön ihre Hälse und präsentierten sich, als wären sie schon in einem Wettkampf. Jola bekam schweißnasse Hände, als Niko sich zu ihr drehte.

»So, dasselbe machen jetzt wir beide. Ich vorn, du hinter mir. Halt ihn zurück, okay?«

Wenigstens sieht er mich so nicht, dachte Jola. Aber sie hatte sich zu früh gefreut. Billy hatte keine Lust mehr auf Bahnfiguren. Er schlurfte nur so in die Kurven, drückte den Rücken weg und schüttelte sie im Arbeitstrab so richtig durch. Angaloppieren wollte er gar nicht mehr, er wurde einfach immer schneller und ignorierte ihre verzweifelten Hilfen und das Klopfen ihres inneren Beins. Während Wolkenherz in eleganten Sprüngen durch die Bahn flog, als hätte er diese leichte Dressur schon tausendmal gemacht.

»Wow«, flüsterte Milla mit glänzenden Augen, als Niko den Hengst durchparierte. »Er ist echt ein Traum!«

Dann ging es weiter zum Springtraining. Milla durfte absteigen und Wolkenherz halten, während Niko ein paar Hindernisse aufbaute. Zwei an der langen Bahn, ein Kreuz in der Mitte und ein höherer Steilsprung auf der anderen Seite. Dann stieg er wieder auf Wolkenherz' Rücken und zeigte ihnen zwei Varianten, wie sie den Parcours durchreiten konnten, einmal mit vier und einmal mit sechs Sprüngen.

Jola wartete, bis alle anderen die erste Runde absolviert hatten, dann trabte sie Billy an und merkte, dass er immerhin Lust auf die neue Aufgabe hatte. Er stellte die Ohren auf und beäugte die bunten Stangen interessiert. Das Kreuz übersprang er mit viel Elan und höher, als er musste. Natürlich, Billy konnte springen – er war schließlich Katies Turnierpony. Auf der langen Seite musste sie den Absprung treffen, damit sie nicht zu nah an die zweite Hürde herankam und die zweite Stange abräumte. Billy war zu schnell und viel zu dicht dran, aber er ließ einfach den letzten halben Schritt aus und sprang mit einem mächtigen Satz über die Stange. Darauf war Jola nicht gefasst gewesen – sie hing wie ein Mehlsack im Sattel und wurde durch den Schwung nach vorn auf seinen Hals geschleudert, was Billy natürlich maßlos störte. Er senkte den Kopf und sprang seitlich weg und Jola kullerte ins Sägemehl.

»Das Abspringen üben wir eigentlich ein andermal«, frotzelte Niko, nachdem er sich überzeugt hatte, dass ihr nichts passiert war. Er klopfte Späne von ihrer Jacke, fing Billy ein und sah sie herausfordernd an. »Aufgeben oder wieder rauf?«

Jola versuchte, sich ihren Schreck nicht anmerken zu lassen.

Weder Niko noch Billy sollten hören, wie schnell ihr Herz klopfte. »Wieder rauf«, sagte sie nur.

Sie probierte es noch mal. Diesmal stimmte der Absprung wieder nicht, aber sie verhinderte, dass Billy zu früh sprang, und so räumten sie krachend das Hindernis ab.

Der Steilsprung kam ihr eher vor wie eine Limbo-Stange, unter der man sich durchwinden musste – sie zögerte zu lang, und Billy blieb einfach stehen.

Die anderen durften noch eine zweite Runde drehen. Niko sprang wieder mit Wolkenherz voraus, der ruhig und federnd galoppierte und seinen Absprung perfekt taxierte.

Bestimmt ist das Nikos Verdienst, dachte sie. Bei uns würde Wolkenherz auch nicht so laufen.

Als sie an der Reihe war, drückte sie entschlossen die Beine an Billys Bauch.

»Jola, warte.« Niko ritt ihr in den Weg und lächelte entschuldigend. »Ähm … wir machen lieber noch ein paar Extraspringstunden aus, bevor du einen Parcours reiten solltest. Das Gezerre ist auch nicht gut für Billy, weißt du.«

Während sie zum Hof zurückritten – die Zügel lang, damit die Pferde ausschnaufen konnten –, merkte Jola, dass sie den Tränen nah war. Warum funktionierte es einfach nicht? Lag es wirklich an Billy? Oder an ihr? Sie hätte doch besser sein müssen, ihre Mutter war besser gewesen, so viel besser, etwas davon musste doch auch in ihr stecken! War sie zu feige zum Springen? Hatte sie Schiss gehabt und Billy hatte das gespürt? Die letzte Stange war wirklich verdammt hoch gewesen. Frustriert ließ sie die Arme hängen und kümmerte sich nicht darum, dass Billy im Gehen nach frischen Grashalmen schnappte.

Nachdem sie die Pferde abgesattelt und versorgt und zurück auf die Koppel gebracht hatten, versammelte Niko sie auf dem Hof und kritzelte etwas auf einer Liste herum.

»Oookay. Ihr habt es euch ja schon gedacht …«

»Der Ginstercup«, kreischte Julia und warf die Hände hoch. »Ich will Taylor, ich will Taylor!«

Niko grinste und verdrehte die Augen. »Seid doch mal ruhig! Also schön, das heute war mein kleiner Test. Ihr habt die E-Dressur locker drauf, das heißt, wir können in den nächsten Wochen an den Aufgaben für die A-Dressur arbeiten. Der Steilsprung hatte ebenfalls A-Niveau, aber das habt ihr ganz gut gemeistert. Jetzt gilt es, Parcoursspringen zu üben und vor allem die Geländestrecke. Traut ihr euch das zu?«

»Jaaaa«, riefen alle wie aus einem Mund.

»Dann dürft ihr euch anmelden, und zwar jede mit dem Pferd, auf dem sie heute geritten ist. Es gibt noch ein paar Reiter aus anderen Gruppen, die am Cup teilnehmen können, und natürlich werdet ihr Konkurrenz von außerhalb bekommen. Nicht zu vergessen unsere Katie mit Keira!«

»Was ist mit dem Hengst?« Milla stemmte die Arme in die Hüften und lächelte herausfordernd. »Wer bekommt Wolkenherz?«

Niko schüttelte langsam den Kopf. »Das muss ich mit Helen klären. Vielleicht reitet sie wieder selbst mit – immerhin ist sie die Titelverteidigerin. Oder ich starte mit ihm. Auf jeden Fall keiner von euch Reitschülern.«

»Warum nicht?«

»Dazu kennen wir ihn noch nicht gut genug. Er ist manchmal sehr … unberechenbar. Sorry, Milla.«

»Ist okay. Mit Miley bin ich auch zufrieden!«

Bist du nicht, dachte Jola. Oder nur, solange niemand anderes Wolkenherz reitet und dir deinen Rang streitig macht!

»Jola?« Niko verzog entschuldigend das Gesicht. »Tut mir leid, aber du wirst wohl auf den Cup verzichten müssen. Im Augenblick ist mir das zu unsicher mit dir. Du kannst dafür bei den Reiterspielen starten. Ist doch auch ganz witzig.«

Jola biss sich auf die Lippe, um nicht loszuheulen. Natürlich starrten jetzt alle sie an, die meisten mitleidig, nur Millas Mundwinkel zuckten.

»Ich will aber beim Ginstercup starten«, beharrte sie und schluckte fest. »Dort … oder gar nicht.«

»Oh Mann.« Niko fuhr sich mit beiden Händen durch die Haare. »Dann musst du üben! Ich gebe dir drei Wochen. Wenn du mich bis dahin überzeugst, kannst du mitreiten.«

»Wie soll sie das denn anstellen?« Julia schüttelte den Kopf. »Jola, lass es doch. Ist es nicht egal, wo du mitmachst? Wir haben alle mal bei den Reiterspielen angefangen. Du hast doch null Chance, den Ginstercup zu gewinnen.«

Darum geht es doch gar nicht, dachte Jola und sah Niko fest in die Augen. »Abgemacht. Drei Wochen. Du wirst schon sehen!«

Alte Leute, neue Geschichten

Den ganzen Abend überlegte Jola, wie sie es anstellen sollte, dass Niko sie doch noch mitreiten ließ. Sie holte sich ein Buch über Vielseitigkeitsreiten aus dem Wohnzimmer der Webers und blätterte darin, aber es wurden nur Springtechniken beschrieben und Strategien zum Parcourstraining – da stand nichts davon, wie man ein starrsinniges Pony dazu kriegte zu machen, was man wollte.

Katie saß in ihrem Zimmer und lernte, also lief sie zurück in die Wohnung im Anbau und belegte ein paar Brotscheiben fürs Abendessen. Aber ihre Gedanken flogen immer wieder zu der Reitstunde und Billy zurück, bis sie merkte, dass sie die Brote zu einem Pferdekopf gelegt und aus den Gurkenscheiben eine Mähne gebastelt hatte.

Jetzt spinne ich total, dachte sie, aber dann ging sie zum Kühlschrank, holte zwei kleine Tomaten heraus und ließ sie als Augen auf ihr Kunstwerk plumpsen.

»He, Tochter.« Ihr Vater schaute von seinem Bildschirm auf, als sie ins Schlafzimmer trat. »Was soll das denn sein?«

»Pferdebrot«, sagte sie und stellte seinen Teller vor ihn hin. »Und du? Was machst du?«

Er warf einen raschen Blick auf den Bildschirm. »Ein Auftrag für ein Architekturbüro. Skurrile Hausdächer. Ich suche gerade, was ich da so finde.«

»Musst du dafür wieder wegfahren?« Jola biss in die Pferdenase und ließ sich auf dem Bett nieder. »Ich krieg dich kaum noch zu Gesicht.«

Ihr Vater lachte. »Na hallo! Du bist doch ständig da draußen! Außerdem war es deine Idee, in diese Schule zu gehen, schon vergessen?«

Sie schüttelte den Kopf. Antworten konnte sie nicht, weil sie gerade zwei Stücke der grünen Mähne im Mund hatte.

»Apropos Schule«, sagte ihr Vater und grinste. »Ich soll die Klassenfotos schießen. Da kannst du mich dann sehen.«

»Haha«, murmelte Jola, aber ihr Herz machte einen Sprung. Klassenfotos – wie cool! Dann konnten endlich alle ihren Vater in Aktion sehen. »Und die Hausdächer?«

»Das dauert nur eine Woche. Oder zwei. Hab schon mit Helen geredet, du kannst hierbleiben.« Er runzelte die Stirn. »Es sei denn, du magst mitkommen? Wir könnten von Norddeutschland aus weiterfahren nach Holland, ich hab gehört, dort gibt es um diese Jahreszeit tolle …«

Jola hob die Hand. »Stopp! Schon vergessen? Ich bin ein Schulkind.«

Er verdrehte die Augen. »Ja, habe ich mir schon gedacht. Aber fragen darf ich ja wohl noch.«

Eine Weile aßen sie schweigend und Jola schaute sich die Bilder auf dem Bildschirm an. Skurrile Hausdächer. Ein Haus trug ein Runddach, das sich wie eine Turmspitze in den wolkenverklebten Himmel bohrte. Gruselig sah das aus. Auf einem anderen Bild wuchs ein Baum mitten aus dem Gebäude heraus und verschlang den Rest des Daches wie eine gewaltige harzige Schlange. Am schönsten fand sie das Nur-Dach-Haus, wo die Dachspitzen wie bei einem Zelt bis zum Boden reichten, so als würden sie das Haus zwischen sich beschützen.

»Helens Vater hat erzählt, der Maierhof hat ein Grasdach. Warst du schon mal dort?«

»Max?« Jola horchte auf. »Was hat er noch erzählt?«

»Äh, nichts. Nur von dem grünen Dach. Warum?«

»Ach, nur so.« Jola sank wieder in sich zusammen. Viel zu kompliziert, ihrem Vater das alles zu erklären! Aber dann fiel ihr etwas ein. Der Maierhof! Katies Großvater ging dort ein und aus, schon seit Jahren. Er half bei der Hopfenernte und hatte den Maiers sogar von dem weißen Hengst erzählt, der plötzlich auf dem Ginsterhof aufgetaucht war. Ob sie eines seiner Geheimnisse kannten? Konnten diese Leute, die Freunde von ihm zu sein schienen, vielleicht etwas über Max erzählen, was ihnen weiterhalf?

»Ich muss noch was für die Schule machen.« Jola stand auf. »Fahr nur zu deinen Hausdächern, ich hab kein Problem damit.«

»Danke für das Pferdebrot!« Ihr Vater grinste, und sie lief nach draußen, um Katie zu suchen.

Die Spitzen der Nadelbäume waren voller hellgrüner Triebe, die nach Wald und Frühling dufteten, als Wolkenherz ein paar davon abzupfte und zwischen seinen Zähnen zerkaute. Katie klopfte seinen Hals und nahm die Zügel ein wenig auf, damit er den Bäumen nicht all ihre Knospen wegfutterte.

»Wie gut kennst du sie?«, wollte Jola wissen und beugte sich vor. Inzwischen klammerte sie sich nicht mehr an Katies Hüfte fest und schaffte es, ihre Beine locker hängen zu lassen.

»Wie man sich halt kennt, wenn man nebeneinanderwohnt.« Katie zuckte mit den Schultern und versetzte Jola einen leichten Schubs. »Okay, nebeneinander ist übertrieben. Wir waren als Kinder schon öfter mal da, auf Geburtstagen und so … mit Oma. Ich fand's immer total langweilig. Die haben nur ein Kind und das war schon erwachsen, also gab es niemanden zum Spielen und Pferde haben sie auch nicht. Irgendwann ist dann nur noch Opa rübergefahren.« Katie wackelte wieder mit den Schultern, und Jola musste sich festhalten, um nicht herunterzurutschen.

»Wahrscheinlich war es eine dumme Idee«, gab Jola zu und legte den Kopf in den Nacken, um den Vögeln zu lauschen, die hoch aus den Baumwipfeln zu ihnen herunterpfiffen.

»Warum?« Katie drehte ganz leicht ihren Körper und Wolkenherz lief eine Kurve. Der Weg führte aus dem Wald hinaus und zwischen zwei Feldern mit langen, aufrecht stehenden, in sorgfältigen Reihen angeordneten Holzbalken entlang. »Und wennschon. Wenigstens hatten wir dann einen coolen Ritt!«

Jola biss sich auf die Lippe. Sehr cool! Als sie auf Wolkenherz' Rücken gestiegen war – Katie hatte ihn extra an den Zaun vom Reitplatz herangelenkt –, wäre sie beinah sofort wieder heruntergefallen, so plötzlich waren die Bilder über sie hereingebrochen. Diesmal hatte sie sich gefühlt, als würde sie über eine Wiese galoppieren, rasend schnell. Aber das konnte ja gar nicht sein – ihre Mutter war ganz bestimmt nicht mit ihr über Wiesen galoppiert, dazu war sie doch viel zu klein gewesen … oder?

»Was?«

»Nichts. Warum?«

»Du hast gemurmelt.«

»Ach, echt?« Jola setzte sich wieder aufrecht hin und ließ die Arme baumeln. Sie hätte Katie gern von den seltsamen Bildern erzählt, aber vor ihnen kam jetzt ein Hof mit Schuppen und zwei

Stallungen in Sicht, dessen gewaltiges Wohnhaus komplett von einem Dach aus Gras bedeckt war. Der Maierhof.

Sie landeten auf einem Lehmweg mit breiten Traktorspuren, wo zu beiden Seiten tiefe Furchen in den Boden gewalzt waren. Als sie das Gebäude umrundeten, kamen sie an einem Gehege mit schnatternden grauen Gänsen vorbei. Eines der Scheunentore stand offen, und Jola sah, dass Traktoren in unterschiedlicher Größe darin parkten.

»Tadaa!« Katie bremste Wolkenherz vor dem Grasdach-Haus, schwang ein Bein nach vorn und sprang zu Boden.

Jola blieb noch einen winzigen Moment sitzen und legte beide Hände auf Wolkenherz' Rücken. Ein wild galoppierendes Pferd – was, bitte schön, hatte das mit ihr und ihrer Mutter zu tun? Sie versuchte, sich an den schnellen Ritt zu erinnern, irgendwas, aber jetzt blieben die Bilder aus, also ließ sie sich ebenfalls hinuntergleiten. Katie griff nach den Zügeln und brachte Wolkenherz zu einem unbewohnten Gehege, gleich hinter einem riesigen Hühnerauslauf. Sie schnallte die Zügel aus seinem Sidepull und schloss das Tor hinter ihm.

Nebeneinander stapften sie die Steinstufen zur Eingangspforte hinauf. Der ganze Hof war ein gutes Stück kleiner als der Ginsterhof und nicht halb so gut gepflegt. Gänse, Hühner, Traktoren und Hopfen. Besonders aufregend klang das alles nicht. Katie klopfte, aber es dauerte eine ganze Weile, bis eine ältere Frau den Kopf zur Tür hinausstreckte.

»Ja, d' Katie!« Erfreut schob sie die Tür auf und wedelte mit einem Tuch. »Mei, wia lang ham mia uns ned g'seng? Kemmt 's rei!«

Katie stellte Jola vor und fragte, ob sie ungelegen kamen. Im Flur roch es durchdringend nach Suppe, und Jola musste an die

Hühner denken, die bestimmt nicht zum Spaß dort draußen im Gehege wohnten.

»Überhaupts ned. Kemmt 's mit in d' Kich! Wia gehd's deim Opa, Katie?«

»Er ist ein bisschen … na ja … schlapp. Aber sonst geht es ihm super.«

Jola stellte wie Katie ihre Schuhe im Flur ab und folgte der Frau in eine rustikale Küche mit Holzofen in der Mitte. In der Ecke stand ein Tisch, und auf der Bank dahinter saß ein älterer Mann, der von seiner Zeitung aufblickte, als sie hereinkamen.

Frau Maier schob die Stühle zurück und stellte zwei Gläser mit dickflüssigem Saft vor sie auf den Tisch.

»Griasd eich«, sagte der Mann und reichte erst Katie, dann Jola eine schwielige Hand. »Schee, dass d' amoi vorbeikimmst, Katie.«

Jola griff nach ihrem Glas und schielte verzweifelt zu Katie herüber. Ob der Mann sie erkannte? Von ihrer ziemlich seltsamen Begegnung im Wald? Auch da hatte sie kaum ein Wort von dem verstanden, was er sagte. Weil – wie Katie ihr erklärt hatte – die Maiers in tiefbayrischem Dialekt sprachen. Daran hatte sie bei ihrem tollen Plan überhaupt nicht mehr gedacht.

»Megt 's wos essn?« Frau Maier hielt zwei Suppenlöffel in die Luft, aber Katie schüttelte den Kopf.

»Nein danke. Wir haben eigentlich nur eine Frage. Dauert auch nicht lang. Es geht um ein Schulprojekt, wir recherchieren da … also, über Ostpreußen. Was damals mit den Pferden passiert ist, die über das Eis fliehen mussten.« Auch Katies Aussprache klang mit einem Mal verändert, obwohl sie die Wörter immer noch ganz normal sagte.

»Und mit den Menschen«, ergänzte Jola schnell und hoffte, die Maiers würden sie wenigstens verstehen.

Frau Maier rutschte neben ihrem Mann auf die Eckbank und die beiden wechselten einen Blick.

»Des is scho a Weil her«, sagte sie dann langsam. »Aber i ko mi no erinnern, dass einige Leid ausm Ostn zu uns rüberkemma san. Hier am Hof ham einige vo dene g'lebt und bei da Ernte g'hoifa.«

»Auch auf dem Ginsterhof?« Katie beugte sich vor. »Wir wissen, dass es dort früher ein Gesindehaus gab, in dem das Personal gewohnt hat. Aber gab es Leute, die aus Ostpreußen kamen? Vielleicht … auf Pferden?«

Die beiden alten Leute wechselten wieder einen Blick und Herr Maier seufzte. »I woaß bloß no, dass da oide Vogt nia ausm Kriag hoamkemma is. Und dass sei Frau und sei Dochda – des war d' Henni – ois aloa ham macha miaßn. Do warn s' um jede Hand froh, die eana g'hoifa hod. Do is ned g'fragd worn, wo oana herkimmt – kos d' obacka, dearfst bleim.«

Seine Frau neigte ein wenig den Kopf. »Zu deara Zeit ham vui Leit net vui erzählt. De warn olle bloß froh, no am Lem zum sei.«

Katie drehte sich zu Jola. »Das haben sie in diesem einen Film doch auch gesagt. Weißt du noch? Die Leute waren traumatisiert vom Krieg. Die wollten nicht reden.«

Jola nippte an ihrem Saft. Er schmeckte süß und klebte an den Zähnen, aber sie nahm gleich noch einen Schluck. Sie überlegte fieberhaft, wie sie das Gespräch auf Max lenken konnte, aber Katie kam ihr zuvor.

»Opa will auch nicht darüber reden. Wisst ihr, warum? Er hat mir nie erzählt, wo er herkommt.«

Herr Maier legte die Zeitung weg und faltete seine Hände darüber.

»Da Max is do okemma, wia ois scho vorbei war. I glab, vier oder fünf Johr später. Und i woaß no, dass er nia g'redt hod, mit koam. Henni hod si trotzdem in eahm verschaut, und ois de des G'sindehaus abg'rissn ham, is er zu ihra ins Haus nüberzong.«

»Mia kenna an Max eigentlich bloß vo da Henni«, warf Frau Maier nachdenklich ein. »Zwanz'g Jahr hod's dauerd, dann warn s' a Paar, de zwoa, und d' Henni is schwanger g'woarn.«

»Mit meiner Mama«, warf Katie ein.

Frau Maier nickte. »Genau. Und wia de kloane Helen auf da Weid war, host an Max nimma kennt. Der war wiara neia Mensch. A guada Mo, a aufopfernda Vater. Er hod d' Henni g'heirat und de zwoa warn glücklich, bis … bis d' Henni vor a paar Jahrn g'schdorm is.«

Jola warf Katie einen verzweifelten Blick zu, und Katie flüsterte ihr zu: »Er hat nie über seine Vergangenheit geredet, mit keinem. Aber als meine Mama geboren wurde, hat er sich verändert und wurde plötzlich … glücklich.«

»Aber wo kam er her?« Jola trank noch einen Schluck von dem süßen Klebsaft. »Was hat er erlebt, bevor er zum Ginsterhof kam?«

Die beiden alten Leute tauschten abermals einen Blick, und Herr Maier räusperte sich, bevor er antwortete.

»Der hod nia üba de Zeit g'redt. Aber mia glam – mia vermuten, dass er irgendwo festg'hoidn woarn is.«

Katie runzelte verständnislos die Stirn. »Wie – was heißt das, er ist festgehalten worden?«

»Kriegsgefangenschaft«, flüsterte Jola. »Das hat Helen also gemeint. Dort hat er diese ganzen schrecklichen Sachen erlebt. Oh Mann, wir sind ja solche Esel.«

Katie schüttelte den Kopf. »Ich kapier das trotzdem nicht. Er kam hier an, hat Oma geheiratet und ein Kind gekriegt. Und niemand hat ihn je gefragt, was vorher war? Wie kann das sein?«

»D' Henni war scho a ganz verzweifelt manchmoi. Sie hod glabt, er hod si vaschdegga miassn.«

»Verstecken?«, fragte Katie. »Vor wem?«

Jola stieß sie mit dem Ellbogen an. »Vielleicht ist er abgehauen. Aus der Gefangenschaft. Oder … oder er hat was angestellt, was echt Schlimmes, und deshalb … deshalb hat er seine Vergangenheit nie erwähnt.«

»Da Max is a guada Mo«, sagte Herr Maier nachdrücklich. »Er hod ois do für seine Leid. Er hod immer g'hoifa, wenn mia eahm braucht ham. Er hod sei Lem g'lebt. Lasst 's eahm sei G'heimnis, Mädels. Wenn er ned drüber redn wui, werd des scho an Grund ham.«

Katie kippte ihren Saft mit einem Zug hinunter. »Danke trotzdem. Ihr habt uns sehr geholfen. Und übrigens ist er der beste Opa, den ich mir vorstellen kann.«

Die Maiers lächelten, und Katie erzählte noch ein bisschen von der Reitschule und Keira und dem bevorstehenden Turnier. Dann standen sie auf und die Maiers brachten sie zur Tür. Als sie hinaustraten, huschte ein fetter schwarzer Kater zwischen ihren Beinen hindurch und verschwand in Richtung Küche.

»Das ist übrigens Wolkenherz«, sagte Katie und deutete auf den Hengst, der ihnen vom Gatter aus entgegenschaute. »Opa hat euch von ihm erzählt, oder?«

Herr Maier nickte. Dann schien ihm etwas einzufallen und er

wandte sich an seine Frau. »Woaßt des no, mit dem Koitbluad? Des war a riesigs Tier. Ausbrocha, vo am andern Hof. Da Max hod 'n wieder eing'fangt, ganz aloa.«

»Der hod si scho immer mit Pferdln auskennt«, warf Frau Maier ein. »Der hod da Helen des g'scheckate Pony g'kaft, do hod s' no kaum alloa steh kenna. Und des Reitn hod er ihra a beibracht.«

Herr Maier schüttelte erst Jola, dann Katie die Hand. »Sogst an scheena Gruaß an deine Eltern, Katie.«

Sie führten Wolkenherz vom Hof, und Jola hatte das Gefühl, dass er es nicht gar so eilig hatte wie sonst, zum Ginsterhof zurückzukehren. Hatte er Max schon aufgegeben?

Katie übersetzte ihr auf dem kurzen Spaziergang durch den Wald, was Jola nicht verstanden hatte – dass Max einmal ganz allein ein ausgebüxtes Kaltblut wieder eingefangen hatte, ein Riesentier. Und dass er Colorado für Helen gekauft hatte, als sie noch nicht einmal stehen konnte.

»Jetzt sind wir auch nicht schlauer als vorher«, meinte Katie, als sie aus dem Wald bogen und zum Ginsterhof zurückliefen. »Dass er Geheimnisse hat, wussten wir vorher schon.«

Jola warf Wolkenherz einen Blick zu. »Doch, Katie, sind wir. Eins wissen wir jetzt mit Sicherheit.«

»Nämlich?« Auch Katie schaute den Hengst an, als würde er ihnen die Antwort verraten.

»Er hat eine Pferdevergangenheit«, stellte Jola fest. »Sonst wüsste er nicht all diese Dinge.«

Katie legte den Kopf schräg. »Hm. Stimmt schon. Nur … ich habe ihn nie auf einem Pferd gesehen.«

»Echt? Noch gar nie?«

»Nein. Ich dachte immer, er ist zu alt, um zu reiten.«

Wolkenherz blieb stehen und spitzte die Ohren.

Ob er einmal auf dir geritten ist?, dachte Jola.

Aber das würden sie wohl nie erfahren, nicht solange Max den Hengst nicht einmal ansehen wollte.

»Lasst ihm sein Geheimnis, Mädels«, murmelte Katie und kickte ein Steinchen aus dem Weg. »Jetzt erst recht nicht!«

See my Me

In der Nacht schlich Jola nach draußen. Die Wolken waren davongezogen und ein perfekter Sternenhimmel bildete ein glitzerndes Dach über der Pferdekoppel.

Wolkenherz lag auf seiner Wiese und hatte den Kopf ins Gras gebettet. Sein Fell schimmerte im Sternenlicht wie Schnee – als hätte der Winter ihn hier vergessen. Dicht bei ihm stand Colorado, das alte Pony, und döste mit hängendem Kopf vor sich hin.

Jola stieg durch den Zaun und überquerte die Koppel. Die anderen Pferde waren nichts als ferne Schattenbilder, doch plötzlich hoben drei von ihnen den Kopf und setzten sich in Bewegung. Wenn jetzt Billy oder einer der Haflinger angaloppiert käme, wäre sie völlig ausgeliefert. Sie musste hier weg! Der Boden unter ihren Füßen vibrierte unter dem donnernden Takt der Hufe, aber sie war schneller, sie duckte sich – und stolperte. Ein Stromstoß zuckte durch ihren Körper und für einen Moment fielen die Sterne auf sie herunter.

Dieser blöde Zaun! Aber wenigstens hielt er die Ponys davon ab, sie über den Haufen zu rennen. Sie rappelte sich hoch und brachte schnell ein paar Schritte Sicherheitsabstand zwischen sich und das Stromband. Hier war sie mit Wolkenherz allein, vom schlafenden Colorado einmal abgesehen.

»Hallo, Wolkenherz«, begrüßte sie ihn und trat vorsichtig auf ihn zu.

Schlief er etwa? Im Liegen? Nein, er war wach. Er hob den Kopf und schaute sie an. Durfte sie sich ihm überhaupt nähern? Sie hatte noch nie ein liegendes Pferd aus der Nähe gesehen, aber Wolkenherz sah so friedlich aus und rührte sich auch nicht, als sie langsam vor ihm in die Hocke ging.

»Lass dich nicht stören«, flüsterte sie und strich ihm sanft über die Nüstern.

Wolkenherz ließ den Kopf in ihren Schoß sinken und prustete leise. Jola wagte kaum zu atmen. Sein Kopf war schwer, aber er lehnte sich an sie wie ein alter Freund. Sie legte ihre Arme um seinen Hals und drückte ihr Gesicht in seine schimmernde Mähne. Dann erzählte sie ihm vom Ginstercup und Nikos Auswahltraining und wie schwierig es war, ein Geheimnis zu lösen, das zwischen einem Pferd und einem alten Mann bestand.

»Weißt du«, flüsterte sie in das weiße Haarkleid. »Es geht mir ja überhaupt nicht darum, diesen Cup zu gewinnen. Ich will … ich will nur einmal fühlen, was sie gefühlt hat. Einmal … wie sie sein.« Jola schloss die Augen und beschwor das Bild ihrer Mutter hervor. Das lange, zum Zopf geflochtene Haar. Ihr Lächeln, während sie auf ihrem Pferd saß und auf die Welt herabschaute. Ihre Hände, die …

Auf einmal hatte sie das untrügliche Gefühl, beobachtet zu werden. Sie riss die Augen auf und sah sich um, aber da war niemand, nur Billy, der dicht am Zaun stand, flankiert von zwei seiner Ponykumpels.

»Geht wieder schlafen«, raunte sie ihnen zu. »Es gibt hier nichts für euch zu gucken!«

Als ob sie verstanden hätten, trollten sich die beiden Ponys und fingen gelassen an zu grasen. Nur Billy blieb, wo er war.

Jola lehnte sich wieder an Wolkenherz. Sie wollte zurück in ihren Traum, aber das seltsame Gefühl im Nacken blieb. Jemand sah ihr zu! Verunsichert suchte sie mit den Augen die dunklen Winkel ab, aber der Einzige, der in ihre Richtung schaute, war Billy, und der rührte sich nicht vom Fleck. Jola schüttelte den Kopf und beschloss, ihn und dieses Augengefühl einfach zu ignorieren.

Sie stellte sich vor, wie sie über die Hindernisse im Wald flog und das Pferd unter ihr immer schneller wurde, bis sie beinah das Gefühl hatte, mit ihm zu verschmelzen. So ähnlich hatte Katie es beschrieben. Mit Billy hatte es sich noch nie so angefühlt. Das war eher wie Balancieren auf einem Hüpfzwerg.

Warum kann ich dich nicht fragen?, dachte sie. Das ist so gemein. Ich brauch dich doch hier, Mama – warum kannst du nicht ein Geist sein und zu mir zurückkommen?

Da – da war es wieder. Diesmal war es bestimmt keine Einbildung! Jola schaute wild um sich. Wer zum Teufel beobachtete sie da? Sie strengte ihre Augen an und suchte die Dunkelheit ab. Ein Gesicht hätte man doch sehen müssen, das hätte im Sternenlicht gestrahlt. Außerdem hätte die Gestalt komplett in Schwarz gekleidet sein müssen, um in so einer hellen Nacht unsichtbar zu bleiben. Aber sie konnte niemanden entdecken. Wie konnte das sein? Ihr Blick glitt wieder zu dem grau-schwarzen Pony, das immer noch wie angewurzelt dastand, als würde es nur darauf warten, ob sie sich an ihm vorbei auch wieder aus der Koppel heraustraute.

Und dann sah sie das Licht. Ein Flackern wie von einem gefallenen Stern. Oder … einer Kerze? Es blinzelte aus dem oberen Stockwerk des Wohnhauses, ein kurzer, schneller Moment – dann war wieder alles dunkel.

Jola rieb sich die Augen. Was war denn das gewesen? Hatte sie sich das Flackerlicht nur eingebildet? Nein, ganz bestimmt nicht! Aber wo war es hin? Das obere Stockwerk, Moment mal – da oben gab es keine Zimmer, da war nur ein alter, staubiger Dachboden voller Gerümpel! Katie und sie hatten im Winter stundenlang da oben gesessen und alte Kisten und Schränke durchwühlt, auf der Suche nach einem weißen Pferd, irgendwo in der Vergangenheit des Ginsterhofs.

Damals hatten sie noch nicht kapiert, dass ein Geist nicht unbedingt an den Ort zurückkehrte, an dem er gelebt hatte, sondern dass dieser Ort in seinem Herzen lag und genauso gut eine Person sein konnte, ein Mensch – eine verlorene Seele.

Wolkenherz hob den Kopf. Sie spürte die Bewegung, ohne zu ihm hinzusehen. Dann wieherte er, aber nicht wie sonst – kein verzweifeltes Rufen, eher ein Klagelaut, ein winziges, trauriges Wispern. Jola drehte sich zu ihm und drückte ihn an sich. Es tat ihr weh, ihn so zu sehen – als hätte er aufgegeben.

»Wolkenherz«, flüsterte sie und streichelte seinen Kopf. »Ich hab dir was versprochen. Und das halte ich auch. Du wirst schon sehen.«

Sie schaute sich noch einmal um. Billy war abgehauen, irgendwohin, wieder ein Schattenbild zwischen all den anderen Pferden. Sie suchte nach den unsichtbaren Augen, aber das Gefühl, belauert zu werden, war verschwunden. Hatte sie doch nur den Ponyblick im Nacken gespürt? Oder war da jemand auf dem Dachboden gewesen und hatte zu ihr heruntergeschaut? Aber wer?

Jola schloss die Augen und dachte wieder an ihre Mutter, aber die Bilder in ihrem Kopf bröckelten auseinander wie ein Puzzle, gegen das man versehentlich gestoßen war. Enttäuscht seufzte sie auf, aber Wolkenherz stupste sie an. In seinen dunklen Augen blitzte es, als sich das Sternenlicht darin verfing. Er schaute Jola direkt an. Diesmal lag eine Botschaft in seinem Blick, ohne Zweifel.

»Was …«, flüsterte Jola.

Und dann verstand sie. Auf einmal hatte sie Tränen in den Augen. Sie stand langsam auf und trat dicht neben ihn. Der Hengst lag so reglos wie eine Skulptur. Vorsichtig streckte sie ein Bein aus und ließ es über seinen Rücken gleiten. Wolkenherz spannte sich, dann hob sich sein Körper in die Höhe, und Jola musste schnell nach der Mähne greifen, um nicht herunterzurutschen. Sie hatte das seltsame Gefühl, in den Himmel getragen zu werden, immer höher, bis sie die Sterne berühren konnte.

Wolkenherz stand völlig still. Jola spürte sein weiches Fell unter ihren Fingern, die seidige Mähne, das leise Flüstern, das wie aus dem Nichts zu kommen schien. Sie schloss die Augen und die Bilder umfingen sie wie die Nacht.

Ein lachendes Gesicht, über ihr, neben ihr. Haarspitzen, die ihre Wangen kitzelten. Ein warmer Körper in ihrem Rücken, ein Arm, der sie hielt. Der Wind um ihre Nase. Silberschwarzes Fell, das in der Sonne glänzte. Unzählige Pferde, verteilt auf grünem Land. Das spiegelnde Mondlicht auf einem See voller Sterne, eine Pferdegutenachtgeschichte, in der sie die Heldin war. Hufspuren in sandigem Boden. Eine Hand, die ihre hielt. Fell unter ihrer Haut, warm vom Sommer. Stoffzügel in ihrer kleinen Faust, ihre Mutter, die ihr geduldig erklärte, wie man sie halten musste, damit es richtig aussah – Zügel aus feinem Leder, die wie kleine Schlangen durch ihre Finger glitten. Die langen Schritte eines Pferdes –

Aber nein, sie träumte nicht mehr. Die Bewegung war real. Wolkenherz trug sie um die Wiese, ziellos, von Stern zu Stern. Und die Bilder falteten sich in ihrer Erinnerung zusammen, wie ein Zettel mit einem gut gehüteten Geheimnis darauf.

Lotte

1946

Das Gras flog unter Wolkenherz' Hufen hoch, und sie beugte sich vor, um den Sprung richtig zu taxieren. Die beiden dicken Baumstämme lagen verkeilt aufeinander, und an der niedrigsten Stelle ragten abgesplitterte Äste heraus, aber Wolkenherz spannte sich und nahm das Hindernis mit einem kräftigen Satz, ohne die gefährlichen Spitzen zu berühren. Sie breitete die Arme aus und schloss die Augen, fühlte den Wind. So musste es sich anfühlen zu fliegen.

»Hoo«, flüsterte sie außer Atem und verlagerte ihr Gewicht nach hinten. Sofort wurde Wolkenherz langsamer und schnaubte zufrieden ab. Sein Hals glänzte vor Schweiß und die Muskeln zuckten unter seinem silberschwarzen Fell. Ein bisschen Dressurarbeit nach diesem wilden Ritt würde ihm guttun.

Sie hatte sich aus einem kaputten Polsterkissen und einer alten Filzdecke einen Sattel geschneidert, der zwar keine Steigbügel besaß, dafür aber wunderbar weich auf Wolkenherz' Rücken lag. Der Hengst veränderte sich zusehends. Sein Fell war durchsetzt von weißen Stichelhaaren, die ihn unter der Frühlingssonne silbrig schimmern ließen. Seit sie ihn trainierte, baute er mächtig Muskeln auf, was ein Problem war, denn so brauchte er auch mehr Futter. An Hafer kam sie nicht heran. Und von der nahrhaften Spezialmischung, die Herr von Weyke selbst für seine Pferde zusammengestellt hatte, konnten sie hier nur träumen. Aber das Gras wuchs nun im Übermaß, und so konnte Wolkenherz sich wenigstens auf den vielen fetten Wiesen satt fressen, was ihm im Nu einen unschönen Grasbauch beschert hatte. Und so hungrig, wie er war, musste sie aufpassen, dass er nicht zu viel davon erwischte.

Jeden Abend nach getaner Arbeit brachte sie ihn zu einer Stelle am Waldrand, wo Beifuß und Sonnenhut wuchsen. Sie trocknete Brennnesseln und Birkenblätter und sammelte Bockshornkleesamen, um seine Verdauung zu stärken. Seine Hufe schmierte sie mit selbst gemachtem Lorbeeröl ein und feilte überschüssiges Horn mit einer Raspel, die sie in einer Kiste im Stall entdeckt hatte. Während sie selbst immer magerer wurde, gedieh Wolkenherz wieder zu dem wunderschönen, stolzen Hengst, den sie in jener lang vergangenen Gewitternacht gerettet hatte.

Sie nahm die Zügel auf und begann, in kleinen Kreisen zu traben. Links herum, nach rechts, dann wieder links. Durchlässig und weich trat Wolkenherz unter, aber ganz plötzlich warf er den Kopf hoch und richtete die Ohren auf. Sie legte ihre Hand auf seinen Hals, folgte seinem Blick – und erstarrte.

Am Waldrand stand ein Mann. Sein Gesicht lag im Schatten, und er trug einen breitkrempigen Hut, sodass sie ohnehin nur sein Kinn erkennen konnte. Es war mehr ein Gefühl, das von ihm herüberdrang … das Gefühl, von ihm beobachtet zu werden. Wie lange stand der schon da? Hatte er die Sprünge gesehen? Was wollte er?

Auf einmal wurde ihr heiß. Dann kalt. Ihre Finger begannen zu zittern, und sie merkte, wie auch Wolkenherz unruhig wurde. Sie erkannte den Mann! Das war der Fremde, mit dem sie in den Straßen von Flensburg zusammengestoßen war! Derselbe Hut. Dasselbe Gefühl. Das konnte kein Zufall sein. Er war ihr gefolgt!

Sie strengte ihre Augen an, kniff die Lider zusammen. Jeder konnte das sein, jemand von früher, der sie erkannt hatte, jemand vom

Gut – jemand aus ihrem alten Leben. Vielleicht sogar jemand, den sie nach Max fragen konnte. Ein Impuls drängte sie hinüber zu ihm, nur um sicherzugehen.

Aber ein anderer Impuls war stärker.

Der Mann setzte sich in Bewegung. Er schlenderte heran, ohne Eile, so als wüsste er, dass sie ihm ohnehin nicht entkam.

»Auf«, raunte sie Wolkenherz zu, wendete ihn und trieb ihn zu einem schnellen Galopp, bis sie die Hecken erreicht hatte und den alten Hof sehen konnte. Nur noch zwischen den Feldern hindurch und sie war aus seinem Blickfeld verschwunden.

Wer immer der Mann war, er hatte es auf sie abgesehen. Auf sie? Nein, auf Wolkenherz! Die Schatten fielen lang von den verwinkelten Gebäuden, und sie suchte Schutz zwischen ihnen, während der Wind ihr hinterherflüsterte. Niemand nimmt dich mir weg, dachte sie und presste die Lippen so fest aufeinander, dass es schmerzte.

Das große Scheunentor stand offen, aber sie musste Wolkenherz zuerst noch einige Runden im Schritt gehen lassen, damit er abschnauben und sein Fell trocknen konnte. Sie ließ die Zügel lang und legte den Kopf in den Nacken. Es war dumm von ihr gewesen, einfach davonzureiten. Warum hatte sie den Mann nicht gefragt, wer er war? Vielleicht kam er tatsächlich im Auftrag von Max – vielleicht war Max ja verwundet und brauchte ihre Hilfe oder …

Abrupt blieb Wolkenherz stehen und sie riss den Kopf herum. Mitten auf dem Hof stand ein Auto. Und an dem Auto lehnte der Mann mit dem Hut.

Sie starrte ihn an. Deshalb also hatte er keine Eile gehabt, ihnen zu folgen – er wusste sowieso schon, wo sie zu finden waren! Ihr Mund wurde staubtrocken vor Aufregung.

Der Mann nahm seinen Hut ab, und jetzt sah sie, dass er viel jün-

ger war, als sie gedacht hatte. Er hatte blonde Haare und trug einen kurzen Mantel mit dem Zeichen zweier verschlungener Hufeisen auf der Schulter. Sie schluckte.

»Guten Tag«, sagte der Mann mit ruhiger Stimme.

Sie sagte nichts. Starrte ihn nur weiter an.

»Ist das dein Pferd?«

Wolkenherz warf den Kopf hoch und trat ein paar Schritte zurück. Er spürte ihre Anspannung. Würde der Mann sie das fragen, wenn Max ihn geschickt hätte? Wohl kaum! Aber was wollte er dann? Was wollte er von Wolkenherz? Sie legte ihre Hand auf den silberschwarzen Hals und ließ Wolkenherz stehen bleiben.

»Nun.« Der Mann lächelte ganz leicht. »Ich glaube, ich weiß etwas über dein Pferd, was du nicht weißt.«

Übung und der Meister

In der folgenden Woche trainierte Jola jeden Tag mit Katie. So oft es ging, ritt sie dabei auf Billy. Katie zeigte ihr leichte Dressurübungen und baute Hindernisstangen für sie auf, und manchmal nahm sie Jola auch mit in den Wald und ließ sie über Baumstämme, Gräben und Reisighaufen springen. Mit der Zeit klappte es besser, weil sie ein Gefühl dafür bekam, wann das Pferd abspringen würde und wie sie in der Bewegung mitgehen musste, um es dabei nicht im Maul zu stören.

Am Ende der Woche jedoch bekamen Keira und Jola unerwartet ein paar Tage Trainingspause. Katie brauchte Billy nun selbst, weil sie ein Turnier mit ihm gemeldet hatte – ein Mini-Busch zum Warmwerden. Immerhin war er jahrelang ihr Wettkampfpony gewesen und Keira sollte ihre erste Turniererfahrung lieber auf dem Ginsterhof sammeln.

Als sie spät nach dem Freitagstraining ins Haus kamen, saß Anna am gedeckten Esszimmertisch und telefonierte mit gerunzelter Stirn. »Das geht schon klar. Und können Sie uns die liefern?« Anna trommelte ungeduldig mit den Fingern auf den Tisch. »Was, warum nicht? Letztes Jahr ging das doch auch! Nein, wir haben an dem Tag keine Zeit, sie abzuholen. Entweder Sie können liefern oder wir bestellen woanders.« Sie legte auf und knallte den Hörer auf den Tisch, dass es nur so rumste. »Idioten.«

Helen kam herein, einen Berg Spaghetti in einer Schüssel balancierend. »Was ist los?«

»Ach, die von der Metzgerei. Angeblich können sie nichts mehr ausliefern. Personalmangel.«

Helen schüttelte den Kopf. »Das geht nicht. Wir haben kein Kühlfahrzeug, die müssen uns beliefern.«

»Ich glaube, die sind mit der Menge, die wir brauchen, eh überfordert.«

»Das hat mir noch gefehlt«, brummte Helen. »Also schön, ich kümmere mich um eine Alternative. Mit der Brauerei hast du gesprochen? Klappt das mit den Biergartengarnituren?«

»Ja, dort sind sie nicht so uncool.«

Katie schaufelte sich eine Riesenportion Nudeln auf den Teller. »Aber nur wegen Milla. Für das Töchterchen soll schließlich alles perfekt sein.«

»Tja, zu dumm, dass sie keine Hotdogs anbieten.«

Stefan kam herein, lief aber gleich noch mal raus, um bei Opa Max anzuklopfen. Schon seit ein paar Tagen nahm er seine Mahlzeiten lieber allein in seiner Wohnung zu sich. Helen machte sich große Sorgen um ihn, aber er versicherte ihr immer wieder, es gehe ihm gut und er wolle sich nur ausruhen. Auch an diesem Abend kam Stefan mit einem Kopfschütteln zurück, und Jola bemerkte, dass Helen beim Beten kaum die Lippen bewegte und besorgt auf ihren Teller starrte.

»Übrigens kam Niko heute zu mir und hat sich beschwert«, sagte Stefan und warf Katie einen Blick zu. »Ihm geht da ein Pony ab für den Unterricht.«

»Sorry, ja – ich brauch ihn halt gerade! Ist doch nur wegen dem Turnier am Wochenende.«

»Er sagt aber, das geht schon eine ganze Weile so.«

Jola zog den Kopf ein. »Ähm, das ist meine Schuld.«

Helen seufzte. »Kinder, das geht so nicht. Ich weiß, ihr seid aufgeregt wegen dem Ginstercup. Aber die Reitschule geht vor. Ihr müsst euch schon mit Niko absprechen, ob er Billy braucht oder nicht.«

»Wenn wir ihn fragen, braucht er Billy jeden Tag«, murrte Katie.

»Da werdet ihr schon eine Lösung finden.«

Jola sank in sich zusammen. Sie traute sich nicht, lautstark nach Billy zu verlangen, schließlich wollte Niko sie ja nicht einmal beim Ginstercup mitreiten lassen. Katie hatte es da leichter – Keira war kein Reitschulpferd und stand ihr uneingeschränkt zur Verfügung. Aber sie durfte sich nicht beschweren, immerhin hatte sie das Privileg, mit Katie zu trainieren, und das völlig umsonst. Seit sie wusste, was Privatstunden bei Niko kosteten, schien es ihr noch verrückter, dass all diese Mädels dafür bei ihm Schlange standen.

»Und, was gibt es sonst Neues?«, wollte Helen wissen. »In der Schule? Arbeit?«

Anna zuckte mit den Schultern. »Also, seit wir im Radio gespielt werden und so was wie berühmt sind, behandeln uns die Lehrer viel freundlicher.«

»Die Noten kriegst du deshalb aber nicht geschenkt«, warnte Helen.

»Ich habe einen neuen Auftrag«, erzählte Stefan. »Ein Kunde aus Warendorf. Da muss ich demnächst wohl hinfahren.«

»Warendorf«, seufzte Katie. »Die Stadt der Pferde! Oh, da würd ich gern mitkommen!«

»Dafür hast du doch überhaupt keine Zeit«, meinte Helen. »Oder hast du seit dem Zwischenzeugnis nur Einser geschrieben und mir nichts davon gesagt?«

Katie verzog das Gesicht. »Och, nö, das nicht, aber – na ja, also, der Ernst …«

»Wir machen ein Referat«, warf Jola schnell ein. »Freiwillig. Dabei geht es um die Flucht der Pferde und Menschen aus Ostpreußen.« Sie biss sich auf die Lippe und sah Helen abwartend an.

»Hm«, meinte Helen und stand auf. »Das ist dann wohl dein guter Einfluss, Jola. Auf jeden Fall sehr fleißig von euch. Könnt ihr mir noch einen Gefallen tun und Opa einen Teller Spaghetti bringen? Aber bitte nervt ihn nicht gleich wieder damit, auch wenn er in Ostpreußen geboren ist.«

»Du hast das gewusst?«, platzte es aus Katie heraus.

Ihre Mutter sah sie überrascht an. »Ja, natürlich. Warum ist das so etwas Besonderes?«

»Na, weil wir … ach, vergiss es.« Katie sprang auf und schnappte sich den Teller, und Jola wartete, bis Helen eine kleine Thermoskanne mit Kräutertee gefüllt hatte, dann liefen sie zusammen in den Anbau hinüber.

»Klopf du!«

»Wieso ich?«

»Weil ich sonst den Teller fallen lasse.«

Jola grinste, dann hob sie die Hand und klopfte zögernd an die Tür. Seit dieser Sache, seit er aus dem Auto ausgestiegen und mit Tränen in den Augen »Wolkenherz« geflüstert hatte, bekam sie jedes Mal ein komisches Gefühl im Bauch, wenn sie Katies Großvater sah. Was hatte dieser alte Mann nur mit dem Geheimnis zu tun?

Sie zuckte zusammen, als die Tür mit einem Ruck aufgezogen wurde. Opa Max trug einen dunkelblauen Pullover, auf dem lauter winzige Sägespäne klebten. Er hatte sogar welche in den Haaren.

»Ich baue einen Nistkasten«, verkündete er und machte die Tür weit auf, damit Katie mit dem vollen Teller nicht auf dem Gang stehen bleiben musste. »Wollt ihr mal sehen?«

»Wozu brauchen unsere Vögel einen Nistkasten? Ich hab schon ewig keine Katze mehr auf dem Ginsterhof gesehen.«

»Nicht für uns. Für den Sepp und die Elfriede. Ein Geschenk zum Frühlingsanfang.«

»Wegen dem dicken Kater?«, fragte Jola. »Der fängt doch im Leben keinen Vogel.«

Opa Max schmunzelte. »Oh doch. Und zwar äußerst geschickt. Er war nicht immer so dick. Was man einmal gelernt hat, vergisst man nicht.«

Katie stellte den Teller auf seinem kleinen Esstisch ab. »Ach, übrigens wollten wir dich fragen …«

Jola, die sich eben noch über das Vogelkästchen gebeugt hatte, sah auf, genau in dem Moment, als etwas mit Max' Augen passierte. Es war, als würde jemand an einem Dimmer drehen und das Licht darin langsam ausschalten.

Schnell sagte sie: »… wie das damals mit dem Kaltblut war, das Sie eingefangen haben. Sind die nicht riesig? Ich hätte furchtbar Schiss gekriegt.«

Katie formte »Hä?« mit dem Mund, aber Jola sah sie nur eindringlich an. Der Großvater richtete sich langsam auf, und einen Moment schien es, als wüsste er überhaupt nicht, wovon sie redete. Dann lächelte er plötzlich und das Licht in seinen Augen war wieder zurück.

»Der verrückte Kerl war aus einem Gespann abgehauen. Die Zugseile waren gerissen, aber sein Kummet trug er noch. Das habe ich erwischt. Zuerst hat er dumm geguckt, als da ein Mensch an ihm dranhing, aber dann wurde ich ihm doch unangenehm, und er blieb stehen. Wir haben uns ein bisschen unterhalten und ich habe ihn zurückgebracht.«

Katie starrte ihn mit offenem Mund an. »Du hast was? Dich an ein Kalti gehängt?«

Ihr Großvater drehte sich zu ihr herum und kam zum Tisch. »Was gibt es denn heute? Mhm, Spaghetti. Deine Mutter ist ein Schatz.«

Jola stellte die Thermoskanne vor ihm ab und tauschte einen Blick mit Katie. Sie zuckte die Schultern. Okay – redselig war er ja heute anscheinend. Sollten sie es versuchen?

»Opa«, begann Katie noch einmal, sanfter diesmal. Sie zog seinen Stuhl zurück und wartete, bis er sich hingesetzt hatte. »Da ist noch was. Wir machen ein Referat für die Schule. Es geht um die … also, um die Flucht aus Ostpreußen. Damals sind doch ein Haufen Leute über das … also, über das zugefrorene Meer in den Westen geflohen, kurz bevor der Krieg zu Ende war. Wir wollten dich fragen, ob du uns irgendwas darüber erzählen kannst.« Vorsichtig sah sie ihn an.

Opa Max sagte nichts. Behutsam rollte er zwei Nudeln um seine Gabel und schob sie in den Mund. Er sah aus, als würde er nachdenken, nach den richtigen Worten suchen, aber Jola merkte, wie seine Schultern steif wurden und seine Lider zuckten. Noch eine Gabel. Dann schenkte er sich Tee ein, und erst als das Glas randvoll war und ihm die heiße Flüssigkeit schon über die Finger rann, sah er auf. »Tut mir leid. Darüber weiß ich nichts.«

»Aber …«, fing Katie an, bevor Jola sie stoppen konnte. »… du kommst doch von dort! Wie bist du …«

Mit einem Ruck stand der Großvater auf und trat ein paar Schritte auf die Tür zu. »Ich bin müde, Kinder. Lasst mich für heute ein alter Mann sein.«

»Opa, bitte«, setzte Katie nach. »Nur ein paar Minuten, dann lassen wir dich auch in Ruhe, versprochen!«

»Ich kann dir nichts darüber erzählen, Katie. Ich habe vergessen, wie es damals war. Und nun lasst mich allein. Bitte«, fügte er hinzu, leise, beinahe flehend.

Katie machte schon wieder den Mund auf, aber Jola packte sie am Ärmel und zog sie auf den Flur hinaus. Sie wünschten noch eine gute Nacht und schon schloss sich die Tür hinter Opa Max wieder.

»Er lügt«, brummte Katie. »Was soll das?«

»Er lügt nicht«, meinte Jola nachdenklich. »Vielleicht erinnert er sich tatsächlich nicht mehr. Stell dir vor, dir passiert was echt Schlimmes, so richtig traumatisch schlimm – und du kannst nur weiterleben, wenn du dieses Erlebnis und alles, was dazu geführt hat, dein ganzes bisheriges Leben, aus deiner Erinnerung ausradierst. Habe ich gelesen, das gibt es wirklich. Vielleicht ist er ja so ein Fall.«

»So. Dann vergisst du jetzt aber was!«

»Und was?«

»Wolkenherz«, sagte Katie triumphierend. »Ihn hat er definitiv nicht vergessen!«

Vollmondschein

»Katie, wann ist dein Turnier noch mal?«, fragte Lea am Freitag in der großen Pause.

»Sonntag.«

»Das ist gut!«

»Warum?«

»Weil ich dich dann heute verplanen kann!«

Jola trödelte hinter den anderen her und jonglierte mit Krümeln von ihrem Pausenbrot. Es interessierte sie überhaupt nicht, was Lea mit Katie plante oder nicht. Sie schielte wieder zu Anna und ihren Leuten von der Band hinüber. Dass die Jonas da mitmachen ließen! Eigentlich konnte sie es immer noch nicht glauben. Ihr lieber Sitznachbar war seitdem unausstehlich größenwahnsinnig geworden. Er hielt es nicht mal mehr für nötig, im Unterricht aufzupassen, weil er sich doch echt einbildete, mit »Schatten im Wind« eine ganz große Nummer zu werden. Der Ernst hatte natürlich null Verständnis dafür und in null Komma nix würde er seine schwer erschuftete Vier minus in eine kugelige Sechs plus verwandeln.

Sie hatten den Song jetzt schon zehnmal im Radio gespielt. Viermal hatte sie ihn selbst gehört. Alle von Annas Freunden posteten es sofort, wenn einer von ihnen im Radio die ersten Takte erkannte. Das Video hatte allein auf YouTube schon über achttausend Likes, und auch die anderen Bandmitglieder liefen mit stolzgeschwellter Brust herum und träumten davon, Stadien zu füllen. Die Einzige, die keinen Höhenflug hatte, war Anna.

»Jola? Bist du anwesend?«

»Ja, hier«, meldete sie sich, ohne den Blick von Anna zu nehmen, die wie sie etwas abseits stand und tief in Gedanken schien.

»Du machst doch mit, oder?«, piepste Sanne. »Immerhin ist es Tradition.«

»Klar«, murmelte sie. »Äh – bei was?«

Lea stellte sich so, dass Jonas, Anna und die anderen hinter ihrem Rücken verschwanden.

Dann lächelte sie. »Heute Nacht ist Vollmond! Und was machen wir bei Vollmond?«

»Wir schlafen im Heu?«

»Wir schlafen im Heu. Sonst kriegt euer Geist noch Depressionen, wenn ihm so lange niemand beim Spuken zuhört.«

»Ach«, sagte Jola und biss sich auf die Lippe, um nicht zu lachen. »Sei nicht kindisch, Lea. Es gibt doch gar keine Geister.«

Pünktlich zum Sonnenuntergang marschierten Katie, Sanne, Lea und Jola über den Ginsterhof zum Stall hinüber. Die Luft war mild und roch nach frischer Blumenerde und über ihnen schwebten die ersten Sterne. Katie hatte Minnie mitgenommen, die Hündin schlief in einer leeren Pferdebox, und wenn ein Einbrecher kam, konnte sie ihn gleich verjagen.

»Genau«, witzelte Lea, »nicht dass euch jemand noch so ein Pferd in den Stall stellt.«

Sanne packte ihren Schlafsack und warf ihn mit Schwung auf den Heuboden hinauf. »Und was ist mit der Sattelbande? Schon vergessen? Das war echt, echt gruselig.«

»Wie könnte ich? Schließlich habe ich geholfen, sie zu überführen. Mein erster Fall!«

Katies Kopf erschien oben an der Luke. »Jetzt hört doch mal auf. Wir sind heute nur zum Spaß hier!«

Sie kletterten hintereinander auf den Heuboden hinauf. Es war die erste Nacht nach dem langen Schneewinter, die sie hier oben verbrachten, der Auftakt zu einer neuen Heunacht-Saison. Die anderen hatten ja doch nie an den Geist geglaubt, nicht wirklich. Nicht so wie Katie. Aber der Geist war nicht weg, im Gegenteil – er war Realität geworden.

»Ich habe hier was für euch!« Katie zog eine Tupperbox aus ihrer Umhängetasche und klappte sie auf. »Lecker Muffins mit Schokostückchen drin.«

»Ich liebe deine Mutter«, seufzte Sanne, und alle lachten.

»Niko ist also nicht mehr aktuell.« Lea grinste und schob das Heu zu einem Fläzsessel zusammen. »Er wurde von einem Muffin ersetzt.«

»Von dem haftdu auch mehr«, schmatzte Katie.

»Ach, Niko.« Sanne verdrehte die Augen. »Den hab ich mir doch schon längst abgeschminkt.«

»So?« Lea setzte sich gerader hin. »Und wer hat jetzt das Vergnügen?«

»Wieso immer ich?«, quiekte Sanne. »Reden wir doch zur Abwechslung mal über euch. Katie verrät uns nie, auf wen sie gerade abfährt!«

Katie wurde rot. »Ich? Natürlich gibt es einen Favoriten. Im Augenblick ist es … hm, Billy.«

»Haha. Du kannst dich aber nicht mit einem Pferd in die Eisdiele setzen. Oder ins Kino. Oder schwimmen gehen.«

»Dafür können Jungs nicht springen«, konterte Katie. »Die nerven nur tierisch. Ich bleib lieber bei meinen Pferden.«

»Was ist mit dir, Lea?« Sanne legte den Kopf in den Nacken. »Lass mal überlegen … hm, nein, der nicht … oder doch?«

»Du kommst sowieso nicht drauf.« Lea schmunzelte. »Und egal, was du anstellst – ich verrate es dir sowieso niemals!«

»Och, komm schon, warum nicht? Ist es einer von unserer Schule? Oder woher kennst du ihn?«

Lea schüttelte den Kopf. »Dafür weiß ich, auf wen Jola steht.«

»Ich stehe auf gar niemanden.« Jola ließ sich rücklings umfallen und schloss die Augen. Es roch so herrlich nach Heupferdestaub und Muffins, und es war fast gar nicht schlimm, dass kein richtiges Pferd hier war. Für die Pferde war es natürlich tausendmal schöner, in der Nacht gemeinsam über die Wiese zu rennen und den Vollmond zu sehen, als allein hinter den Gitterwänden eingesperrt zu sein. Okay, das stimmte nicht ganz. Ein Pferd hätte sie natürlich schon gern hiergehabt. Ein ganz bestimmtes. Leider konnte man von hier aus nirgendwo zur Koppel raussehen, und sie fragte sich, was er wohl machte – wie er leuchtete, unter dem silberblassen Mond.

Lea legte sich neben sie ins Heu. »Ach ja, stimmt das, hm? Und warum beobachtest du ihn dann die ganze Zeit?«

»Weil er eine Nervensäge geworden ist. Und weil ich mir Sorgen um seine Englisch-Noten mache.«

»Was?« Lea lachte schallend. »Oh Mann, Jola, du bist echt ein hoffnungsloser Fall.«

Jola hielt die Augen geschlossen und summte leise vor sich hin, bis Lea es aufgab und stattdessen von ihrem Lauftraining erzählte. Sie stand nicht auf Jonas. So ein Blödsinn! Es war mal … irgendwie … seltsam gewesen, im Winter, als er bei ihr gewesen war. Aber dann hatte sich rausgestellt, dass er bloß wegen Anna auf den Ginsterhof kam, wegen ihrer Band, in der er unbedingt mitspielen wollte. Und seitdem hatte sie … irgendwie … keine Lust mehr auf Jonas.

»Wollt ihr mal was sehen?« Katie hielt ihr Handy in der Hand und die anderen rutschten links und rechts an ihre Seite. Jola hörte die Melodie von »Schatten im Wind« und richtete sich schnell auf. Das neue Video! Anna hatte beim Essen mal erzählt, dass sie es gedreht hatten. Diesmal nicht mit ihren Handys, sondern mit einer echten Filmkamera. Der Vater von einem aus ihrer Klasse besaß eine richtige Profiausrüstung und er hatte auch das Video gedreht und geschnitten. Dabei hatte ihr das alte Handyvideo auch gut gefallen, das mit dem langsamen Song und den Bildern von Wolkenherz im Abendlicht. Sie quetschte sich hinter Katie und guckte über ihre Schulter mit.

Der neue Song war von Anfang an schon viel rockiger. Man sah Anna, wie sie auf einem Felsen saß und sang, während die Band auf einer Wiese herumhüpfte, eine Felswand im Hintergrund, und immer wieder eingeblendet wurde. Es sah aus, als wären sie voneinander getrennt, Anna und die Band, obwohl sie den Song zusammen sangen. Die Kamera schwenkte zum Himmel, und Wolken zogen im Schnelldurchlauf vorbei, und ein paarmal zuckte etwas durchs Bild, ein Schemen, ein Schatten – fast wie ein Geist. Am Ende stand Anna auf, breitete theatralisch die Arme aus und drehte sich zum Abgrund. Nun sah man, dass dort unten die Band stand und spielte und Anna die ganze Zeit oben am Rand der Felswand gesessen hatte. Sie schaute runter zu ihren Jungs, sie schauten rauf. Und bei den Schlusstönen lösten sie sich langsam auf, einer nach dem anderen, und der Wind blies ihre Schatten fort. Die Kamera schwenkte zurück zu Anna, die immer noch zu ihnen hinunterblickte, während eine einzelne Träne in Großaufnahme über ihre Wange rann.

»Oh, wow«, hauchte Sanne und schluckte schwer. »Das ist echt superschön geworden!«

»Scary«, behauptete Lea. »Als ob sie gleich runterspringt.«

»Das hat Anna auch gesagt. Sie stand ja die ganze Zeit allein da oben und hat mit trauriger Miene ihr Playback gesungen, und sie meinte, irgendwann denkst du wirklich, gleich springe ich.« Katie wollte das Handy wieder einstecken, aber Jola hielt sie zurück.

»Warte mal. Diese Sequenz, ziemlich in der Mitte, kurz nach den ziehenden Wolken. Habt ihr das auch gesehen?«

»Ja«, raunte Sanne. »Als ob da was durchs Bild gelaufen wäre. War das Absicht?«

Katie grinste. »Das fragen die Leute in den Kommentaren auch. Aber sie klären es nicht auf. Ich weiß allerdings, was es ist.«

»Ja – und?«

»Das, was es vorher auch schon war.« Katie spulte zu der Stelle zurück und spielte das Video in Zeitlupe ab. Der Effekt war wirklich genial, denn jetzt erkannte man das Pferd auf dem Paddock, das mit dem Abendlicht um die Wette lief. Aber während alles andere extrem verlangsamt war, bewegte sich das Pferd ganz normal.

»Das ist Wolkenherz«, stellte Lea fest. »Aus dem alten Video.«

»Sie wollten ihn drinhaben, aber der Regisseur fand es nicht gut. Also haben sie diesen Geistereffekt daraus gemacht. Passt ja auch irgendwie zum Song. Und die Leute überlegen jetzt alle, ob sie sich das nur einbilden oder wirklich einen Schatten im Wind sehen.«

»Cool«, meinte Lea. »Überhaupt ist der Song jetzt richtig genial.«

Katie schob das Handy ein und zwinkerte Jola zu. »Jetzt wird er berühmt. Wenn auch nur als … Geist.«

Sie machten sich über die Muffins her, stiegen die Leiter noch mal runter, um in einer leeren Box aufs Klo zu gehen – immer zu zweit, damit es nicht so unheimlich war –, und kuschelten sich dann in ihre Schlafsäcke ein. Der Mond leuchtete durch die Fenster und hüllte ihr Heubett in silbriges Nachtlicht. Von unten hörte man ganz leise Minnie schnarchen und irgendwo schuhute eine Eule. Jola versuchte zu vergessen, dass es am Ginsterhof keine Katzen gab, als es im Stroh zu rascheln begann – Eulen fraßen doch auch Mäuse, oder? –, und dachte lieber an Wolkenherz auf seiner Mondwiese, Wolkenherz, den Schatten im Wind …

Jola träumte von einer Ente, die mit einem Elefanten Fußball spielte. Zuerst hörte sie die Ente quietschen, dann den Elefanten, wie er mit schweren Schritten über den Flur stapfte, tapptrapptapp. Die Ente kicherte quiekend. Und rums, schlug der Ball an der Wand auf, und Jola fuhr hoch.

Mann, sie hatte gerade so tief geschlafen. Vielleicht konnten die ja woanders weiterspielen und nicht genau unter ihrer Couch?

Moment mal.

Sie lag nicht auf ihrer Couch! Natürlich, die Vollmondnacht! Ihr Herz machte einen Sprung. Sie lag im Heubett, es war mitten in der Nacht – und etwas hatte sie geweckt! Diese Szene hatte sie schon mal erlebt, vor ziemlich genau einem halben Jahr. Aber damals hatte noch ein Geist im Stall gewohnt. Jetzt …

Etwas rumste. Direkt unter ihr. Jola blieb stocksteif sitzen und zählte die Sekunden. Bei fünfundzwanzig rumste es wieder. Ein Fußball war das aber nicht. Und ganz bestimmt stammten die Schritte, die sie so laut und hallend im Traum gehört hatte, auch nicht von einem Elefanten.

»Katie?«, flüsterte sie und tastete nach links. Ihre Finger landeten in einem Gesicht und sie spürte Kringelhaare darin kleben. Schnell packte sie zu und rüttelte. »Katie, Katie – da ist jemand!«

»Ohmannowasn?«

»Pssst!« Jola beugte sich dicht über ihr Gesicht. So langsam gewöhnten sich ihre Augen ans Vollmondlicht und sie erkannte die Umrisse der schlafenden Mädchen. »Da ist wer im Stall!«

»Was? Wo?« Verschlafen rappelte Katie sich hoch. »Ach, Jola. Kann doch gar nicht sein. Minnie ist doch unten, die passt auf.«

Jola horchte. Von Minnie war nichts zu hören, ihr Schnarchen war verstummt. Aber das hieß nicht, dass sie nicht mehr hier war. Minnie ließ niemand Fremden in den Stall, ganz bestimmt nicht!

RRRUMS!

»Scheiße, du hast recht!« Katie klammerte sich an ihren Arm. »Was sucht der hier?«

»Ich weiß nicht. Aber er ist genau unter uns!«

Katie riss die Augen weit auf. »Ob … ob er Minnie was getan hat?«

Sie sahen sich voller Entsetzen an. Dann fuhr Katie herum und weckte zuerst Lea und dann Sanne auf. Lea warf die Arme in die Luft, als sie erneut ein Poltern hörten. »Also, wenn das euer Stallgeist ist, soll er sich mal an die Spukzeiten halten, bitte. Mitternacht ist lang vorbei.«

»Das ist aber nicht unser Stallgeist!«

»Wer soll es dann sein?«

»Keine Ahnung. Woher soll ich das wissen?«

»Leute«, wisperte Sanne ängstlich, »sollen wir nicht lieber Leas Papa anrufen? Nur zur Sicherheit.«

»Nein!«, sagten Katie und Lea gleichzeitig.

»Aber …«

»Pssst«, machte Jola. Sie saß am weitesten vorn und konnte daher einen kleinen Ausschnitt vom Stall unten sehen. Und was sie sah, war – Minnie. Der große Hund stand genau vor der Leiter zum Heuboden und wedelte ganz leicht mit dem Schwanz.

»Siehst du was?«, flüsterte Lea.

»Minnie. Es geht ihr gut. Sie wedelt.«

»Vielleicht ist der Kerl ja weg!«

»Vielleicht.«

Aber wo soll er denn hingelaufen sein?, dachte Jola. Der Stall ist L-förmig und es gibt nur zwei Ausgänge. Unter uns ist keiner davon. Ich hätte ihn also sehen müssen, und das heißt, er ist noch hier!

KAA-RUMS, WUMMS!

»Scheiße«, bibberte Sanne, »echt, ich … ich will hier weg!«

»Ruhig«, murmelte Katie und legte Sanne einen Arm um die Schultern. »Uns passiert schon nichts. Minnie ist da, Minnie passt auf uns auf.«

Minnie passte überhaupt nicht auf. Jola schob sich noch ein Stück weiter nach vorn und schnalzte ganz leise mit der Zunge und Minnie hob kurz den Kopf und schaute zu ihnen rauf. Dann konzentrierte sie ihre Aufmerksamkeit wieder auf etwas, was unter der Leiter stattfand oder in der Futterkammer oder …

»Okay«, hörte sie Lea hinter sich murmeln. »Ich bin die Tochter von einem Polizisten. Also gehe ich nachschauen.«

»Du gehst nicht nachschauen«, piepste Sanne ängstlich. »Niemand geht da runter, du bist ja wohl verrückt!«

»Wir können doch nicht zulassen, dass …«

»Sssscht«, machte Jola wieder. Sie drehte sich zu den anderen um. »Da stimmt was nicht. Minnie wedelt mit dem Schwanz. Sie muss den Eindringling kennen oder aber es ist ein …«

»… ein Geist«, formte Sanne mit den Lippen und ihre Augen wurden groß und rund. »Aber ihr habt doch gesagt, der Geist ist weg – es gibt keinen Geist mehr im Stall!«

»Dann ist er eben wieder da«, murmelte Lea. »Beruhig dich mal, Sanne. Wir haben hier früher auch oft Geräusche gehört in der Nacht, weißt du nicht mehr?«

»Das war aber irgendwie anders. Nicht so … menschlich!«

Katie sah Jola an und hob die Schultern. Aber Jola konnte sich das auch nicht erklären. Wenn das noch ein Geist war, wo kam der plötzlich her? War ihre Theorie die ganze Zeit falsch gewesen? Hatte damals jemand in diesem Gesindehaus gelebt, der jetzt als Geist zurückgekommen war? Nur eine Sache passte nicht dazu, und genau die war das Seltsamste an der ganzen Sache: Minnies Verhalten.

WUMM.

Sanne schlug sich die Hand vor den Mund, als das Heu um sie unter dem Schlag vibrierte. Ein paar Herzschläge lang saßen sie alle wie erstarrt. Katie bewegte sich zuerst und Lea folgte ihr. Sie quetschten sich neben Jola an den Rand und spähten gemeinsam nach unten.

Zuerst schien es, als würde dunkler Rauch aufsteigen, aber es war nur das Mondlicht, das sich in aufwirbelnden Staubkörnchen verfing. Minnie lief zwei Schritte rückwärts, bis ihr schrumpeliger

Körper wieder aus dem Stallnebel tauchte, und Jola blinzelte, weil sie nichts erkennen konnte – aber dann legte sich der Staubwirbel, und sie hielt erschrocken den Atem an.

In der Dunkelheit unter der Leiter stand jemand.

Katie griff nach ihrem Arm und bohrte die Finger hinein. So fest, dass es wehtat. Die Gestalt trug eine dunkle Jacke und eine Mütze und hielt den Kopf gesenkt, sodass man ihr Gesicht nicht erkennen konnte. Schritt um Schritt trat sie auf Minnie zu, und der Hund wich zurück, bis sie die breite Stallgasse erreicht hatten, wo das Mondlicht kleine Lichtinseln bildete. Die Gestalt trat hinein, beugte sich hinunter und küsste den Hund auf den Kopf.

»Hä?«, flüsterte Katie. Sie und Jola starrten sich an, verwirrt, ohne Erklärung im Kopf.

Als sie wieder hinsahen, war die Gestalt aus ihrem Blickfeld verschwunden.

Der kleine Tag

Der Anhänger rumpelte, als sie auf die Wiese abbogen, die wohl eigentlich als Koppel diente, wo sich heute aber ein bunter Haufen an Autos, Anhängern, Pferden, Reitern, Zuschauern, Hunden und Plastikeimern tummelte. Stefan hatte keine Schwierigkeiten, das Zebraauto den Hang hinauf zu lenken, und parkte ganz oben auf der Wiese hinter einem protzigen Pferdetransporter.

»Wow«, machte Katie und klebte sich an die Scheibe. »So ein Teil brauchen wir auch!«

»Für ein Pony?« Stefan stellte den Motor ab. »Besser nicht, sonst wird er noch größenwahnsinnig.«

»Doch nicht nur für Billy, aber in Zukunft muss Keira auch mit auf Turniere kommen und das alles kennenlernen, und wenn Jola auch ein Pferd ...« Katie warf Jola einen Blick zu und grinste. »Was? Du gehst bestimmt mal Turniere mit mir. Wart's ab, wenn der Tag um ist, bist du infiziert.«

»Katies großer Tag.«

Stefan schmunzelte und stieg aus dem Wagen. Aus dem Anhänger drang ein ungeduldiges Poltern.

»Quatsch. Das ist nur ein kleiner Tag. Aber solche Turniere sind wichtig, wenn man frisch in die Saison startet.«

Sie machten die Tür des Anhängers auf und sofort streckte Billy seinen Kopf heraus und schnappte nach Katies Ärmel. Katie knuffte ihn spielerisch und zog ihn am Ohr.

»Lass das, du Frechdachs. Du kommst ja gleich raus. Ein bisschen Geduld, bitte.«

»Komm, wir machen das schon. Geh du mal zur Anmeldung.« Stefan holte einen Arm voll Heu und einen Eimer aus dem Kofferraum des Zebraautos.

»Darf ich mitgehen?« Jola brannte darauf, den Turnierplatz zu sehen. Stefan machte es nichts aus, allein bei Billy zu bleiben, also zog sie mit Katie los, um sich beim Meldebüro anzustellen. Zum Glück mussten sie nicht allzu lang warten, und als Katie endlich ihre Startnummer bekommen hatte, liefen sie einen Umweg zurück und am Dressurplatz vorbei.

Am Zaun blieb Jola stehen. Eine Reiterin war gerade im Viereck, auf einem wunderschönen Rappen. Das Pferd trug seine Mähne in akkurat geflochtenen Zöpfen und sah aus, als wäre es geradewegs von einem der Poster an Katies Wänden gehüpft. Die Reiterin steckte in sauberen weißen Hosen und einem schönen Sakko. Ihr Haar hatte sie zu einem Dutt gezwirbelt, aber man konnte erkennen, dass es dunkel war. Für einen Moment verschlug es Jola die Sprache, und sie bekam so weiche Knie, dass sie sich am Gatter festhalten musste. So, ganz genau so musste ihre Mutter ausgesehen haben! Damals, als sie noch Turniere geritten war, als sie noch …

»Wow, die ist gut.« Katie pfiff leise durch die Zähne. »Aber bisschen schreckhaft, die Kleine.«

Klein – die Stute war ungefähr anderthalbmal so hoch wie Billy! Oder vielleicht wirkte sie durch ihre elegante Aufmachung auch nur so. Jola riss ihren Blick von der Reiterin und ihrem Pferd los und schluckte zweimal heftig, bevor sie etwas sagen konnte.

»Kriegt … kriegt Billy auch solche Zöpfe?«

»Schön wär's. Aber bei dem Zausel auf seinem Kopf ist das unmöglich. Keira hat eine tolle, lange Mähne. Die kann man super einflechten.«

Sie liefen zurück zu Billy, den Stefan inzwischen aus dem Anhänger geholt und mit frischem Wasser versorgt hatte. Die Turnieratmosphäre schien ihn nicht sonderlich zu interessieren, er war vollauf mit seinem Heuberg beschäftigt.

»Na, alles klar?«, rief Stefan ihnen entgegen.

Katie wedelte mit der Startnummer. »Klar alles klar! Nur leider ziemlich weit hinten. Blöd.«

»Ach, gar nicht. Dann kriegen die Zuschauer zum Schluss wenigstens noch was geboten.«

Sie warteten, bis Katie aufgesattelt und getrenst und ihre Startnummer angebracht hatte, dann liefen sie gemeinsam zum Abreitplatz für die Dressurprüfung, Billy zwischen ihnen wie ein zu groß geratener Hund. Ihm war es egal, was die anderen Pferde machten, er stolzierte zwischen ihnen hindurch und hielt seinen Wuschelkopf hoch erhoben, obwohl er mit Abstand der Kleinste war. Katies Beine baumelten bis unter seinen Bauch.

»Oje,« seufzte Stefan. »Katie ist wirklich langsam zu groß für den Kerl. Hoffentlich reißt sie die Hürden nicht mit ihren Füßen ein.«

Jola schielte zum Dressurviereck hinüber, wo gerade die Siegerehrung der vorherigen Prüfung stattfand. Die Reiterin mit dem schönen Rappen hatte die Dressurprüfung gewonnen und klopfte ihrem Pferd von beiden Seiten ausgiebig den Hals. Jola sah ihr nach, wie sie davonritt, dabei wäre sie am liebsten hinterhergerannt. Natürlich, das war total unsinnig und kindisch. Diese fremde Reiterin konnte gar nicht ihre Mutter sein. Trotzdem hätte sie gern ihren Namen gewusst – und den ihres Pferdes.

Katies Prüfung begann, aber vor ihr kamen vierzehn andere Pferde. Sie nutzte die Zeit, um Billy die Flausen auszutreiben, denn er schnappte eifrig nach größeren Pferden oder veranstaltete urplötzlich kleine Wettrennen mit ihnen.

»Startet sie heute in der Dressur?«, wollte Jola wissen.

»Auch«, klärte Stefan sie auf. »Es ist eine Vielseitigkeitsprüfung, und das heißt, es gibt drei Disziplinen: Dressur, Springen und Gelände.«

»Also genau wie beim Ginstercup.«

»Genau. Katie ist ein alter Hase, die hat das ja schon oft gemacht. Die Schwierigkeit besteht für sie diesmal darin, dass sie mit einem Pony gegen Großpferde antritt.«

Nach einer Weile stellte Jola sich ans Dressurviereck und sah lieber den Reitern zu, die vor Katie an der Reihe waren. Sie war so versunken, dass sie Billy erst bemerkte, als Katie vor den Richtertisch ritt und mit der Hand grüßte. Und dann ging es los. Im Mittelschritt durch die Länge der Bahn wechseln. Schlangenlinien vier Bögen. Dann Arbeitstrab, auf den Mittelzirkel geritten. Die Zügel aus der Hand kauen lassen, durch die ganze Bahn wechseln. Zügel wieder aufnehmen. Im Arbeitsgalopp angaloppieren. Jola konnte nicht beurteilen, ob Katie besser war als die anderen Reiter vor ihr, aber eines wusste sie mit Sicherheit: So konzentriert hatte sie Billy noch nie gesehen.

Nach der Dressur gab es eine Pause, in der die Reiter den Parcours fürs Springen abgehen konnten. Stefan besorgte drei Tüten Pommes, und Jola lief zum Aushang, wo Teilnehmer und Ergebnisse aufgelistet waren. Nach der Dressur lagen Katie und Billy auf Platz zwei, aber das hieß noch überhaupt nichts. Ihr Blick fiel auf die Ergebnisliste der Dressurprüfung, die vorher stattgefunden hatte, und sie ertappte sich, wie sie die Namen entlangfuhr, bis sie beim ersten Rang angekommen war.

Da stand es – Nina Schüller auf Allegra. Sie schüttelte den Kopf und die Buchstaben erzitterten vor ihren Augen. Für einen winzigen Moment war sie ganz sicher, dass sie einen Fehler gemacht hatten, da stand der falsche Name! *Aber das stimmt nicht – meine Mutter hat den ersten Platz gemacht, ihr habt das falsch abgedruckt!*

»Kann ich dir helfen?«, fragte eine Reiterin neben ihr freundlich.

»Äh – was?«

»Du hast so gemurmelt. Suchst du jemanden?«

Jola biss sich auf die Lippe. Hatte sie das etwa laut gerufen? Schnell schüttelte sie den Kopf. »Nein, nein, schon gut. Ich hab … mich getäuscht.«

Die Reiterin runzelte die Stirn, dann scannte sie selbst eine Liste. Als Jola sich abwenden und zu Stefan zurückgehen wollte, rief sie ihr hinterher: »Kann man auch später alles online nachgucken!«

Die Springprüfung lief für Katie nicht so ideal, Billy riss eine Stange am vorletzten Hindernis und sie rutschte in der Gesamtwertung auf Platz vier zurück. Danach war ihre Stimmung ziemlich im Eimer, und Stefan trollte sich, um Getränke für sie alle zu besorgen.

»So ein blöder Mist! Das war meine Schuld. Ich hab ihn nicht weggelassen.«

»Ich finde trotzdem, ihr habt das super gemacht.«

»Super reicht mir nicht«, brummte Katie. Sie lockerte den Gurt und übergab Billy an Jola, damit sie zusammen mit den anderen Reitern die Geländestrecke angucken konnte.

»Keine Bange, die ist bald wieder besser drauf.« Stefan drückte Jola eine Limo in die Hand und legte seinen kräftigen Arm um Billys Hals. »Stimmt's, du Wuschel? Geländestrecken sind eure Paradedisziplin.«

Bei der Geländeprüfung zuzusehen, war mit Abstand das Aufregendste an dem ganzen Turnier. Die Reiter trugen dicke Protektorenwesten und kamen mit verkürzten Steigbügeln an den Start. Da Katie an vierter Stelle lag, würde sie als Viertletzte auf die Geländestrecke gehen.

Jola trat ungeduldig von einem Bein aufs andere. Es gab etliche Verweigerungen am Wassergraben, den man vom Zielbereich aus einsehen konnte. Zwei Reiter hatten auch schon Strafpunkte wegen Zeitüberschreitung erhalten. Aber die meisten waren fehlerfrei und in einer ordentlichen Zeit ins Ziel galoppiert.

Dann war endlich Billy an der Reihe! Ihn erkannte man von Weitem, und Jola drückte fest beide Daumen, als sie an den Wassergraben kamen. Hoffentlich hatte Katie nicht mitgekriegt, dass es hier Probleme gab, sonst würde sie zögern und das könnte sich auf Billy übertragen. Aber das Pony zögerte nicht. Es sprang ins Wasser, dass es nur so platschte, zog die Füße an und sprang ebenso furchtlos wieder heraus. Katie hob kurz die Faust, als sie Jola und Stefan am Rand stehen sah, dann jagten sie und Billy in halsbrecherischem Tempo auf das letzte Hindernis zu, einen richtig dicken Baumstamm, der gleichzeitig das Ziel war. Stefan und sie schrien und klatschten und feuerten Katie und Billy ordentlich an, bis sie den Baum übersprungen hatten.

Jetzt mussten nur noch die drei Besten an den Start! Jola hielt die Luft an, als der Erste losgaloppierte. Mann, war der schnell und er machte nicht einen Fehler! Aber dann schlug sein Pferd einen Haken um den Wassergraben, und Jola grinste Stefan an, als er das Hindernis erneut anreiten musste.

Die zweite Reiterin hatte keine Probleme am Graben. Ihr Pferd war zwar nicht so wendig, aber es sprang mit absolut gelangweilter Miene und kümmerte sich überhaupt nicht darum, wie seltsam manche der Hindernisse aussahen. Jola drückte ihnen trotzdem nicht die Daumen. Wenn die fehlerfrei durchkamen – und das würden sie, dieses Pferd machte keine Fehler –, war Katie nur Dritte. Sie wollte schon zum Start zurück, um dem letzten Reiter zuzugucken, da stöhnte die Menge plötzlich auf.

»Ein Steher«, flüsterte Stefan ihr zu. »Das gibt Strafpunkte. Katie kommt auf Platz zwei!«

Aber das gelangweilte Pferd hatte keine Lust mehr zu springen. Für heute reichte es ihm wohl, und nach der dritten Verweigerung mussten er und seine Reiterin (die ein ebenso gelangweiltes Gesicht machte) aus dem Wettbewerb ausscheiden.

Jetzt fehlte nur noch einer! Ausgerechnet ein schöner Schimmel, der Jola kurz an Wolkenherz erinnerte. Er sprang souverän und ruhig und blieb trotzdem locker in der vorgegebenen Zeit.

»Och, schade«, murmelte sie. »Aber die sind wirklich gut!«

Der Schimmel galoppierte durchs Ziel und Jola applaudierte pflichtschuldig mit den anderen.

Als sie zu Billy schaute, sah sie, dass auch Katie in die Hände klatschte.

Sie warteten vor dem Dressurplatz auf die Siegerehrung, und Jola drückte fest beide Daumen, als die ersten Plätze vergeben wurden – total unsinnig, weil die Wertung ja längst feststand!

»Zweiter Sieger in der Vielseitigkeitsprüfung der Klasse A – Katharina Weber und Billy the Kid!«

Jola und Stefan klatschten am lautesten von allen, als Katie stolz in die Mitte ritt, um sich ihre silberne Schleife abzuholen und den Preis entgegenzunehmen – eine schöne Umhängetasche in Form eines Pferdekopfs. Dann mussten alle noch eine Ehrenrunde im Galopp reiten. Billy bockte und schlug nach dem Schimmel aus, als wäre er sauer, dass er nicht gewonnen hatte.

Katie strahlte, als sie zu ihnen an den Zaun zurückkam. »Der legt sich doch glatt mit den Großen an, habt ihr das gesehen? Schade, dass er so ein Wicht ist. Mit dem könnte ich weit kommen.«

Als sie Billy zum Hänger zurückbrachten, war die Besitzerin des riesigen Transporters gerade dabei, ihr Pferd zu verladen. Jola blieb wie angewurzelt stehen, als sie Allegra erkannte, die von ihrer Reiterin mit viel gutem Zureden über die Rampe gelockt wurde. Sie war beinahe oben, da entdeckte Billy die Stute und wieherte ihr fröhlich zu. Vor lauter Schreck warf Allegra den Kopf hoch und sprang seitwärts wieder runter.

»Soll ich dir helfen?«, bot Katie an.

Nina Schüller warf die Arme in die Luft. »Ach, das wäre toll. Sie muss normalerweise nie allein fahren.«

»Ach so! Okay.« Katie schnalzte mit der Zunge und schickte Billy mit einer lässigen Handbewegung über die Rampe ins Innere des Transporters. Der Reiterin stand der Mund offen vor Staunen. Schnell packte sie ihr Pferd dazu und schloss die Rampe, während Billy bequem über den zweiten Ausstieg wieder hinausmarschieren konnte.

»Toller Trick.« Das Mädchen lachte.

»Toller Transporter«, seufzte Katie und lief schnell Billy nach, der ein Stück weiter unten ein anderes Pferd entdeckt hatte.

Jola sah Nina Schüller zu, wie sie ihr Pferd auf die Nüstern küsste und dann mit einer Hand in ihren Nacken griff und ihren Dutt löste. Ein langer schwarzer Haarzopf fiel auf ihren Rücken hinab. Für einen Moment vergaß Jola zu atmen. Das schwarze Pferd drückte seine Nase gegen die Stirn des Mädchens, und so standen sie, erstarrt, wie auf einer Fotografie.

»Jola, kommst du?«

Jola wirbelte herum und rannte zum Zebraauto.

Besorgt sah Katie sie an. »He, alles klar?«

»Natürlich.«

»Dann ab nach Hause!« Katie warf ihren Sattel in den Kofferraum und schloss die Tür. »Wir haben schließlich noch was zu erledigen!«

Heimlichreiten

Am Abend brachten sie Billy in den Stall, damit er in Ruhe sein Müsli fressen und sich vom Turniertag erholen konnte. Katie wusch sein Fell mit einem Schwamm ab und kontrollierte seine Hufe, erst dann durfte er wieder zu den anderen nach draußen auf den Paddock, wo er sich sofort in den Sand warf und ausgiebig wälzte.

»Uff! Ich bin erledigt.« Katie ließ sich auf einen großen Heuballen sinken und streckte Arme und Beine von sich.

Jola ließ sich neben sie fallen und lehnte sich an die Wand. Die ganze Fahrt über hatte sie überlegt, Katie davon zu erzählen, von Nina und Allegra und dieser unheimlichen Ähnlichkeit mit ihrer Mutter, aber dann hatte sie doch lieber den Mund gehalten. Katie hatte gerade andere Sachen im Kopf. Und Stefan hätte sie bestimmt für bekloppt gehalten, wenn sie gestand, dass eine Reiterin mit dunklem Zopf und schwarzem Pferd sie an ihre Mutter erinnerte. Nein, die konnten nicht verstehen, wie es ihr ging. Nur Wolkenherz verstand sie.

»Es hätte locker für den Sieg gereicht«, grübelte Katie laut. »Ich hätte ihn beim Springen nicht zurückhalten sollen! Mann, ich weiß doch, wie er das hasst. Das Gelände hat er so gerockt, das hätten wir gewonnen.«

»Ist das denn so wichtig für dich?«, fragte Jola leise.

Katies Kopf fuhr herum. »Ja, na klar! Ich fahre da nicht hin, um fröhlich im Kreis herumzuhopsen. Natürlich will ich gewinnen! Das klappt nicht immer, schon klar. Aber es muss immer das Ziel sein. Sonst brauchst du gar nicht erst loszufahren.«

Jola schloss die Augen. Ob ihre Mutter auch so drauf gewesen war? Von einem Turnier zum nächsten, nur den Sieg im Kopf? Irgendwie konnte sie sich das nicht vorstellen. Sie dachte wieder an Allegra, daran, wie spielend sie diese Dressurprüfung gewonnen hatte. So als hätten die Richter nur auf sie gewartet. Und dann konnte sie ihre Mutter plötzlich doch in dieser Rolle sehen, klar und deutlich. Wie gern wäre sie am Zaun gestanden und hätte die Daumen für sie gedrückt, für sie und ihr Pferd, dessen Name mindestens so schön gewesen war wie der von Allegra.

Katie sagte etwas zu ihr, und Jola machte die Augen wieder auf. Komischer Zufall. Sie saß genau an der Stelle, an der gestern Nacht Minnie gestanden hatte – vor ihr hing die Leiter, die zum Heuboden hochführte. Gegenüber lag die Futterkammer, ein Stück weiter links die Sattelkammer. Gestern hatten sie beide Kammern durchsucht, um rauszufinden, ob der seltsame nächtliche Stallbesucher etwas geklaut hatte, aber alles war unverändert gewesen – es hatte nicht die geringste Spur von ihm gegeben, nichts, nirgends.

Natürlich nicht. Weil er nämlich gar nicht in einer der Kammern gewesen war! Sondern unter ihnen. Direkt unter ihnen.

»Red ich heute gegen eine Wand?«, fragte Katie müde und schüttelte resigniert den Kopf. »Du, wenn dich das langweilt, sag es einfach.«

Jola stand auf und lief zu der Schubkarre, die unter der Heubodenleiter parkte.

Sie griff danach und fuhr sie ein Stück zur Seite. Sie war nicht gerade vorsichtig, und es rumste ziemlich, als sie die Karre bewegte. »Stand die gestern auch schon da?«

Katie zuckte die Schultern. »Kann sein. Sie steht immer irgendwo da.«

»Ja, aber – genau da?«

»Mann, Jola! Möglicherweise!«

Jola fuhr die Karre ein Stück zur Seite. Normalerweise lag loses Heu darum verstreut. Weil hier normalerweise Heuballen lagerten. Die waren gerade alle und deshalb stand die Schubkarre ein Stück weiter hinten im Gang als sonst. Es gab aber kein loses Heu. Der Boden sah aus wie blank gefegt.

Katie verschluckte sich und musste husten. Auf einmal hatte sie es furchtbar eilig, aufzuspringen und zu Jola zu laufen.

»Ich glaub, ich spinne! Warum haben wir da nicht gleich dran gedacht?«

»Weil es Nacht war und gruselig und wir uns dann noch mehr gefürchtet hätten«, sagte Jola. »Aber gestern hätten wir auf die Idee kommen können!«

Sie suchte nach der Vertiefung im Boden, fand sie mit den Fingern. Katie tastete mit den Händen auf dem Regal daneben herum und förderte einen Ring zutage, der haargenau in die Vertiefung passte. Wie ein Schlüssel zu einem Schloss. Ein Geheimversteck.

»Er war da unten, oder?« Jola wusste selbst nicht, warum sie flüsterte. »Soll ich?«

Katie starrte sie immer noch mit großen Augen an. Dann nickte sie rasch. »Mach«, sagte sie nur und trat einen Schritt zurück.

Jola stemmte sich mit aller Kraft gegen den Boden und zog an dem Rundgriff. Zuerst passierte gar nichts. Die Luke im Boden war aus massivem Holz und einfach zu schwer. Aber plötzlich gab sie nach und Jola stolperte beinah rückwärts, den Griff fest in der Hand. Sie ließ die Luke mit einem KLONK! aufploppen und schielte unschlüssig in das tintenschwarze Loch.

»Ich hol die Taschenlampe«, krächzte Katie und verschwand in der Sattelkammer. Sekunden später kehrte sie mit der Lampe zurück und knipste sie an.

»Da unten ist aber nichts Gruseliges, oder?« Jola spähte vorsichtig nach unten. »Ich meine … ihr habt da als Kinder gespielt.«

Katie nickte. Sie ließ das Licht nach unten wandern und setzte ihren Fuß vorsichtig auf die erste Steinstufe.

»Und manchmal verschwinden Hufauskratzer oder Striegel in dem Luftschacht und landen dort unten.«

»Jola! Hör auf zu reden und komm endlich!«

Jola seufzte tief, aber dann setzte sie ihre Füße ebenfalls auf die Stufen und folgte Katie vorsichtig, Tritt um Tritt, nach unten. Katie ließ das Licht über die Wände streifen und Jola hielt den Atem an. Sie hatte ganz vergessen, was für ein atemberaubend schöner Gewölbekeller hier unter dem Stall versteckt lag. Die Wände bestanden aus dicken Ziegeln, die so massiv aussahen, als hätte man keinen Keller, sondern in Wahrheit ein Verlies gebaut. In einer Ecke steckten dunkle Ofenbleche in einer Vorrichtung, auf der gegenüberliegenden Seite stand ein richtiges Fass. Jola ließ ihre Hand darübergleiten und schloss kurz die Augen, nur für den Fall, dass sie irgendetwas … spüren konnte. Aber nichts geschah. Der Keller blieb ein Geheimnis.

»Nichts«, murmelte Katie. »Kein Hinweis. Aber wie auch? Hier unten gibt es nichts, was man stehlen könnte.«

»Es ging auch nicht darum, etwas zu stehlen«, meinte Jola nachdenklich und klappte die Augen wieder auf.

»Worum dann?«

»Das müssten wir Minnie fragen.«

Katie stöhnte. Sie sammelte zwei bunte Striegel unter dem Lüftungsschacht ein und jonglierte damit herum, aber der blaue fiel ihr aus der Hand und sie bückte sich danach. Plötzlich ging sie in die Hocke, legte die Striegel neben sich ab und tastete mit den Händen über den Boden.

»Jola! Komm schnell!«

Jola flog fast zu ihr und beugte sich hinunter, um besser sehen zu können, was Katie entdeckt hatte. Zuerst erkannte sie überhaupt nichts, nur Staub und Steine. Aber Katie wackelte mit dem Licht der Lampe, und da fiel es ihr auch auf: Staubspuren. Frische Abdrücke in altem Staub. Garantiert nicht älter als zwei Nächte.

»Er war hier unten«, flüsterte Katie. »Du hattest recht!«

»Die Spur verrät uns aber nicht, was er hier unten getrieben hat«, murmelte Jola. »Oder wer er war.«

»Nein«, stimmte Katie zu. Sie hielt die Lampe hoch über ihren Kopf, um zu verfolgen, wohin die Spur führte, aber sie endete einfach an der Wand. Jola lief daran entlang und ließ ihre Finger über all die Unebenheiten gleiten, so als wären die Antworten, die sie suchten, irgendwo dort in den Ritzen versteckt.

»Dann wissen wir jetzt immerhin mit Sicherheit, dass wir einen Menschen gesehen haben. Und keinen Geist.«

»Aber wen? Und was hat er hier unten ge…« Jola blieb stehen. Ihre Hand war gerade ein Stück in die Wand hineingerutscht. Wie konnte das sein? Sie drückte noch mal dagegen … und die Wand bewegte sich erneut von ihr weg!

»Was ist?«, flüsterte Katie und trat neben sie. Das Lampenlicht streifte die Steinwand und blieb an der kleinen Vertiefung kleben, die Jola mit ihrer Hand hinterlassen hatte. Katie keuchte auf und das Lampenlicht erzitterte.

»Er ist lose«, wisperte Jola. Vorsichtig drückte sie gegen den Stein und er rutschte noch ein Stück tiefer. Sie versuchte, ihn mit spitzen Fingern wieder herauszuziehen, aber der Stein saß bereits zu tief in der Mauerritze, und sie konnte ihn nicht mehr greifen. »Mist, ich hab zu doll geschoben. Ich komm nicht mehr an ihn ran!«

»Wir müssen ihn mit einem Saugnapf rausziehen. Oder mit spitzen Stöcken oder einer Grillzange oder so was.«

Jola versuchte es noch mal, aber sie trieb den losen Stein nur immer tiefer in die Mauer. Inzwischen bekam sie schon ihre ganze Faust in die Vertiefung. »Ach, Mist. Ich hab's zu spät gemerkt, dass er sich bewegen lässt. Vorher hätte ich ihn wahrscheinlich noch packen können.«

»Jola?« Katie ließ das Lampenlicht nachdenklich über die Mauer gleiten. »Wenn da ein Versteck drunter ist und dieser Wer-auch-immer hier war, dann ist es jetzt sowieso leer. Meinst du nicht? Deshalb kannst du den Stein auch hineindrücken. Etwas war in dem Versteck. Und dieser Jemand hat es leer geräumt.«

Nachdenklich trat Jola ein paar Schritte zurück. »Hm. Was könnte das nur gewesen sein? Ob es schon länger hier war?«

Katie winkte ab. »Ach, ich war schon tausendmal hier unten. Anna auch. Wir hätten so ein Geheimversteck doch längst gefunden. Nein, ich kann es mir nur so erklären: Da war etwas hinter dem Stein. Deshalb hat er sich vorher nicht bewegt. Und jetzt ist es weg.«

»Dann bringt es auch nichts, wenn wir uns im Stall auf die Lauer legen«, meinte Jola enttäuscht.

Katie schüttelte langsam den Kopf. »Nein. Der kommt nicht zurück.«

Sie schauten sich an.

Jola dachte: Was soll schon in dem verstaubten Keller versteckt gewesen sein?

Sie hatten echt wichtigere Rätsel zu lösen!

Die nächsten Tage stand Jola zusammen mit Katie – und den Hühnern – auf und begleitete sie auf den überdachten Reitplatz. Niemand brauchte Billy zu dieser Uhrzeit, also konnte auch niemand meckern, wenn sie das ein oder andere Extratraining mit ihm einlegte. Katie musste sich voll auf Keira konzentrieren, aber sie gab Jola im Vorbeireiten immer wieder Tipps, wenn etwas nicht klappte. Doch im Grunde klappte überhaupt gar nichts. Und als Jola schließlich auf die Idee kam, allein mit Billy ins Gelände zu gehen – genau das musste sie beim Ginstercup schließlich auch tun –, stellte Billy sich ganz einfach unter einen Baum und fing an zu fressen, und Jola hatte keine Chance, ihn vorwärtszubewegen.

Frustriert stieg sie aus dem Sattel und zerrte Billy am Zügel zu Katie zurück.

»Ich gebe es auf!«

»Was ist denn los?«

»Er macht mit mir, was er will!«

»Aber, Jola. Es sind noch Wochen bis zum Turnier! Du musst halt noch mehr üben. Lass uns morgen mal zusammen rausgehen.«

Aber Jola ließ den Kopf hängen. »Es wird nicht klappen. Nicht mit Billy. Ich bin kein Naturtalent, ich kriege Angst, wenn er sich aufspielt, und das merkt er. Billy und ich – das wird nichts.«

»Dann fragen wir Niko einfach, ob du ein anderes Pferd reiten darfst. Obwohl … auf Billy kannst du gewinnen. Du hast ihn doch gesehen, auf dem Turnier!«

»Ums Gewinnen geht es mir aber nicht, Katie. Ich will nur dabei sein, ich will …«

… sein wie sie, dachte Jola, sagte es aber nicht laut.

»Vielleicht Miley«, überlegte Katie. »Die ist sehr sanft. Aber dann wirst du dich mit Milla anlegen müssen. Sie wollte ja unbedingt Miley reiten.«

Stimmt nicht, dachte Jola. Eigentlich wollte sie ein anderes Pferd.

Und wenn sie es sich recht überlegte, wollte sie das auch. Dieses und kein anderes.

»Wolkenherz«, flüsterte sie und sah zu ihm hinunter.

»Äh … was?«

»Wolkenherz!«

Katie starrte sie an. »Du? Und Wolkenherz?« Sie prustete und drückte sich die Hand gegen den Mund. »Sorry, aber … äh, niemals.«

»Warum nicht?«

»Na, weil … weil … also, weil er …«

»… weil er was Besonderes ist. Und ich nicht.«

»So hab ich das nicht gemeint«, brummte Katie und wurde rot. »Aber jeder will ihn reiten!«

»Du auch?«

Katie schüttelte den Kopf. »Nein. Okay, noch vor einem halben Jahr hätte ich alles dafür gemacht. Ich dachte, er ist mein absolutes Traumpferd, weil ich all die Jahre doch immer von ihm geträumt habe. Aber seit Keira … sich verändert hat, macht es mir nichts mehr aus. Ich glaube sogar, ich habe mich entträumt oder so. Keira muss ich nicht teilen, weil niemand ihr vertraut, nur ich. Ich glaube, das ist … irgendwie wichtiger.«

Jola lächelte. Sie wusste, was Katie meinte – sie hatte endlich ihr Seelenpferd gefunden.

»Wir haben überhaupt noch nicht darüber geredet, wer Wolkenherz haben darf und ob er überhaupt mitgehen kann«, sagte Katie langsam.

»Dann tut es doch auch keinem weh, wenn ich es einmal ausprobiere, oder?« Jola sah Katie flehend an. »Nur ein Mal, bitte! Lass es mich versuchen!«

Katie blies die Backen auf, aber dann nickte sie. »Ach, warum eigentlich nicht? Besser, du reitest ihn als Julia oder diese Milla!«

Also stand Jola am nächsten Morgen noch eine halbe Stunde eher auf. Aber das war nicht schwer, denn in dieser Nacht hatte sie sowieso kaum ein Auge zugemacht. Warum war ihr das nicht schon früher eingefallen? Sie würde Wolkenherz reiten! Mit ihm hatte sie keine Angst, allein im Wald zu sein. Mit ihm hatte sie überhaupt keine Angst, denn ihre Mutter würde sie leiten. Sie würde bei ihr sein, in ihrem Kopf, in ihren Gedanken. Und außerdem war Wolkenherz kein gewöhnliches Pferd. Jemand wie Milla oder Julia konnte ihn überhaupt nicht reiten, denn sie verstanden ihn nicht – sie wussten nicht, wonach er suchte.

Sie brachten Keira und Wolkenherz in den Stall und putzten sie ausgiebig. Die rote Stute kabbelte sich ein bisschen mit ihm, aber ansonsten stand sie friedlich und ließ sich von Katie den Bauch kraulen.

Als sie die Sättel holten, merkte Jola, dass sie doch ein klein wenig nervös war. Hatte sie sich zu viel zugemutet? Aber sie vertraute Wolkenherz, viel mehr als Billy. Mehr als jedem anderen Pferd. War das nicht wichtiger als alles andere?

»Komm«, sagte Katie und stapfte mit Keira voran. »Wir steigen oben am Reitplatz auf!«

Hinter den Ginsterbüschen ging eben die Sonne auf und schüttete milchig goldenes Licht über der Pferdekoppel aus. Ein feiner Westwind blies und ließ die Blätter in den Obstbäumen rascheln und wispern. Für einen Moment schloss Jola die Augen. Als ob ihr jemand ins Ohr flüstern würde, von fern, ganz sacht. Sie musste schlucken, und dann machte sie die Augen wieder auf und stand auf dem Reitplatz, so wie am Tag zuvor mit Billy. Aber heute war alles anders.

»Oh, wow. Was für ein Licht!« Katie holte die Steigbügel herunter und zog den Sattelgurt nach. Sie inhalierte tief die frische Morgenluft und schwang sich auf Keiras Rücken. »Brauchst du Hilfe?«

Jola hatte immer noch einen Kloß im Hals, also schüttelte sie nur den Kopf. Eigentlich hatte sie sich vorher null überlegt, was sie machen wollte – einfach auf Wolkenherz' Rücken sitzen und sich von den Bildern in ihrem Kopf tragen lassen. Gut, dass Niko nicht hier war! So störte niemand. Mit heftig klopfendem Herzen führte sie Wolkenherz in die Mitte und stellte die Steigbügel ein. Sie zog den Gurt nach, und dann lief sie nach vorn, zu seinem Kopf, und lehnte sich gegen seinen Hals.

»Ist das okay für dich?«, flüsterte sie ihm zu. »Ich mache nichts, was du nicht willst. Aber wenn … wenn du mir nur diesmal hilfst, dann verspreche ich, dass ich alles tue, damit Max dich wahrnimmt. Geht das? Nur dieses eine Mal. Bitte, Wolkenherz!«

Der Hengst senkte seinen Kopf und drückte die Stirn gegen ihren Bauch. Eine Weile standen sie so, aneinandergelehnt wie zwei alte Freunde, bis Wolkenherz zwei Schritte seitwärts machte und sie abwartend ansah. Jola holte tief Luft. Dann griff sie nach den Zügeln, schob ihren Fuß in den Steigbügel und zog sich auf seinen Rücken hinauf.

Umplanungen

Die Wiese lag vor ihr wie ein weites grünes Meer. Sie spürte den Wind in ihren Haaren, roch das Salz des Meeres und fühlte, wie das Pferd unter ihr alle Muskeln anspannte und nur auf ihr Zeichen lauschte. Es brauchte so wenig, ihn zu reiten … er reagierte auf die leiseste Regung ihres Körpers. Sie wusste das und sie liebte es. Als ob sie mit geschlossenen Augen sehen könnte, gehen, ohne die Füße zu bewegen – und ohne Flügel fliegen. Sie atmete tief ein und wieder aus. Und dann …

Jola keuchte auf. Ihr Po hatte den Sattel noch nicht einmal richtig berührt und schon flimmerten die Bilder durch ihren Kopf wie bei einem Film. Es war unheimlich und unglaublich zugleich! Sie hatte diese Wiese nicht wirklich gesehen, sie war nur eine Erinnerung, irgendwo, tief vergraben … aber in dem Augenblick hatte es sich so angefühlt, als könnte sie tatsächlich jeden Moment darüberfliegen, auf Wolkenherz' Rücken, genau wie ihre Mutter es getan hatte.

Am liebsten würde sie die ganze Zeit in diesen Bildern schwelgen, aber sie konnte ja schlecht hier sitzen und die Augen geschlossen halten …

Wolkenherz warf ungeduldig den Kopf und Jola setzte sich schnell aufrecht hin. Okay. Bilder hin oder her, sie saß hier auf einem riesigen Trakehner Hengst, der endlich ein Kommando kriegen wollte. Am Ende wurde es ihm langweilig und er setzte sie ab und dann? Katie würde sie im Leben nicht mehr auf seinen Rücken lassen!

Sie versuchte, sich zu konzentrieren. Aufrecht sitzen, von den Schultern über die Ellbogen zu den Hacken eine gerade Linie bilden. Sie dachte es nur, aber Wolkenherz setzte sich schwungvoll in Bewegung. Jetzt gab es kein Zurück mehr, jetzt musste sie ihn laufen lassen und sehen, ob sie wirklich auf ihm reiten konnte!

»Entspann dich, Jola!«

Jola fuhr herum. Hatte Katie das zu ihr gesagt? Musste sie wohl, sonst war niemand hier. Aber warum sah Katie sie überhaupt nicht an? Sie war vollauf mit Keira beschäftigt. Jola atmete tief ein und wieder aus. So, ruhig jetzt. Alles lief bestens, Wolkenherz machte schöne, raumgreifende Schritte und sie saß immer noch auf seinem Rücken. Sie griff die Zügel nach und stellte eine Verbindung her, sacht, weil sie von der Wunde in seinem Maul wusste. Der Narbe. Das Ledergebiss kam wunderbar an, und Wolkenherz begann sofort, darauf zu kauen, sie brauchte es nur ganz leicht anzutippen. Schon spürte sie, wie sein Rücken runder wurde, wie seine Schritte sich verlängerten, wie er den Hals wölbte und größer zu werden schien.

Sie dachte an all die Stunden mit Niko, als er versucht hatte, ihr die Reiterhilfen zu erklären. Nie hatte das geklappt. Mit Wolkenherz war es, als würde eine unsichtbare Hand nach ihrem Rücken greifen und sie sacht lenken. Es brauchte tatsächlich sehr wenig, um Wolkenherz auf den Zirkel zu bewegen, nur ein sanftes Mitschwingen in ihrer Hüfte. Jola fühlte sich, als würde sie schweben, ganz von selbst. Sie ließ Wolkenherz traben, und wieder flüsterte ein fremder Wind an ihrem Ohr: »Sitz aufrecht! Lass die Beine lang!«

Es klang so echt, so real, dass sie sich umschaute und nach dem Wispern suchte, doch außer Katie war niemand hier, niemand, den sie sehen konnte. Wolkenherz trabte ruhig und raumgreifend, und es war nicht schwer, ihn auszusitzen. Nichts mit ihm war schwer, alles schien so wunderbar leicht, wolkeneinfach, wenn man nur wusste, wie man es anstellen musste.

Sie galoppierte an. Nicht in der Ecke, nicht mit verkrampftem Außenbein, nein, sie galoppierte in der Mitte zwischen beiden Zirkeln an, als wäre es das Normalste auf der Welt. Ihr Bein bewegte sich ganz leicht rückwärts, und sie hatte das Gefühl, geführt zu werden, keine Kontrolle zu brauchen, weil jemand in der Mitte stand und dem Pferd Anweisungen zurief, wie an einer Longe, wie … von einem unsichtbaren Band gehalten. Wolkenherz galoppierte, und sie ließ ihn und versuchte, ruhig und entspannt zu sitzen. Nein, sie saß ruhig und entspannt. Es war kein bisschen schwer. Alles war vollkommen … natürlich.

Schwer atmend kamen sie zum Stehen. Jola ließ die Zügel lang werden und legte den Kopf in den Nacken. Über ihr kreiste ein großer grau-weißer Vogel, der stetig höher stieg – oder nein, er war nur grau, dunkelgrau, viel zu weit weg, um seine Farbe sicher zu bestimmen. Der Vogel verschwand in den Wolken, und sie merkte, dass Katie neben ihr ritt.

»Teufelsmädchen«, hörte sie die Freundin sagen.

»Hmm?«

»Du Verrückte! Das hätte ich mal filmen sollen. Als ob du schon jahrelang auf dem Pferd hocken würdest! Mann, Jola, wenn du so bei der Dressur antrittst, kann ich einpacken!«

Jola blinzelte. Sie dachte immer noch an den Vogel, der plötzlich seine Farbe verändert hatte.

»He, hörst du mir überhaupt zu?«

Wolkenherz blieb stehen und drehte den Kopf zu ihr. Jola klopfte seinen Hals. Dann sprang sie aus dem Sattel und augenblicklich wurde ihr schwindlig.

Sie griff nach seiner Mähne und hielt sich daran fest, während sie mit Katie zum Stall zurückging.

»Du musst auf ihm starten, Jola. Du musst einfach!«

»Glaubst du denn, dass deine Mutter mich lässt?« Jolas Stimme zitterte. Aber das war ihr egal. Erschöpft lehnte sie sich im Gehen an Wolkenherz.

»Wenn sie dich so sehen könnte, würde sie dir alles erlauben.« Nachdenklich pustete Katie eine Locke aus ihrem Gesicht. »Du hast es halt doch im Blut, Jola.«

An diesem Tag gab es Wollwürschtl mit Kartoffelbrei und viel Ketchup zum Mittagessen. Und als Jola und Katie mit ihren Schulrucksäcken hereinplatzten, saß sogar Jolas Vater da, und auch Opa Max streckte die Beine unter den Tisch. Stefan brachte noch Niko mit, und im Nu wurde es eng und gemütlich um den runden Esstisch der Webers, und alle redeten durcheinander, bis Helen die Platten auftischte und der Duft nach gebratenen Würsten allen das Wasser im Mund zusammentrieb.

Allen bis auf Jola.

»Hast du schlechte Noten gekriegt?« Ihr Vater schaute sie besorgt an. »Oder wirst du krank?«

Jola hatte mit Katie vereinbart, bis nach dem Essen zu warten und dann, vielleicht beim Abwasch, langsam auf das Thema »Wolkenherz reiten« hinzulenken. Eigentlich gab es keinen Grund, nervös zu sein, denn mehr als Nein sagen konnte Helen ja schlecht. Aber Jola war trotzdem so aufgeregt, dass sie kaum einen Bissen herunterkriegte.

»Nein. Ich bin nur – nicht so hungrig.«

»Ich schon, gebt ihr mir mal den Kartoffelbrei rüber?«

»Kann ich noch eine Wurst?«

»Was – an die Wand werfen?«

Katie verdrehte die Augen. »Kann ich noch eine Wurst haben, bitte, um sie zu verschlingen?«

Jolas Vater erzählte von seinen skurrilen Dächern, von denen es in Deutschland die verrücktesten Exemplare gab. Ein paar alte Aufnahmen hatte er auch noch, von früheren Reisen, aber eigentlich wollte das Architekturbüro nur Dächer aus Deutschland haben. »Gestern war ich auf dem Maierhof und habe das Grasdach abgelichtet. Und mitten in das schönste Licht stapfte dieser fette schwarze Kater und stellte sich genau ins Bild – ich sag's euch, das sah aus wie eine Szene aus der ›Kleinen Hexe‹!«

Helen wollte etwas erwidern, aber in dem Moment kündigte der Radiosprecher den nächsten Song an, und Stefan hob die Hand, damit alle am Tisch verstummten.

»Hört euch das an – schon wieder! Und auch noch zur besten Sendezeit«, verkündete er stolz, als die ersten Takte von »Schatten im Wind« erklangen.

Anna sprang auf und drehte das Radio leiser. »Ähm … also, ich muss euch noch was sagen.«

Alle Augen richteten sich jetzt auf sie.

Etwas stimmt nicht, dachte Jola, ich hatte es die ganze Zeit im Gefühl!

Aber Anna grinste nur unsicher. »Tja, also ihr hört es ja selbst – die spielen den Song rauf und runter. Jedenfalls hat uns ein Typ von Cloudy Records angerufen und … na ja … also, die wollen wohl einen Vertrag mit uns machen. Zumindest für ein Album und eine kleine Tour!«

»WAAAS?« Katie sprang auf und fiel ihrer Schwester um den Hals. »Das sagst du so nebenbei? Wie cool ist das denn! Meine Schwester wird berühmt, ich pack es nicht!«

Auch Stefan und Jolas Papa gratulierten Anna. Nur Helen blieb auf ihrem Stuhl sitzen und beäugte ihre Tochter argwöhnisch. »Raus mit der Sprache, Anna. Was ist los? Das ist nicht alles, das seh ich doch.«

Anna schlug kurz die Hände vors Gesicht, ließ sie aber gleich wieder sinken. »Okay, es bringt ja doch nichts. Also, der Termin mit den Leuten vom Label ist der dreizehnte Mai. Sie kommen extra aus Hamburg hier runter und wollen, dass wir ein Konzert geben, für sie.«

Am Tisch wurde es totenstill. Nur Minnie schmatzte, weil Opa Max sie unter dem Tisch mit Wurstenden fütterte.

»Das ist ja der Tag von unserem Turnier«, sagte Katie tonlos.

Anna wurde knallrot. »Ich dachte … also, dass man es vielleicht … verbinden könnte?«

»Wie, verbinden?« Helen schüttelte den Kopf. »Anna, das läuft nicht. Jeder andere Tag – kein Problem. Aber nicht der dreizehnte Mai. Der Termin steht schon so lange fest, daran können wir nicht rütteln.«

Anna blinzelte. Sie schien den Tränen nah zu sein. »Mama, ich weiß, wie wichtig euch das Turnier ist – aber diese Sache ist mir wichtig, sehr sogar! Bitte, bitte, lass mich an dem Tag ein Konzert geben! Es stört doch nicht, wenn wir das machen, oder? Wir haben sowieso alles hier, die Instrumente, unser Equipment …

Wo sollen wir denn auf die Schnelle eine andere Location finden? Wir machen es kostenlos, nach dem Cup, wir stören niemand, Ehrenwort!«

Helen raufte sich die Haare. »Aber, Anna! Ich brauch dich doch als Helfer, nicht nur dich, ihr alle wart eingeplant! Wenn jetzt diese Plattenmenschen kommen, wie willst du da Getränke verkaufen oder Parcoursdienst schieben?«

Annas Blick sank zu Boden, wo Minnie nun begann, ihre Hände abzuschlecken. »Also … äh … gar nicht. Wir müssten natürlich … vorher mit denen essen gehen.«

»Mama, lass sie doch«, warf Katie ein. »Wir kriegen das schon ohne sie hin. Wenn wir alle mit anpacken und die Aufgaben gut verteilen, brauchen wir nicht …«

»Ach ja?«, brauste Helen auf. »Verzichtest du darauf, beim Ginstercup mitzureiten, um dich als Streckenposten ins Gelände zu setzen?«

Katie presste die Lippen aufeinander und schüttelte ganz leicht den Kopf.

»Siehst du?« Helen stemmte die Hände in die Hüften. »Nein, Kinder, bei allem Verständnis. An jedem anderen Tag könnt ihr euer Konzert gern geben. Diese Menschen werden sich wohl auch etwas nach uns richten können.«

»Aber, Mama!« Anna sprang auf. »So einen Termin verschiebt man nicht! Das ist eine Once-in-a-lifetime-Chance! Wenn wir den absagen, bloß wegen diesem Turnier, das jedes Jahr stattfindet, dann … dann …«

Jola hob die Hand, wie in der Schule. Sie hatte keine Ahnung, wie sie Helen jetzt noch dazu kriegen sollte, sie Wolkenherz reiten zu lassen, aber Annas Problem war erst mal wichtiger. »Helen, wenn wir versprechen, dass wir den ganzen Tag schuften und unseren Posten nur verlassen, wenn wir selbst an der Reihe sind – darf Anna dann ihr Konzert machen?«

»Jola hat recht«, warf Niko ein. »Und wir stellen die Hindernisse so um, dass wir immer zwei im Blick haben können. Damit sparen wir uns Streckenposten. Ich frag in der Schule, sicher kann ich auch noch den ein oder anderen Freiwilligen auftreiben.«

»Ich kann auch helfen«, mischte sich Opa Max mit fester Stimme ein. »Wenn ich einen Stuhl kriege, könnt ihr mich überallhin setzen.«

Helen verbarg das Gesicht in den Händen und stöhnte lautstark. Dann sah sie wieder auf und ihr Blick blieb an ihrem Mann kleben. »Was ist mit dir? Sag du doch auch mal was dazu!«

Stefan wurde ein bisschen rot unter seinem Bart. »Ähm … also, ich habe meinen Kundentermin in Warendorf auch am dreizehnten Mai. Aber bevor du dich aufregst – ich verschiebe ihn. Bei mir geht das bestimmt.«

Helen warf die Arme in die Luft. »Das ist ja wie verhext!«

»Also darf ich es machen?«, fragte Anna kleinlaut. »Ja?«

Jola sah, wie Helen mit sich kämpfte. Einerseits wollte sie Anna das nicht kaputtmachen, aber das Turnier war ihr wichtig, sie tat so viel dafür, dass dieser Tag ein Erfolg wurde. Alle Blicke klebten an ihr und schließlich ließ sie den Kopf sinken.

»Also schön. Ginsterhof-Konzert nach Abschluss des Turniers im Hof! Und wehe, ihr bekommt diesen Plattenvertrag nicht. Dann kriegen die es aber mit mir zu tun!«

Anna johlte auf, sprang über die anderen auf der Bank hinweg und flog ihrer Mutter um den Hals. »Oh, danke, Mama, danke, danke! Du hast keine Ahnung, was du für uns tust!«

»Schon gut«, wehrte sie ihre Tochter lachend ab und befreite sich aus ihrer Umklammerung. »Aber ihr alle, denkt dran, was ihr versprochen habt. Ich brauch eure Hilfe auf dem Turnier!«

»Also muss keiner von uns verzichten?«, fragte Katie nach. »Wir reiten alle trotzdem mit?«

»Ich werde verzichten«, seufzte Helen. »Aber das ist nicht so schlimm. So bleibe ich noch ein Jahr ungeschlagen. Du musst dir eben einen anderen würdigen Gegner suchen, Katie.«

Katie schnappte nach Luft, presste aber gerade noch rechtzeitig die Lippen zusammen und sagte nichts dazu. Sie warf Jola einen vielsagenden Blick zu und stieß sie unter dem Tisch mit dem Fuß an, aber Jola schüttelte ganz leicht den Kopf.

Nein, nicht jetzt. Vor allen anderen. Sie würde schon noch fragen! Irgendwann. Später. Wenn Helen in besserer Stimmung war.

Lotte
1947

Sie stemmte das schwere Stalltor auf und lenkte den Schubkarren hinaus auf den Hof. Buschwindröschen streckten ihre weißen Köpfe gen Himmel wie kleine, zu Boden gefallene Sterne. Die Luft war so mild geworden, dass Amseln begannen, ihre Nester zu bauen, und große braune Käfer aus den Hecken flatterten.

Der Frühling kam hier früher als zu Hause.

Für einen Moment war sie an einem anderen Ort, in einer anderen Zeit, also schloss sie die Augen und wartete, bis die Erinnerung verflog. Der kopfsteingepflasterte Weg ließ ihre Schritte laut widerhallen. Sie umrundete die Stallungen und wanderte durch eine Allee aus hohen Pappeln, die zu beiden Seiten von weitläufigen Koppeln gesäumt wurde. Zwei Pferde hoben die Köpfe und sahen zu ihr herüber, und sie schnalzte leicht mit der Zunge, um sie zu begrüßen. Der Weg machte eine Biegung und gabelte sich und so stand sie unvermittelt vor einem riesigen Haselstrauch. Vom Reitplatz her sirrten Stimmen herüber, aber diesmal ließ sich die Erinnerung nicht so leicht abschütteln.

Sie zögerte. Die Mutterstuten warteten auf ihr Futter, und sie hatte erst den halben Hengststall ausgemistet, aber sie war heute ziemlich früh wach gewesen, also konnte sie sich diese kleine Pause schon erlauben. Sie ließ den Schubkarren stehen, trat dichter an den Haselstrauch und spähte durch seine Zweige auf die eingefasste Dressuranlage.

Ein majestätisch schöner Dunkelfuchs lief dort, den Kopf hocher-

hoben, die Ohren steil nach vorn ausgerichtet, und piaffierte in perfekter Eleganz. Schaum stand vor seinem Maul, seine bandagierten Beine hoben und senkten sich synchron zu seinen tiefen Atemzügen. Herr Neumann selbst saß auf seinem Rücken. Er trug einen Reitmantel und wie immer seinen Hut, aber für einen Augenblick verschwamm sein Gesicht, und sie war wieder ein kleines Mädchen, das vom Reiten solcher Pferde nur träumen konnte.

Hast du wieder heimlich zugesehen?

Ich wollte nur gucken, ob du sie heute in Galopp kriegst.

Die Erinnerung traf sie mit solcher Wucht, dass sie rückwärtsstolperte und gegen den Schubkarren stieß. Sie versuchte noch, das Gleichgewicht zu halten, aber das kleine Rad drehte sich seitlich weg und die Karre kippte scheppernd um. Haferkörner und getrocknete Kräuter verteilten sich zu einem gesprenkelten Teppich auf dem Rasen und darüber rollte ein Apfel davon. Sie starrte ein paar Schrecksekunden fassungslos auf das Durcheinander, erst dann fiel ihr der Dunkelfuchs wieder ein und sie wirbelte herum.

Das riesige Tier stand direkt hinter ihr, so dicht, dass sie seinen Atem spürte. Erschrocken machte sie einen Schritt rückwärts.

»Ich … es … tut mir leid, ich habe nur …«

Klaus Neumann sah auf sie herunter, und sie wagte nicht, ihm ins Gesicht zu schauen. Ihr Herz klopfte wie verrückt. Wie dumm war sie bloß? Sie riskierte Wolkenherz' Ausbildung, für die sie tagtäglich hart schuftete, sein gutes Futter, und alles bloß, weil sie ihre Neugierde nicht im Zaum halten konnte? Wenn Herr Neumann sie nun fortschickte und sie wieder auf einem Bauernhof unterkriechen mussten …

»Wie lange reitest du jetzt schon bei mir?«, fragte Klaus Neumann mit seiner ruhigen Stimme.

Verwirrt schaute sie ihn jetzt doch an. »Fast ein Jahr.«

»Du machst gute Fortschritte.«

Sie straffte die Schultern, damit sie größer wirkte. Oh ja, die machte sie tatsächlich! Obwohl er ihr zuerst nur erlaubt hatte, seine Pferde an der Longe zu reiten. Inzwischen sprang sie sogar einen leichten Parcours und durfte helfen, die Jungpferde anzureiten.

»Weißt du noch, was ich einmal zu dir gesagt habe?« Klaus Neumann glitt von seinem Pferd und trat auf sie zu. »Dein Wolkenherz ist etwas Besonderes. Einen Trakehner mit seinen Anlagen sieht man nicht mehr oft. Wir sollten anfangen, ihn auf Turnieren vorzustellen.«

Sie glaubte, sich verhört zu haben. »Wir?«, fragte sie vorsichtig.

Er blinzelte überrascht. »Was dachtest du, warum du hier bist?«

Wolkenherz. Ich dachte, es geht einzig um ihn.

Sie schluckte schwer. Niemand hier wusste, dass Wolkenherz nicht ihr Pferd war. Im Grunde hatte sie nicht einmal gelogen; es hatte bislang einfach niemand infrage gestellt.

»Du bist so weit«, hörte sie Herrn Neumann sagen. »Und Wolkenherz auch. Wenn du willst, fangen wir morgen mit eurem Training an.«

Damit hatte sie nicht gerechnet. Turniere! Er wollte, dass sie mit Wolkenherz auf Turnieren ritt? Sie, das Stallmädchen! Vor lauter Freude fiel sie Klaus Neumann um den Hals, besann sich aber sofort wieder und ließ erschrocken die Arme sinken.

Aber Herr Neumann lächelte. Ein paar Augenblicke schaute er sie einfach nur an, bis der Dunkelfuchs nervös mit den Hufen stampfte, also schwang er sich rasch wieder in den Sattel zurück.

»Komm mit«, sagte er und ritt um den Haselstrauch herum. »Du solltest zusehen. Um die Bescherung kümmern wir uns später.«

Streckenpfosten

»Heute fangen wir mit eurem Training an«, sagte Katie und wendete Keira auf dem Hof. »Außerdem muss ich mir die Strecke noch mal angucken, jetzt, wo Niko alles umgestellt hat.«

Jola hatte jedes Mal ein mulmiges Gefühl, wenn sie Wolkenherz ritt. Weil sie immer noch nicht mit Helen gesprochen hatte, nicht über den Ginstercup und auch nicht über das Reiten allgemein. Im Grunde hatte Helen ja sogar erlaubt, dass sie den Hengst ritt. Dass sie mit ihm nicht jeden Morgen eine halbe Stunde Dressur üben und über Geländehindernisse springen durfte, hatte sie so explizit nicht gesagt.

Wie schnell man sich an ein Pferd gewöhnen kann, dachte Jola, als sie sich in den Sattel hinaufzog.

Inzwischen brauchte sie die Bügel schon gar nicht mehr in ihre Armbeuge halten, sie wusste genau, welches Loch sie einstellen musste, damit der Riemen ihrer Beinlänge entsprach. Außer ihr gab es ohnehin nur zwei Leute, die Wolkenherz noch ritten, und das waren Niko und gelegentlich Helen, wenn sie mit ihrer Hausfrauen-Reitstunde einen kleinen Ausritt unternahm. Aber noch nie war ihnen aufgefallen, dass die Bügel immer wieder in dieselbe Position verstellt waren, wenn sie den Sattel wieder benutzten.

Jola musste lächeln. Nein, niemand würde glauben, dass sie mit Wolkenherz trainierte! Das traute ihr sicher keiner zu, vor allem nicht Niko. Die würden staunen, wenn sie sahen, wie gut sie geworden war!

Wolkenherz schritt los. Er wartete nicht auf Keira, sondern lief voran, den Weg hoch, ganz selbstverständlich auf den überdachten Reitplatz zu. Aber diesmal drehte Jola ihre Hüfte leicht nach links, und Wolkenherz ging, ohne zu zögern, weiter den Weg entlang auf den Waldrand zu.

Die Bilder kamen immer noch wie aus dem Nichts. Manchmal fühlte sie ihre Präsenz wie eine unsichtbare Hand im Nacken, an anderen Tagen war es wie ein Film, der vor ihren Augen ablief. Ein Sprung über eine Hecke. Ihre Mutter, die ihre Hand hielt, während ihre kurzen Beine vom Pferderücken baumelten. Die raschelnden Blätter eines Haselstrauchs, der ihr als Versteck diente.

Es war ein Durcheinander, aus dem sie nie so ganz schlau wurde, das ihr aber eines schenkte: Sicherheit und Vertrauen. Von all diesen Bildern fühlte sie immer die große Verbundenheit zu dem Pferd, das bei ihr war, fühlte, wie es sein konnte, wenn man die Verbindung gefunden hatte. Und sie merkte, dass sie Wolkenherz inzwischen mit anderen Augen sah: Es ging nicht nur darum, ein Turnier zu reiten oder überhaupt zu reiten. Es ging darum, sich gegenseitig zu vertrauen. Dann, nur dann, war alles möglich.

»He, träumst du?« Katie schloss im Trab zu ihnen auf und lachte sie an. »Du bist eben am ersten Sprung vorbeigeritten! Wenn du das nicht merkst und zurückreitest, bist du ausgeschieden. Disqualifiziert.«

»Oh. Ich hab gepennt.«

»Hab ich gemerkt.«

Jola schaute sich um. Der Baumstamm, der quer über der Wiese lag und ein wenig bergab zeigte – der war also das erste Hindernis? Sie nahm die Zügel auf und ließ Wolkenherz angaloppieren. Ihre Hände flatterten, ganz leicht, weil sie noch nie mit ihm über einen Baumstamm gesprungen war. Aber von Billys Rücken aus wirkte das Hindernis viel höher und mächtiger. Wolkenherz zögerte keine Sekunde, er taxierte genau und landete weich und sicher auf der anderen Seite.

»Jap«, kommentierte Katie nur und ließ Keira hinterherspringen. »Genau so! Pass auf, dass du nicht zu schnell wirst. Jetzt geht es in den Wald und über den Pfad zur anderen Seite wieder raus.«

Sie folgten der Strecke im Trab, bis sie an den nächsten Sprung kamen: ein Zaun aus verschieden hohen Brettern, der so mit grünen Zweigen aufgefüllt war, dass er wie eine richtige Hecke aussah. Die nächste Hürde war ein vierrädriger Holzkarren, der zwar nicht sehr hoch, dafür aber unheimlich breit war. Katie stieg ab und kontrollierte das hintere Rad, das in einem seltsamen Winkel abstand, aber mit einem kräftigen Fußtritt saß alles wieder dort, wo es hingehörte. Weiter ging es zu einem natürlichen Graben, über den Keira nicht springen wollte, sie folgte erst, als Wolkenherz mit einem kräftigen Satz darübersetzte. Der Weg machte eine Biegung und führte jetzt bergauf, wo zwei weitere Sprünge standen: eine breite Holzkiste und eine Konstruktion aus unterschiedlich dicken Baumstämmen, die aussahen, als würden sie beim leichtesten Windhauch auseinanderpurzeln.

»Na?« Katie drehte sich zu ihr um und lachte sie an. »Macht Spaß, oder?«

»Und wie«, rief Jola zurück. Sie fühlte sich außer Atem und ihre Wangen glühten vor Anstrengung, trotzdem hätte sie schreien können vor Glück. Sie legte ihre Hand auf Wolkenherz' Hals und fühlte, wie seine Energie auf sie überströmte.

»Jetzt kommen wir zu meinem Lieblingshindernis«, verkündete Katie, und wie auf ein geheimes Kommando hin wurden die Pferde schneller. »Pass auf, gleich nach der Kurve!«

Jola reckte den Hals, um besser sehen zu können, aber der Wald war an dieser Stelle sehr licht, und die Blätter wuchsen fast bis zu den Wurzeln, und so entdeckte sie das Hindernis erst, als sie schon beinah davorstand. Es war ein Baumstamm, nicht ganz so dick wie der am Anfang, aber dafür lag er quer über einem Graben, der auch noch mit Wasser gefüllt war. Ein paar hellgrüne Blätter schwammen darauf wie winzige Frühlingsschiffchen.

Keira warf den Kopf herum, aber Katie trieb sie energisch vorwärts, und sie setzte mit einem riesigen Satz darüber hinweg.

Oh wow, dachte Jola, das war knapp, beinahe wäre sie …

In dem Moment stoppte Wolkenherz. Es ging so schnell und kam so plötzlich, dass sie beinahe seitlich an seinem Hals herunterrutschte. Ein Blitz zuckte durch ihren Kopf, ganz kurz nur, dann hatte sie sich wieder gefangen und schob sich zurück ins Gleichgewicht.

»Nanu?« Katie stoppte Keira und wendete die Stute. »Wollt ihr da nicht drüber?«

»Ich glaub, er hat sich erschrocken. Wegen dem Wasser.«

Katie grinste. »Das ist ja die Schwierigkeit! Die Pferde sehen das Wasser erst im letzten Moment. Viele scheuen davor. Aber ihr doch nicht!«

»Hallo? Ich bin Anfängerin, warum dürfen wir da nicht ein Hindernis verweigern?«

Katie streckte die Hand aus. »Weißt du, wie diese Art von Hürde heißt?«

»Nee.«

»Trakehner Graben!«

»Echt jetzt?« Jola musste lachen. »Das denkst du dir gerade aus!«

»Nein! Ehrlich! Also echt. Ihr könnt doch nicht ausgerechnet den Trakehner Graben auslassen.«

Wolkenherz trat ein paar Schritte rückwärts, aber Jola lachte immer noch. »Ist okay, Wolkenherz. Du musst da nicht drüber. Wir schauen uns diesen Trakehner Graben erst mal in Ruhe an.«

Sie lenkte den Hengst ganz nah an den Wassergraben heran und wartete, bis er den Kopf senkte und das Hindernis von allen Seiten anprustete. Irgendwie schien ihm dieser Graben unter der Hürde unheimlich zu sein, denn er wollte partout nicht in seiner Nähe bleiben.

»Lass es für heute gut sein«, riet Katie und nahm die Zügel wieder auf. »Wir reiten einen kleinen Umweg, dann merkt er gar nicht, dass wir die Hürde auslassen.«

Sie galoppierten einen schönen, weichen Waldweg entlang, aber schon nach der nächsten Kurve ging es steil bergab, und dann waren sie wieder draußen auf der Wiese. Drei Baumstämme lagen hier hintereinander, so dicht, dass jeweils nur zwei oder drei Galoppsprünge dazwischen Platz hatten.

»Das ist eine Kombi«, rief Katie ihr zu. »Du musst möglichst gerade darauf zureiten, sonst lässt du einen aus!«

Wolkenherz spannte seine Muskeln an und überwand die drei Hindernisse spielend. Er schien genau zu wissen, worauf er achten musste.

Zuletzt gab es noch mal eine Kiste und dann einen mächtigen Hochweitsprung, der mit Tannenzapfen aufgefüllt war.

»Die hat uns eine Kindergartengruppe gesammelt«, berichtete

Katie lachend, nachdem Keira über das Hindernis gesetzt hatte. »Drei Tage lang! Dafür durften sie anschließend bei uns reiten.«

Jola keuchte, als sie die letzte Hürde überwunden hatte. Erst jetzt merkte sie, wie stark ihre Knie zitterten. Erschöpft ließ sie sich in den Sattel zurücksinken.

»Wenn es nicht anstrengend wäre, könnte es ja jeder«, meinte Katie nur. Sie zog ihr Handy aus der Tasche. »Ach, du Scheiße, schon so spät! Komm, Jola, ausruhen kannst du später.«

»Was hast du?« Jola schaute sich um. »Ist was passiert?«

»Wir müssen die Pferde in den Stall holen, schnell. Der Wolf kommt!«

Blutbilder

Ein großer grauer Geländewagen stand mitten auf dem Hof, die Seitentür sperrangelweit offen. Auf dem Beifahrersitz hockte Minnie und schleckte genüsslich an etwas herum, was wohl vorher auf dem Handschuhfach gelegen hatte.

»Verflixt«, murmelte Katie und drückte das schwere Stalltor auf. »Hoffentlich hat er es nicht wieder so eilig.«

Jola sprang aus dem Sattel und führte Wolkenherz in eine der Boxen. Sie war immer unruhig, wenn der Tierarzt am Hof war. Vielleicht wollte Helen sichergehen, dass Wolkenherz auch wirklich ganz gesund war, jetzt, wo er quasi fest zum Inventar der Ginsterhof-Bewohner gehörte …

»Hallo, Mädchen!« Doktor Wolf trat aus der Sattelkammer und gab erst Katie, dann Jola die Hand. »Wo ist denn die Dame des Hauses? Als ich geklingelt habe, hat keiner aufgemacht.«

»Die musste dringend was erledigen. Ich soll dir helfen.«

»Soso.« Doktor Wolf sah sich um und grinste. »Einmal impfen und Wurmkur für jeden und dreimal Blut abzapfen. Soll ich das jetzt alles bei den beiden machen?«

Katie wurschtelte den Helm von ihrem Kopf und warf ihn auf einen Heuballen. »Nee, natürlich nicht. Ich hol sie schnell – sorry!«

Jola versuchte, Katie abzupassen, aber Doktor Wolf trat ihr in den Weg.

»Na, du Schöner«, murmelte er und klopfte Wolkenherz den Hals. »Dass er immer noch hier ist, freut mich für euch. So ein tolles Pferd.«

»Ja, er ist wirklich ... was Besonderes.«

»Reitest du ihn jetzt?«

Jola merkte, dass sie rot wurde. Was würde Doktor Wolf wohl Helen erzählen? Sie musste dringend mit ihr sprechen, unbedingt!

»Ich ... ja, manchmal ... wir reiten ihn alle, so ein bisschen.«

»Achtung!« Der Ruf kam von draußen, also trat Doktor Wolf schnell zu Jola und Wolkenherz in die Box. Kurz darauf wummerte der Stallboden und die Pferde drängten nacheinander in den Stall. Billy schubste Taylor, und die biss dafür Miley in den Po, wofür sie ihr einen Tritt verpasste, aber schließlich standen alle Pferde und Ponys mehr oder minder gesittet auf die Boxen verteilt. Katie lief hinterher, warf jedem ein paar Karotten in den Trog und schloss die Türen hinter ihnen.

»Was für ein wilder Haufen!« Doktor Wolf lachte. »Dafür, dass sie so frei da draußen leben dürfen, folgen sie aber richtig gut. Auf den ersten Pfiff hereingekommen, nicht übel.«

»Ich hab eine Geheimwaffe«, meinte Katie und blieb vor Wolkenherz' Box stehen. »Ein todsicheres System.«

»Und wie sieht die aus?« Doktor Wolf sah sich um, entdeckte seine Tasche schließlich auf dem Gang zwischen den Heuballen. »Oh, Katie, gib mir doch mal schnell meine Tasche rein.«

Jola schüttelte hinter Doktor Wolfs Rücken heftig den Kopf, als Katie reflexartig nach der Tasche griff.

»Äh ... also ...«

»Ja?« Doktor Wolf schaute sie abwartend an. »Die Geheimwaffe, wie sieht die aus?«

»Ach so.« Katie lachte kurz auf. »Futter natürlich. Sie kriegen von mir immer was, wenn ich sie reinpfeife. Das wissen sie und deshalb kommen sie sofort.«

»So einfach, ja?« Doktor Wolf lachte mit. »Also schön, dann lasst uns mal was arbeiten.« Er schob die Box ein Stück weit auf und streckte die Hand nach seiner Tasche aus.

Katie drückte die Tasche gegen ihre Brust. »Lass uns … äh … mit den anderen anfangen, okay?«

»Aber warum? Er steht gerade so ruhig. Geht ganz schnell, ein Blutröhrchen, eine Spritze und ein bisschen Paste in den Mund.« Er strich Wolkenherz über den Hals. »Für einen Hengst ist er außerordentlich ruhig, findet ihr nicht?«

Er bückte sich und warf einen Blick unter Wolkenherz' Bauch.

Schnell formte Jola mit den Lippen das Wort »Blut!« und hob die Hände.

Doktor Wolf richtete sich wieder auf. »Also, ein Hengst ist er. Daran besteht kein Zweifel.«

»Keira!«, rief Katie plötzlich aus. »Sie hat … beim Reiten, das war komisch vorhin, ihr … ihr Bein! Du musst dir das unbedingt angucken!« Und sie lief einfach weg, zu Keiras Box, und nahm die Tasche mit.

Jola biss sich auf die Lippe, um nicht zu lachen.

»He, warte doch mal!« Doktor Wolf trat aus Wolkenherz' Box und hastete hinter Katie her. »Na schön. Dann zeig mal, was sie für ein Problem hat.«

Jola legte ihre Hand auf Wolkenherz' Hals und stöhnte erleichtert auf. »Puh, das ist noch mal gut gegangen. Jetzt müssen wir es nur irgendwie hinkriegen, dass du dir kein Blut abzapfen lässt. Hilfst du uns?«

Sie nahm ihm den Sattel und das Zaumzeug ab und schloss die Boxentür nur so weit, dass Wolkenherz sich im Notfall selbst daraus befreien konnte. Die ganze Zeit überlegte sie fieberhaft, welche Ausrede sie diesmal haben könnte – Doktor Wolf durfte Wolkenherz weder impfen noch ihm Blut abzapfen, niemand wusste, was sonst mit ihm passierte! Und sie konnten dem Pferd ja nicht erklären, warum es den Tierarzt nicht an sich ranlassen durfte. Genauso schlecht konnte sie zu Doktor Wolf gehen und sagen: »Ach, weißt du, Wolkenherz ist eigentlich gar kein richtiges Pferd. Er ist ein Geist, der Realität geworden ist, weil wir an ihn glauben. Und übrigens ist er nur wegen Katies Großvater hier, aber warum, wissen wir selbst noch nicht genau. Du glaubst uns nicht? Das haben wir uns schon gedacht.«

Sie schielte die Stallgasse entlang. Doktor Wolf hatte Keiras Box verlassen und arbeitete sich von Pferd zu Pferd vor. Gerade war Billy an der Reihe, der die Wurmkur nicht fressen wollte, Katie musste ein Halfter holen und ihn festhalten, damit er nicht wieder alles auf den Boden spuckte. Nur noch drei Boxen lagen zwischen ihm und Wolkenherz – drei Pferde, die eine Spritze kriegten und ihre Paste fressen mussten.

Nicht viel Zeit.

Jola trat wieder in die Box. Konnte sie es wagen, Wolkenherz einfach rauszulassen? Aber was sollte sie dann sagen? Nein, in dem Fall würde Doktor Wolf ihn notfalls selbst einfangen. Oder Katie bitten, es zu tun. Wolkenherz musste sich irgendwie selbst dagegen … wehren.

Am Haus ging ein Fenster auf. Ganz hinten, im Anbau. Wolkenherz hob den Kopf und stampfte nervös. Und da hatte Jola die rettende Idee. Schnell sah sie zu Katie und Doktor Wolf. Katie versuchte ebenfalls, Zeit zu schinden, indem sie die Pferde nicht ordentlich festhielt und zweimal die Wurmkurpaste fallen ließ. Sie musste sich beeilen, wenn sie es rechtzeitig schaffen wollte!

»Bin gleich wieder da«, verkündete sie und huschte aus der Box.

Katie sah sie entgeistert an, aber Jola nickte nur und verließ den Stall. Draußen begann sie zu rennen, vorbei an Doktor Wolfs Auto, in dem noch immer Minnie hockte, vorbei an der blühenden Kastanie und mitten über die Grasinseln zum Haus. Erst vor dem Anbau blieb sie keuchend stehen und fummelte hektisch in ihrer Hosentasche herum, bis sie den Schlüssel gefunden hatte.

Bitte, bitte sei da!

Sie klopfte und trat einen Schritt zurück. Nichts passierte.

Oh, komm schon!

Sie klopfte wieder, heftiger diesmal. Die Tür öffnete sich einen Spalt und Opa Max streckte seinen Kopf zur Tür heraus.

»Jola«, sagte er gedehnt und spähte vorsichtig an ihr vorbei. »Ist was mit Katie?«

»Äh … nein … doch! Also, eigentlich …« Jola kramte in ihrem Kopf nach einem Grund, irgendeinem Vorwand, um ihn aus dem Haus zu locken. Und zwar schnell! Sie hörte Wolkenherz wiehern. Der Großvater riss die Augen auf und wollte den Kopf schon zurückziehen, da rief Jola: »Minnie! Ich brauche Hilfe wegen Minnie!«

Katies Großvater entspannte sich ein wenig. »Was ist denn mit ihr?«

»Sie … sie sitzt in Doktor Wolfs Auto und frisst da irgendwas. Ich kriege sie nicht raus! Und … keine Ahnung, was sie da frisst …« Jola hörte, dass ihre Stimme panisch klang. Das war gar nicht gespielt, das war sogar echt! Und es funktionierte.

Der alte Mann griff nach einer leichten Jacke, schlüpfte hinein und trat in Pantoffeln hinaus auf den Hof. Jola konnte ihr Glück kaum fassen. Jetzt hoffte sie nur, dass Doktor Wolf genau in diesem Moment zu Wolkenherz in die Box ging!

Sie lief zurück in Richtung Stall, langsamer diesmal, damit Opa Max ihr folgen konnte. Vor dem Auto blieb sie stehen und deutete auf die Hündin, die heftig an einer klebrigen rosafarbenen Paste herumschleckte, die über ihr ganzes Gesicht verteilt war.

»Was machst du denn für Sachen!« Der Großvater griff ins Auto hinein und schob Minnie auf den Fahrersitz hinüber.

Jola hastete auf die andere Seite, riss die Tür auf, und Minnie purzelte rücklings heraus. Verwirrt rappelte sie sich wieder hoch und schüttelte sich. Ihr Gesicht sah aus, als hätte sie es in flüssige rosa Marshmallows getaucht.

Aus dem Stall ertönten nun Rufe, dann ein Schmerzensschrei. Wieder wieherte ein Pferd, und Katie rief etwas, aber das Wiehern wurde so laut, dass man kaum ein Wort verstehen konnte.

Opa Max ignorierte den Lärm. Er ging zu Minnie hinüber und schnüffelte an ihr. Ein Lächeln erschien auf seinem Gesicht. Er griff in seine Tasche, zog ein kleines Baumwolltuch heraus und wischte Minnie damit sorgsam den Mund ab, wie bei einem kleinen Kind.

»Keine Gefahr«, sagte er zu Jola. »Ist nur Leberwurst!«

»Danke! Vielen Dank!« Sie grinste. Den Geräuschen nach war ihr Plan aufgegangen!

Opa Max richtete sich wieder auf und tätschelte Minnie noch einmal am Kopf. Dann machte er zwei Schritte in Richtung Haus.

»Äh, wollen Sie nicht …« Jola deutete auf den Stall, aus dem immer noch das laute, verzweifelte Wiehern klang. Für einen winzigen Moment flackerte etwas in den Augen des Großvaters – aber er blinzelte, und dann war es auch schon wieder verschwunden.

»Die Farbe trocknet mir ein«, murmelte er, drehte sich um und schlurfte zurück, ohne sich noch einmal umzuschauen.

Jola sah ihm nach und fühlte sich seltsam traurig. Was, was nur war ihm geschehen, dass er sich so gegen die Erinnerung an ein Pferd sträubte? Etwas stieß gegen ihre Hand und sie sah Minnie neben sich stehen und zaghaft wedeln.

»Ja, du«, murmelte sie ihr zu. »Warum redest du nicht mit ihm? Wegen dir springt er sofort aus dem Haus. Du bist wahrscheinlich die Einzige, mit der er überhaupt redet, stimmt's?«

Kaum hatte Opa Max die Haustür hinter sich zugemacht, verstummte das Wiehern und eine lauwarme, unheimliche Stille legte sich über den Hof. Doktor Wolf kam auf den Hof gehumpelt und warf seine Tasche ins Auto.

»Tut mir leid«, murmelte Jola. »Minnie hat Ihr Leberwurstbrot gefressen.«

»Was?« Doktor Wolf verzog stöhnend das Gesicht. »Auch das noch! Heute ist wohl nicht mein Tag.«

»Mir tut's leid, dass Wolkenherz dir auf den Fuß gestiegen ist«, sagte Katie kleinlaut.

Der Tierarzt winkte ab. »Das ist doch nicht so wild. Passiert mir nicht zum ersten Mal. Nur ärgerlich wegen dem Pferd!« Er sah Jola an. »Dieser Kerl wollte sich partout keine Spritze von mir setzen lassen! Und die Wurmkur hat er mir auch wieder entgegengespuckt.«

»Mach dir keine Sorgen.« Katie zwinkerte Jola zu. »Die Paste können wir ihm selbst geben, und das mit dem Blut – das holen wir nach. Irgendwann!«

Pferdevergangenheit

»Habt ihr ihn inzwischen gefunden?«, fragte Sanne vor der Englischstunde, während sie auf Herrn Ernst warteten.

Katie schaute von ihrem Heft hoch. Sie kritzelte noch schnell die Hausaufgaben von Lea ab und hatte nicht zugehört. »Was? Wen?«

»Na, den Einbrecher! Vollmondnacht? Stall? Schon vergessen? Also, ich träume immer noch von dem, das war echt richtig gruselig!«

»Ach so. Nee.«

»Ich glaube ja, dass es jemand vom Hof war. Schließlich haben wir kein Auto gehört, oder?« Lea runzelte die Stirn. »Überlegt doch mal – er war viel zu nett zu Minnie. Ein echter Einbrecher würde vielleicht eine Wurst mitbringen, als Ablenkung, aber er würde doch keinen Hund küssen, oder?«

»Es war kein Einbrecher«, warf Jola ein. »Er hat nichts geklaut. Er hat es nicht mal versucht.«

»Die Sattelkammer ist sowieso immer abgeschlossen.« Katie sah nicht auf, als sie sprach. »Aber da war er nicht.«

»Und wo war er dann? In der Futterkammer?« Sanne schüttelte sich. »Iih, er hat doch nichts ins Futter gemischt, oder? Um die Pferde zu vergiften oder so?«

»Nein.« Jola schüttelte den Kopf. »Er war im Geheimkeller unter dem Stall.«

Lea und Sanne starrten sie an. »Woher wisst ihr das?«

»Weil wir eine Spur gefunden haben. Im Staub. Es gibt ein Versteck in der Wand, hinter einem losen Ziegel. Aber … aber es war leer.«

»Wow«, machte Lea nur und nickte. »Das ist cool.«

»Das ist nicht cool, das ist unheimlich!« Sanne warf ihren Pferdeschwanz über die Schulter zurück. »Was war wohl in dem Versteck?«

»Das werdet ihr wohl nie erfahren.« Jonas zog sich seine Kapuze über den Kopf und machte Gruselgeräusche. »Ihr spinnt schon ein bisschen mit euren Geschichten.«

»Was geht es dich an?«, fauchte Lea. »Kümmer dich um deine eigenen Angelegenheiten.«

»Zufällig ist der Ginsterhof meine Angelegenheit.« Jonas setzte die Kapuze ab und streckte sich. »Ihr seid schon dabei am dreizehnten Mai, oder? Wir brauchen einen Haufen Fans, wenn die Leute von Cloudy Records kommen.«

»Fans«, blaffte Sanne. »Davon träumst du wohl!«

»Auf Insta folgen mir jetzt fast zweitausend Leute. Wie viele Fans hast du denn?« Jonas grinste, aber in dem Moment betrat Herr Ernst mit hektischen Schritten das Klassenzimmer, und Katie schlug schnell ihr Heft zu.

Jonas drehte sich um und grinste. »Ihr seid doch nur neidisch. Aber das wäre ich auch!«

Herr Ernst ließ sie einzeln an die Tafel kommen und Präpositionen üben und die restliche Stunde machte sich niemand mehr Gedanken über unheimliche Einbrecher oder Plattenbosse im Geisterstall. Sogar Jola war froh, als der Gong ertönte und sie für diesen Tag erlöste.

Als sie durch die Aula zum Ausgang strömten, kam eine rothaarige Frau auf sie zugelaufen.

Sie arbeitete in der Schulbibliothek, und Jola hatte erst vor Kurzem mit ihr gesprochen, weil sie nach dem vergriffenen Bildband über Ostpreußen gesucht hatte, den Herr Ernst ihnen für das Referat empfohlen hatte.

Jola blieb stehen und die Frau trat zu ihr.

»Musst du zum Bus?«

»Ja.«

»Schlimm, wenn du ihn verpasst?«

»Warum?«

»Wenn du kurz mitkommst, habe ich was für dich.«

Als Jola nach Hause kam, trainierte Katie mit Keira am Reitplatz. Niko gab parallel eine Reitstunde für kleinere Kinder, aber es hatten sich bereits ein paar Mädchen aus seinem Fanclub am Zaun versammelt und tuschelten miteinander. Auch Milla war darunter, die heute eigentlich gar keine Stunde hatte. Was wollte die denn hier?

Kopfschüttelnd warf Jola ihren Rucksack auf die Schlafcouch.

Niko kann Jonas bestimmt Konkurrenz machen, was seine Insta-Fans betrifft, dachte sie und musste grinsen.

Sie hockte sich ans Fenster und sah raus. Ihr Magen knurrte. Ob Helen ihr in der Küche etwas vom Mittagessen aufgehoben hatte? Nein, sie würde später nachsehen. Jetzt wollte sie zuerst in den Bildband gucken, den ihr die Bibliothekarin so feierlich überreicht hatte.

»War nicht leicht, den aufzutreiben«, hatte sie stolz verkündet. »Es gab nur eine kleine Auflage und die war restlos vergriffen.

Aber ein Antiquariat konnte ihn mir zur Verfügung stellen. Ich musste versprechen, gut drauf aufzupassen.«

Beinahe andächtig blätterte Jola durch die Seiten. Es war großartig – der Autor hatte sich die Mühe gemacht, mit Leuten zu sprechen, die damals aus Ostpreußen geflohen waren. Lauter echte Schicksale. Jola fing an, über eine alte Frau zu lesen, die in einem Dorf nahe der Grenze gelebt hatte und jede Nacht vom Donnern der Kanonenfeuer geweckt worden war. Als sie endlich fliehen durften, mussten sie alles zurücklassen, ihr ganzes Hab und Gut. Sie erzählte, wie sie hier, im Westen, angekommen war, ohne alles, ohne auch nur einen anderen Menschen zu kennen. Und wie sie ihren Mann kennengelernt hatte und doch noch ein glückliches, erfülltes Leben hatte führen dürfen, ein Leben, in dem man für kleine Dinge sehr dankbar war, weil man wusste, wie schnell all das verloren sein konnte. Jola merkte, wie nah ihr diese Geschichte ging – die Geschichte einer Fremden.

Max, dachte sie. Erzähl mir doch deine Geschichte!

Sie blätterte weiter. Es gab immer wieder Abschnitte, in denen über die politischen Zustände berichtet wurde. Zeitschienen. Kriegsgeschehen. Das kannte sie alles schon, aber es würde trotzdem hilfreich sein, für das Referat noch mal alles aufgelistet vor sich zu haben. Der Ernst würde staunen, was sie daraus machten!

Auf der nächsten Seite fand sie Fotos von Dörfern, wie sie damals ausgesehen hatten. Und natürlich die landwirtschaftlichen Gutshöfe. Zum Teil waren das prächtige Herrenhäuser gewesen, richtige Anwesen, mit lang gezogenen Stallungen und parkähnlichen Weiden. Die Hengste der Landesgestüte hatten eigene Ställe besessen, inmitten schöner Wiesen, in denen sie im Sommer residierten. Oh, wow. Das war ja ein richtiges Pferdeparadies gewesen! Sie blätterte weiter. Zeitsprung – hier sah man die Häuser, wie sie heute aussahen. Die Gegend um Trakehnen gehörte heute zu Russland, die herrschaftlichen Anlagen waren zum Teil verwildert und unbewohnbar geworden. Jola fand ein Foto von einem Haus, aus dem ein Baum herauswuchs. Hatte sie das nicht schon mal irgendwo gesehen? Aber dann las sie den Text und sie verschluckte sich und musste heftig husten.

»Sigmund von Weyke führte das Vorwerk zusammen mit seiner Familie. Auf fast dreihundert Hektar Grund lebten dort über hundert Trakehner Stuten mit ihren Fohlen, die Söhne und Töchter der berühmtesten Hauptbeschäler des Landes. Heute gehört ihr Land zu Kaliningrad, Pferde gibt es dort keine mehr. Einige der wertvollen Trakehner konnten nach Kriegsende eingefangen und in russische Obhut gebracht werden; von Familie von Weyke und ihren Angestellten selbst fehlte nach der Evakuierung jede Spur.«

Jola ließ sich auf der Couch zurücksinken. Wow. Das Buch war mehr als ein Geschichtsband, es war eine Spur – vielleicht sogar ein Hinweis auf Max! Sie las den Absatz noch zweimal. Dann blätterte sie die nächsten Seiten durch und suchte nach dem Namen »von Weyke«, aber er wurde nur in diesem Absatz erwähnt. Ihr war ganz flau im Magen. Von Weyke … wie viele Leute hatten wohl diesen Namen gehabt? Bestimmt war der selten gewesen. Und Max, Maximilian von Weyke – konnte es sein? War er vielleicht sogar der Sohn dieses Gestütwärters gewesen? Er war mit lauter Spitzenpferden aufgewachsen, hatte vielleicht selbst welche besessen … natürlich, das erklärte auch, woher er so viel über Pferde wusste! Warum er ein Kaltblut im Galopp einfangen und seiner Tochter das Reiten beibringen konnte.

»Oh mein Gott«, flüsterte Jola. »Wieso weiß niemand davon?«

Und noch etwas war klar: Er und Wolkenherz mussten sich dort begegnet sein, zu dieser Zeit, an diesem Ort. In Trakehnen. Sie kannten sich, vielleicht … ja, vielleicht hatte Wolkenherz sogar einmal ihm gehört?

»Na toll«, sagte Jola laut. »Es gibt niemanden, den wir fragen können. Niemand kennt das Geheimnis, nur ein alter Mann und ein Pferd!«

Und keiner von beiden würde reden. Also gab es nur eine Möglichkeit. Sie mussten Max und Wolkenherz zusammenbringen, irgendwie!

Umgedingt

Am nächsten Wochenende musste der Zaun ausgebessert werden, und Stefan fand es höchste Zeit, die Ginsterbüsche hinter der Koppel zu stutzen, damit die Stauden nicht zu dicht wuchsen. Das Dach des großen Reitplatzes war von der extremen Schneelast an einer Stelle undicht geworden und musste ebenfalls geflickt werden. Katie murrte, weil sie nicht reiten durfte, aber Helen fand, da der Ginstercup vor der Tür stand, konnten ruhig alle mit anpacken. Sogar Jolas Vater nahm sich Zeit und stieg mit Stefan aufs Dach des Reitplatzes, während Jola und Katie die Werkzeuge nach oben reichten. Die Sonne brannte auf ihre Köpfe, und die Frühlingsluft war mit einem Mal so warm, dass man es draußen im T-Shirt aushalten konnte.

»Sag mal, Jan«, rief Helen von unten. »Kannst du nicht die Zielfotos schießen?«

»Zielfotos?« Jolas Vater keuchte, als er eine schwere Latte anhob.

»Na, beim Ginstercup. Wenn die Reiter durchs Ziel galoppieren. Wir könnten die auf die Urkunden drucken.«

Vom Dach war nur das Hämmern und Schrauben zu hören, und Jola dachte schon, ihr Vater wäre vom Dach gestiegen und davongegangen. Aber sie sah ihn da oben hantieren und biss sich auf die Lippe.

»Jan?«

»Sorry, Helen. Ich helf gern, das weißt du. Aber Pferdefotos … tut mir leid.«

Helen sah zu Jola und verzog das Gesicht. Jola hob nur hilflos die Schultern.

»Ist das dein Ernst?«, rief Helen zu ihm hinauf. »Es sind doch nur Fotos!«

»Nein«, murmelte Jola leise. »Fotos von Pferden. Mit ihren Reitern. Zusammen. So wie …«

Helen sank ein Stück in sich zusammen. »Oh – ach so. Na schön. Gut. Dann bleibt es bei den Getränken, ja? Du kümmerst dich um den Ausschank?«

»Na klar«, sagte Jan, und Jola hörte die Erleichterung in seiner Stimme.

Etwas daran machte sie plötzlich wütend. Warum konnte er nicht endlich seine Pferdephobie überwinden? Ihr zuliebe? Würde er auch nie ein Foto von ihr schießen, wenn sie ritt? Was war, wenn sie beim Turnier mitmachte – alle anderen Väter standen bestimmt am Rand und feuerten ihre Töchter an, so wie Stefan es bei Katie gemacht hatte, und natürlich machten sie auch Fotos von ihren Kindern! Sie sah zu Helen, die wieder an einem Schild herumschrubbte, dem Schild mit dem Buchstaben E darauf, das an der Bande hing. Helen hatte es akzeptiert. Aber sollte sie das auch tun?

Sie schafften den Zaun und die Büsche bis zum Mittagessen, und anschließend lud Jolas Vater sie alle zu einer Runde Sushi ein, das er aus einem kleinen Steinbacher Laden kommen ließ.

»Übrigens habe ich wieder einen Job«, erzählte er, während sie auf der Koppel saßen, Malzbier aus Flaschen tranken und ihr Sushi verspeisten. »Drüben, am Maierhof. Ich helfe beim Hopfenandrehen. Sie können mich wahrscheinlich bis zur Ernte brauchen, und sie haben kein Problem damit, wenn ich zwischendurch für einen Auftrag unterwegs bin.«

»Willst du dir nicht irgendwann was Festes suchen?«, wollte Stefan wissen. »Du könntest doch ein Studio aufmachen. So was haben wir in Steinbach noch gar nicht. Porträtfotos und so.«

Aber Jolas Vater schüttelte heftig den Kopf.

»Oh no, das ist nichts für mich! Kein Studio. Ich brauche die Freiheit, ich will wieder reisen. Nach Peru. Das ist mein Traum.« Er warf Jola einen kurzen Blick zu. »Aber jetzt noch nicht. Später.«

Jola merkte, wie sich ihr Magen zusammenzog. Ach so, Peru war okay – das war ja auch sein Traum. Pferde hingegen waren nicht okay und die waren immerhin ihr Leben. Manchmal wollte sie ihren Vater nicht verstehen.

»Braucht ihr uns noch?« Niko stand auf und klopfte sich Grasflocken von der Hose. »Ich würde gern eine Runde mit Jola drehen.«

Jola verschluckte sich an ihrem letzten Bissen und musste husten. »Was, mit mir?«

»Na klar mit dir! Du willst doch unbedingt am Ginstercup mitreiten, oder? Dann zeig mal, was du kannst.«

Jola starrte ihn an. »Jetzt?«

»Warum nicht jetzt?« Niko sah Helen an. »Ich hab nachher noch einen Ausritt. Aber da brauch ich eher die Ponys. Können wir mit den Großen …?«

Helen winkte ab. »Macht nur. Aber nicht zu wild, wenn Jola dabei ist, klar?«

Katie sprang auf und schloss sich ihnen an. Als Niko nach Billy rief, stieß sie Jola in die Seite. »Du willst doch nicht Billy reiten, oder? Also los, sag es ihm!«

Jola biss sich auf die Lippe. Sie hatte doch zuerst mit Helen reden wollen! Aber dann fiel ihr ein, dass Helen ja gar nicht mehr am Ginstercup teilnahm, also brauchte sie Wolkenherz schon mal nicht. Und Katie würde auf jeden Fall mit Keira starten. Niko war ihr einziger Konkurrent, was den Hengst betraf.

»Niko?« Sie zupfte ihn am Ärmel.

Niko befestigte den Strick in Billys Halfter. »Jap?«

»Ich bin … also, ich reite Billy nicht mehr.«

Niko hob die Brauen. »Aha?«

»Ja, wir … also, ich habe trainiert. Mit Katie. Aber nicht auf Billy, sondern auf … Wolkenherz.« Das letzte Wort flüsterte sie nur, aber der Hengst spitzte trotzdem die Ohren und sah aufmerksam zu ihr herüber.

»Wolkenherz?« Niko lachte auf. »Klar. Keine Reitschüler, schon vergessen? Ich reite Wolkenherz.«

»Ich kann ihn reiten«, beharrte Jola und schaute ihm fest in die Augen. »Und ich kann mit ihm springen! Ich beweise es dir!«

Nikos Mundwinkel zuckten. »Jola, vergiss es. Ich überlasse dir doch nicht das beste Pferd, das wir im Stall haben. Du reitest wie lange – ein halbes Jahr? Sorry. Ich hab einen Ruf zu verlieren. Entweder du nimmst Billy oder du bist beim Ginstercup eben nicht dabei.«

»Das kannst du nicht machen«, brauste Katie auf. »Immerhin hätte ich das erste Recht auf ihn, schließlich ist er unser Pferd! Und wenn ich ihn Jola überlasse und nicht dir …«

Niko warf Billy den Strick über den Hals und hob die Hände. »Ey, ich diskutiere das nicht mit euch! Ich entscheide, was meine

Reitschüler machen. Und ich sage, Jola reitet entweder auf dem alten Hasen Billy oder gar nicht.« Er blitzte Katie herausfordernd an. »Wir können gern zu deiner Mutter gehen und das klären.«

Die Enttäuschung kroch Jola in den Magen wie ein fieses Geschwür. Sie nahm den Strick von Billys Hals und führte das Pony vor den Stall zum Anbinder. Katie trat neben sie und flüsterte: »Lass den Kopf nicht hängen. Uns wird schon was einfallen!«

Katie sattelte Keira und Niko holte Wolkenherz von der hinteren Weide. Keiner von ihnen sprach ein Wort, als sie schließlich vom Hof ritten, aber Jola hatte die ganze Zeit das Gefühl, als würde Billy sich diesmal besonders schlecht benehmen. Er scheute vor Minnie, hüpfte zur Seite, als neben ihm ein Blatt zu Boden fiel, und buckelte, als sie zu traben begannen.

Bestimmt merkt er, dass ich ihn eigentlich gar nicht reiten will, dachte Jola und bekam sofort ein schlechtes Gewissen.

Billy hatte auf dem Turnier mit Katie alles gegeben, er hatte sogar fast gegen alle großen Pferde gesiegt – wenn sie stinkig auf Niko war, konnte er ja nichts dafür!

»Du, Billy«, sagte sie zu ihm und legte ihre Hand auf seinen Hals. »Wir zeigen es ihm jetzt, okay? Ich stör dich nicht, und du springst einfach, ohne mich abzuwerfen. Dafür kriegst du was Leckeres von mir. Deal?«

Billy schüttelte den Kopf, aber da ging es schon los – der erste Baumstamm lag vor ihnen! Keira bockte ein wenig, weil Katie sie nicht so schnell darauf zustürmen ließ, wie sie das gern wollte. Dann waren sie darüber. Jola war als Nächste dran.

Alter Hase, dachte sie und stellte sich in die Bügel – Billy ist ein alter Hase, mir kann gar nichts passieren!

Und schon flogen sie auf den Baumstamm zu, hoben ab, landeten. In halsbrecherischem Tempo ging es weiter. Billy wollte unbedingt schneller sein als Keira, also klebte er sich an ihren Schweif und versuchte, auf den freien Strecken zu überholen. Jola hatte alle Hände voll damit zu tun, ihn zu bremsen. Dafür sprang er ganz von selbst und hatte offenbar einen tierischen Spaß dabei! Und je wilder es wurde, je höher sie flogen – desto mehr Spaß machte es auch Jola.

Schließlich hatten sie die erste Teilstrecke hinter sich gebracht. Vor ihnen lag nun der Trakehner Graben, der Baumstamm mit dem Wassergraben darunter. Hell schimmerte das Sonnenlicht auf dem Wasser und ließ es geheimnisvoll glitzern. Keira zögerte nur einen winzigen Moment, dann setzte sie mit einem riesigen Satz darüber hinweg.

Jola spannte sich innerlich an. Bestimmt würde Billy auch vor dem Glitzerwasser scheuen, so wie Wolkenherz beim letzten Mal! Aber Billy war das Wasser völlig egal, und bevor Jola richtig kapierte, was geschah, waren sie schon darübergesprungen. Begeistert klopfte sie Billys Zottelmähne.

»Woah – was machst du?«

»Stopp!« Katie hob die Hand und bremste Keira ab. Billy schoss noch ein Stück an ihr vorbei in den Wald hinein, ehe Jola ihn zum Stehen kriegte.

»Was ist passiert?«

»Er hat verweigert!« Niko ritt einen Bogen und wollte den Trakehner Graben noch mal anreiten, aber Wolkenherz weigerte sich sogar, in die Nähe der Hürde zu kommen. Energisch trieb Niko ihn vorwärts. »He, was ist denn los mit dir?«

»Soso, der große Reiter«, höhnte Katie. »Was ist, soll Jola es mal versuchen?«

»Er mag das Wasser nicht«, klärte Jola ihn auf. »Vielleicht ist es ihm unheimlich.«

»So ein Blödsinn!« Niko wendete und ritt einen Bogen. Dann galoppierte er erneut auf den Trakehner Graben zu, aber Wolkenherz stoppte, als wäre er gegen eine unsichtbare Wand gelaufen. Wieder und wieder ritt Niko an, bis Wolkenherz schließlich den Kopf hochnahm und keinen Schritt mehr machte.

»Was soll der Bullshit?« Niko wartete, bis sich der Hengst beruhigt hatte. Dann sprang er ab und führte Wolkenherz ruhig auf den Graben zu. »Du brauchst doch keine Angst davor zu haben«, sagte er zu ihm. »Schau. Nur Wasser. Du bist vorher schon über einen Graben gehüpft. Das ist auch nichts anderes.«

Wolkenherz senkte den Kopf.

Er prustete und das Wasser aus dem Graben spritzte hoch und blieb in feinen Perlen an seinen Wimpern kleben. Fast wie Tränen.

»Okay.« Niko führte ihn in einem großen Bogen um das Hindernis herum. Dann ließ er ihn noch einmal von der anderen Seite herangehen und alles ganz genau betrachten. »Wir kriegen das schon hin. Aber nicht mehr heute.«

»Er kennt Geländesprünge«, meinte Katie. »Nur vor Trakehner-Gräben hat er Schiss. Irgendwie lustig.«

»Sehr witzig«, brummte Niko und saß wieder auf. »So kann ich mir den Sieg jedenfalls abschminken.«

»Dann musst du halt doch mit mir tauschen«, sagte Jola schnell und grinste ihn an.

Später am Abend saß sie über dem Ostpreußen-Bildband und machte Notizen für das Referat, als ihr Vater ins Zimmer kam.

Er fuhr ihr einmal über die Haare, aber Jola wusste, dass er mit seinen Gedanken ganz woanders war.

»Na? Schularbeiten?«

»Hm.«

»Mach nicht mehr so lang.«

Er wollte in sein Zimmer verschwinden, aber Jola legte den Stift weg. »Du, Papa?«

»Ja?«

»Ich mach jetzt auch bei dem Turnier mit. Beim Ginstercup. Niko hat es endlich erlaubt!« Er hatte sogar gesagt, sie wäre prima mit Billy zurechtgekommen – was nicht stimmte. Sie kam prima mit Billy zurecht, solange er machen konnte, was er wollte. Und hinter Keira herspringen war keine Kunst, das hätte jeder mit ihm geschafft. Auf dem Turnier war sie aber allein im Wald und musste die Sprünge selbst bewältigen. Ob der Dickkopf dabei auch mitspielte?

Ihr Vater zögerte einen Moment. »Ich kann es dir schlecht verbieten, oder? Ich will dir auch nichts verbieten. Außerdem weiß ich ja, warum du es tust.«

Jola biss sich auf die Lippe.

»Kannst du nicht doch die Fotos schießen, die Helen haben will? Bitte, Papa. Sie hat recht, es sind Fotos, nur Fotos! Ich könnte dir zeigen, was ich gelernt habe. Du würdest staunen, wenn du …« Sie verstummte.

Ihr Vater schüttelte ganz leicht den Kopf. »Nein, Jola. Was das betrifft – nein.«

»Dann mach es wenigstens für mich!« Jola sprang auf. »Wenigstens mich kannst du doch fotografieren, oder?«

»Hey! Ich akzeptiere, dass du reitest. Dazu sage ich schon lange nichts mehr. Aber halt mich da raus, okay? Ich will das nicht sehen. Ende der Diskussion.«

Jola starrte ihn an. Sie hätte heulen können, wenn sie nicht so sauer gewesen wäre. »So wichtig bin ich dir also«, sagte sie bitter. »Nicht mal durch deine Linse kannst du mir zusehen!«

»Ich sehe dir zu«, gab er leise zurück. »Solange du nicht auf einem Pferd sitzt.«

Kopfschüttelnd schaute sie ihm nach, wie er in seinem Zimmer verschwand. Und wusste nicht, ob sie sauer auf ihn sein sollte, eingeschnappt oder einfach nur traurig. Konzentrieren konnte sie sich ja doch nicht mehr, also klappte sie den Bildband zu, schob ihn unter ihr Kopfkissen und legte sich rücklings darauf. Sie zog das zerknitterte Foto aus der Hosentasche, das sie seit dem Winter immer mit sich herumtrug – das Foto von ihrer Mutter, wie sie sich über den Hals ihres Pferdes beugte und in die Kamera lachte.

Du hättest mir zugesehen, dachte Jola. Und mich angefeuert und für mich geklatscht. Du hättest mich verstanden.

Als sie einschlief, war sie nicht mehr wütend auf ihren Vater. Nur unendlich traurig und enttäuscht.

Annas Schatten

Das Wochenende verflog, und auch die nächste Woche war so vollgepackt mit Hausaufgaben, Lerneinheiten und der Vorbereitung ihres Referats, dass kaum Zeit blieb, mit den Pferden im Wald zu üben. Niko wollte nach wie vor nichts davon hören, dass Jola Wolkenherz reiten konnte – er würde ihr den Hengst nicht überlassen, und er wurde langsam richtig sauer, wenn sie ihn danach fragte.

»Sei froh, dass ich dich überhaupt mitreiten lasse«, sagte er zu ihr. »Eigentlich bist du noch viel zu unsicher im Sattel!«

»So ein Schmarrn«, kommentierte Katie dann nur und verdrehte die Augen. »Er soll erst mal selbst beweisen, dass er mit Wolkenherz klarkommt! Weißt du, dass er ihn immer noch nicht über den Trakehner Graben im Wald kriegt? Er ändert jetzt seine Strategie und versucht, ihn zu überlisten, indem er den Graben abdeckt. Aber Wolkenherz ist schlauer als er. Du müsstest ihn mal sehen!«

Jola wollte ihm aber nicht zusehen. Sie dachte wehmütig an die Stunden mit dem Hengst zurück, an all die Bilder und Erinnerungen und das Gefühl, von einer leisen Stimme über den Parcours geleitet zu werden. Wenn sie auf Billy saß, war sie allein. Erklären konnte sie das nicht, vor allem nicht Niko. Irgendwas musste ihr einfallen, damit sie doch Wolkenherz reiten durfte – egal, was!

Am Mittwoch trat Minnie beim Ausreiten in eine Scherbe und

blutete so stark aus dem Ballen, dass Helen mit ihr zu Doktor Wolf fahren musste. Stefan hatte einen Kundentermin im Nachbarort, und Katies Großvater war zusammen mit Jolas Vater zum Maierhof gefahren, um beim Hopfenandrehen zu helfen. Es war ein typischer Apriltag, mit Sonne am Morgen, einem monsunartigen Regenfall zur Mittagszeit und dicken Nebelwänden am Abend, die sich wie Schleier vor die Fenster legten. Richtig unheimlich sah das aus.

Katie warf den Ofen an und sie machten es sich mit zwei Tassen heißem Kakao und dem dicken Bildband über Ostpreußen im Wohnzimmer bequem. Das sanfte Knistern der Flammen vermischte sich mit der leisen Radiomusik und dem Ticken der Wanduhr zu einer eigenen, heimeligen Melodie. Inzwischen hatte Jola die Passage über die von Weykes zweimal abgeschrieben, und Katie hatte sie außerdem mit ihrem Handy fotografiert, damit bloß kein Wort davon verloren ging, wenn sie das Buch zurückgeben mussten.

»Eigentlich ist das total irre«, meinte Katie und nippte an ihrer Tasse. »Stell dir mal vor, wir hätten seinen Ausweis nicht gefunden – wir hätten keine Ahnung davon gehabt, dass es in dieser Beschreibung vielleicht um ihn geht!«

»Von Familie von Weyke und ihren Angestellten selbst fehlte nach der Evakuierung jede Spur.« Jola strich vorsichtig mit dem Finger über die Stelle im Buch. »Das ist zum Heulen, findest du nicht?«

Katie legte den Kopf schief. »Ich frage mich die ganze Zeit, wie Wolkenherz da reinpasst. Ob er nie im Westen angekommen ist? Wenn sie all ihre Pferde verloren haben, schon dort, dann war er vielleicht gar nie hier.«

Jola biss sich auf die Lippe. Ihr war eben ein ganz anderer Gedanke gekommen. »Du hast mal gesagt, er ist trainiert. Und er kennt Geländehindernisse.«

»Er kennt auch normale Hindernisse. Und kann sämtliche Dressurlektionen. Der stand nicht auf irgendeiner Wiese herum, jede Wette!«

»Kann es dann sein, dass er sogar auf Turnieren gestartet ist?«

»Klar«, meinte Katie. »Kann sein.«

Jola setzte sich aufrechter hin. »Aber das kann man doch rausfinden! Oder? Es gibt Listen von Teilnehmern auf Turnieren. Weißt du, wo man so was nachschaut?«

Katie fuhr hoch. Ihre Augen blitzten. »Na klaro – bei Equira zum Beispiel!«

Sie sprang auf die Füße und kam kurz darauf mit dem Laptop zurück. Ungeduldig trommelte sie auf dem Boden herum, bis sich das Gerät endlich hochgefahren hatte.

»Equira ist eine Datenbank für Turnierergebnisse«, erklärte sie und rief die Seite auf. »Wir suchen einfach mal nach seinem Namen, ja?«

Jola sah zu, wie Katie »Wolkenherz« ins Suchfeld eintippte. Zwei Ergebnisse wurden angezeigt, zweimal derselbe Name. Ihr Herz schlug unwillkürlich schneller.

»Eine Finja Sörensen reitet eine Dressurprüfung Klasse A mit Wolkenherz«, murmelte Katie.

»Und was heißt das jetzt? Könnte es was mit ihm zu tun haben?«

»Nee.« Katie schüttelte den Kopf, dass ihre Locken nur so flogen. »Guck dir mal das Datum an – 2013. Passt ja überhaupt nicht. Da war er doch schon längst als Geist am Ginsterhof.«

»Hm«, machte Jola und versuchte, aus dieser Information schlau zu werden.

»Ich schreib die mal an und frage, wie lang ihre Datenbank zurückreicht.« Katie tippte schon. »Vielleicht wissen sie sogar was von ihm.«

Jola legte den Kopf in den Nacken und ließ sich rücklings gegen die Couch sinken. So kamen sie nicht weiter! Jemand trat in den Raum und setzte sich neben sie auf die Couch. Jola sah hoch, aber es war nur Anna, die ebenfalls einen Becher Kakao auf den Knien balancierte.

»Wollt ihr auch?« Anna warf eine Packung Mini-Marshmallows auf den Tisch. Katie verzog angewidert das Gesicht, aber Jola griff zu und ließ ein paar davon in ihren Kakao rieseln. Die winzigen Zuckerbomben schmeckten einfach fantastisch, wenn sie warm wurden! Sie stieß mit Anna an und hörte in dem Moment die Melodie, die aus dem Radio drang – die vertrauten Töne von »Schatten im Wind«.

»Wow«, machte Katie, ohne hochzusehen. »Schon wieder!«

Jola beobachtete Anna, die, ohne eine Miene zu verziehen, auf der Couch hockte und an ihrem Kakao nippte.

Schon seltsam, dachte sie. Wenn das mein Song wäre, ich würde ausflippen vor Begeisterung!

Das Lied verklang, und der Sprecher quatschte los, bevor die letzten Töne verklungen waren.

»So, meine Lieben, das war mal wieder unser Hit-Tipp der Woche: ›Schatten im Wind‹ von Sunset Barn! Ich muss ja gestehen, dass ich den Song selbst schon unter der Dusche vor mich hin singe. Oder, was meint ihr? Geht gut ins Ohr, was? Einige von euch haben gefragt, worum es in dem Song geht und ob er autobiografisch ist. Wir haben den Bassisten von Sunset Barn gefragt, und er hat uns verraten, dass die Sängerin den Song geschrieben hat, als sie schrecklichen Liebeskummer wegen einem Kerl hatte. Na, kennen wir das nicht alle? So, weiter geht es jetzt mit einer …«

Anna fuhr so heftig hoch, dass sie sich den Kakao über die Hose kippte, aber das schien sie überhaupt nicht zu bemerken. Sie kochte vor Wut. »Ich fass es einfach nicht – diese kleine Ratte! Wie kann er so was sagen? Er hat keine Ahnung von dem Song, überhaupt keine!«

»Wer?« fragte Katie, aber Jola ahnte sehr genau, wegen wem Anna so schäumte.

»Der neue Bassist«, murmelte sie nur. »Jonas.«

»Ich schmeiß ihn raus! Er kann sich den Plattenvertrag abschminken, echt!«

»Der wollte doch nur helfen«, winkte Katie ab. »Bestimmt dachte er, das sei ein super PR-Gag, wenn er was von Liebeskummer faselt. Damit können sich doch alle identifizieren.«

»Er erzählt Scheiße! So läuft das nicht! Zuerst verändert er den Song und jetzt so was. Der kann sich auf was gefasst machen!« Anna knallte ihre Tasse auf den Tisch und stürmte aus dem Wohnzimmer.

Katie und Jola wechselten einen Blick, dann stand Jola auf und folgte Anna nach draußen. Katies Schwester lehnte an der Hauswand und rauchte in die Nebelwand, dabei hatte Jola sie noch nie beim Rauchen gesehen. Ohne ein Wort zog Jola die Tür hinter sich zu und stellte sich neben sie.

»Willst du auch mal?« Anna hielt ihr die Zigarette hin. Jola schüttelte den Kopf und Anna warf den Glimmstengel auf den

Boden und trat ihn aus. »Brauchst dir keine Sorgen zu machen. Ich lass deinen Jonas schon am Leben.«

»Wegen dem mach ich mir keine Sorgen«, sagte Jola ruhig. »Sondern wegen dir.«

Anna starrte vor sich hin und kickte den Zigarettenstummel mit dem Fuß herum. »Ach Scheiße. Es ist – alles. Wie der Song klingt. Viel zu fröhlich! Dabei ist es ein trauriges Lied. Und Liebeskummer, das klingt doch superkitschig. Verstehen die denn gar nichts?«

Jola dachte einen Moment darüber nach. An die Zeilen im Refrain und wie traurig sie in der ursprünglichen Form immer geklungen hatten. »Es geht um Abschied«, sagte sie leise.

Anna antwortete nicht, aber Jola sah, dass sie recht hatte. Leise fuhr sie fort: »Also ist er doch ... autobiografisch?«

Wieder dauerte es eine Weile, bis eine Reaktion von Anna kam. Sie blies sich die Haare aus dem Gesicht, genau so, wie Katie es manchmal machte.

»Nein«, sagte sie schließlich. »Zumindest nicht von mir.«

»Ist der Song gar nicht von dir?«, fragte Jola überrascht.

Anna wand sich, das war deutlich zu sehen. Wahrscheinlich hatte sie das noch nie jemandem verraten! Ob sie den Song geklaut hatte? War sie deshalb so nervös wegen des Plattentermins?

»Anna, du musst mir das nicht erzählen. Aber ... also, ich sage es bestimmt niemandem weiter. Auch nicht Katie oder deiner Mutter, wenn du das nicht willst.«

Eine Weile schaute Anna einfach nur in den Nebel. Dann hob sie blitzschnell die Zigarettenkippe auf und schob sie in die Hosentasche.

»Komm mit«, sagte sie und stapfte voran durch den Nebel, die

Stiege zu ihrem Probenraum über der Garage hoch. Jola zögerte kurz, dann folgte sie ihr.

Im Probenraum war es stickig und überall hingen Kabel kreuz und quer von Instrumenten zu Boxen oder Mikro-Ständern. Anna bewegte sich hier wie eine Schlafwandlerin, ohne hinzusehen und ohne etwas umzuwerfen, aber Jola passte genau auf, wo sie hintrat. Anna lief zu einem Schrank an der Wand, zog eine Kiste heraus und kramte darin herum, bis sie gefunden hatte, wonach sie suchte.

Ein zusammengefaltetes, abgegriffenes Stück Papier.

Nach kurzem Zögern reichte Anna ihr das Papier und Jola faltete es vorsichtig auseinander. Sie wusste nicht, was sie erwartet hatte – den Song vielleicht, in einer fremden Handschrift, Noten, irgendwas in der Richtung. Aber das war es nicht. In ihren Händen hielt sie einen Brief.

Verwirrt sah sie Anna an. »Was hat das zu bedeuten?«

Anna deutete mit dem Kinn auf die Zeilen. »Lies. Dann verstehst du es.«

Die Schrift war nicht leicht zu entziffern, ein wenig schnörkelig, mit seltsamen Absätzen und Buchstabenkringeln.

Jola holte tief Luft und begann zu lesen.

Meine Liebe,

lang ist es her, da ich meinen letzten Brief an Dich geschrieben habe. Ich zähle die Jahre noch immer. Ich stelle mir vor, wie Du ihn öffnest und weißt, dass er von mir kommt, noch bevor Du meinen Namen gelesen hast. Weil auch Du mich nach all der Zeit noch immer nicht vergessen hast.

Es ist dunkel um mich, Liebste. Doch eine kleine Kerze spendet mir ihr Licht. Sie leuchtet wie die Augen eines Kindes. Ich habe gelernt, mit dem wenigen Licht auszukommen, und mit der Zeit ist mir bewusst geworden, wie wertvoll es ist. Wie das Mondlicht in der Nacht. Und dann geht es mir gut, ja, ich fühle sogar so etwas wie Glück.

Draußen braust der Wind und er ist voller Schatten. Manchmal wenn ich zwischen den Bäumen stehe und die Augen schließe, höre ich Dich flüstern, im Nebel – aber immer, wenn ich die Augen öffne, ist niemand da. Manchmal wenn ich im Regen gehe, sehe ich seinen Umriss, groß und dunkel, aber so schnell ich auch laufe, ich erreiche ihn niemals. Ich sehne mich nach den Schatten, aber sie sind wie der Wind – unerreichbar für mich.

In meinen Gedanken ist die Zeit stehen geblieben. Wir sind immer noch dort, zu Hause, und voll blinder Hoffnung. Ich sehe uns, um Mitternacht am Mondsee, und fühle wieder Deinen Kuss – ich fühle ihn seitdem jede Nacht. Er war mein Licht im Schützengraben, in all den dunklen Wochen und Monaten, in denen wir uns verloren haben. Nur dieser eine Kuss. Er ist alles, was mir von Dir geblieben ist, ich besitze kein Foto, kein Andenken, kein Lebenszeichen von Euch. Nur die Erinnerung und mein Fernweh. Ist er noch silberschwarz?

So viel wollte ich Dir erzählen, von mir, wie es mir ergangen ist. Aber bestimmt weißt Du all das längst. Ich stelle mir vor, Du bist jetzt ein Wolkenkind, wild und frei, und siehst mir zu, so wie früher, als Du mich immer heimlich beim Reiten beobachtet hast. Das Reiten habe ich verlernt, wie Du weißt. Verzeih, wenn ich Dich damit enttäusche.

Ich kann nun nicht länger bei Dir sein, Liebste. Auch in meinen Gedanken nicht. Auf mich wartet ein neues Leben. So viel ist gesche-

hen, gute und schreckliche Dinge – doch meine Zeit ist nicht stehen geblieben. Wenn man dem Tod und dem Leben so nah war wie ich, gibt es nur einen Weg: die ausgeträumte Wirklichkeit.

Vergiss nicht, Du bist nie allein.

Du bist mein liebstes Geheimnis.

Jola ließ den Brief sinken und starrte Anna an. »Wow. Das ist … heftig!«

Langsam streckte Anna die Hand nach dem Brief aus. »Ich habe den Brief gelesen und mich ganz ähnlich gefühlt wie du gerade. Er ist der Hammer, oder? Ich glaube, ich hab noch nie etwas so Trauriges gelesen. Und ich dachte … also, ich wollte das irgendwie … verpacken. Also habe ich ›Schatten im Wind‹ geschrieben. Ich habe die Worte und das Gefühl aus diesem Brief gestohlen und daraus einen Song gemacht.« Beinahe flehend sah Anna sie an. »Verstehst du jetzt, warum ich den Song nicht so lassen kann? Warum es nicht geht, dass irgendein Radio-Heini ihn als Liebeskummer abtut? Dieser Song … dieser Brief … der bedeutet etwas!«

Nachdenklich gab Jola den Brief an Anna zurück. »Wo hast du ihn her?«

»Ach, ich habe ihn schon ewig.« Anna drehte den Brief in ihren Händen. »Ich habe ihn als kleines Kind gefunden und behalten. In einer Blechkiste voller Stoffreste.«

»Wo? Hier?«

»Nein. Im Stall. Oder besser, unter dem Stall. In diesem Gruselkeller.«

Jetzt klappte Jolas Mund auf. »Du hast in dem Geheimkeller einen Brief gefunden? In einer Blechdose?«

Anna nickte. »Ja. Aber wie gesagt, das ist schon ewig her. Seitdem hat ihn niemand vermisst, die Blechdose ist nämlich immer noch dort.«

Auf einmal machte alles Sinn. Irgendwie und irgendwie auch nicht.

»In dem Spalt in der Wand«, riet Jola tonlos. »Hinter dem losen Ziegelstein.«

Jetzt machte Anna große Augen. »Woher weißt du das?«

Weil jemand nach der Dose gesucht hat, dachte Jola. Und sie auch gefunden hat.

Laut sagte sie: »Hast du irgendeine Ahnung, wer den Brief geschrieben haben könnte?«

»Nein. Er war an niemanden adressiert, wenn du das meinst. In der Dose lag nur der Brief, ohne Umschlag, ohne Namen drauf. Ich habe echt keine Ahnung, woher er kommt.«

»Wenn er am Ginsterhof ist, muss jemand ihn geschickt haben«, sinnierte Jola laut. »Aber an wen?«

Anna zuckte mit den Schultern. »Darüber habe ich mir auch schon den Kopf zerbrochen. Schau dir mal die Schrift an – so schnörkelig. So schreibt doch schon lang keiner mehr.«

»Du meinst, der Brief ist schon älter?«

»Na klar! Vielleicht hat meine Uroma ihn gekriegt und in dem Geheimkeller versteckt.«

»Oder deine Oma.«

Anna nickte langsam. »Jede Frau auf dem Ginsterhof könnte gemeint sein. Aber wir können sie alle nicht mehr fragen.«

Doch, dachte Jola. Mit dem Ouija-Brett! Aber sie verwarf den Gedanken schnell wieder.

Anna schaute sie ernst an. »Hör mal, Jola – dein Versprechen vorhin, das gilt, oder? Du wirst niemandem von dem Brief erzählen?«

»Auch nicht Katie?« Jola biss sich auf die Lippe.

Anna schüttelte den Kopf. »Nein. Bitte nicht. Wenigstens vorerst. Ich muss mich erst noch entscheiden, was ich jetzt mache. Und wie es mit dem Song weitergeht.«

Lotte
1949

»Sehr gut, Lotte! Das war schon viel besser.«

Wolkenherz hielt in der Ecke und sie streichelte seinen silberfarbenen Hals. Stolz erfüllte ihre Brust. Sie waren beide außer Atem, aber der Geländeparcours war auch anstrengend, und ein Reiter hatte das Training bereits verlassen müssen, weil sein Pferd böse gestürzt war.

»Sehr gut, Lotte«, äffte Hannes die Stimme ihres Trainers leise nach und kam an ihre Seite geritten. Wolkenherz legte die Ohren an und sein Hengst wich zurück. »Du bist eben sein Liebling. Da können wir alten Hasen nicht mithalten!«

Sie biss die Zähne zusammen und versuchte, an ihm vorbeizuschielen, damit sie dem nächsten Reiter bei seinem Durchgang zusehen konnte.

Aber Hannes versperrte ihr absichtlich die Sicht. »Sag mal, wie kommt es eigentlich, dass du so ein Spitzenpferd besitzt, aber nicht reiten kannst?«

Ein Stich jagte durch ihre Brust und augenblicklich wurde sie wütend auf Hannes. »Wer hat gerade ein Lob bekommen – du oder ich?«

»Ha!« Hannes lachte auf. »Ich hab dich doch gesehen, an der Longe! Das ist noch gar nicht so lange her. Du hast auf dem Pferd gesessen wie ein Sack Kartoffeln. Wolkenherz ist viel zu gut für dich. Ich sollte Herrn Neumann bitten, ihn reiten zu dürfen!«

»Da hast du aber leider Pech. Wolkenherz gehört nämlich zu mir!« Sie ließ ihre Füße ganz leicht gegen seinen Bauch schwingen und

sofort setzte Wolkenherz sich in Bewegung. Hannes hatte alle Hände voll zu tun, seinen Hengst wieder aus dem Parcours hinauszubekommen.

»Hannes!«, schallte da auch schon Herrn Neumanns Stimme über den Platz. »Zur Seite mit dir, was soll denn das?«

Sie ließ Wolkenherz einen Bogen laufen und stellte sich ans andere Ende, weit weg von Hannes. Zu schade, dass sie das einzige Mädchen unter den Reitern war! Aber Klaus wollte, dass sie in der Mannschaft ritt, er wollte, dass sie es bis nach Olympia schaffte, als erste Frau, und der Gedanke war immer noch so verlockend, dass sie Sticheleien einfach abschüttelte. Sie entdeckte Katrin am Zaun, Hannes' Verlobte. Sosehr sie Hannes auch verabscheute, seine zukünftige Frau war sehr nett, also lenkte sie Wolkenherz zu ihr und begrüßte sie freundlich.

»Was du dich traust, würde ich niemals wagen«, gestand Katrin und streckte vorsichtig die Hand nach Wolkenherz aus. »Diese Hindernisse sind so riesig!«

»Vom Pferderücken aus wirken sie gar nicht mehr so hoch. Es ist alles nur eine Frage des Trainings!«

»Oh ja. Das sagt Hannes auch immer. Und Klaus Neumann ist ein ganz fantastischer Trainer!«

Sie musste lächeln. »Allerdings, das ist er.«

Katrin sah sie von unten herauf an und schmunzelte. »Er sieht dich an. Das hast du bemerkt, oder?«

Verwirrt warf sie einen Blick auf Klaus Neumann. »Natürlich sieht er mich an. Ich reite für ihn.«

Katrin lachte leise auf. »Oh Mädchen. Er sieht zu, wenn du reitest, das schon. Aber er sieht dir nicht nur zu, wenn du auf einem Pferd sitzt.«

Ein seltsames Gefühl kroch in ihren Bauch. Es fühlte sich an, als würde dort ein Schwarm Fliegen hausen, die plötzlich aufgescheucht wurden. Und beinah sofort musste sie wieder an Max denken, an sein geheimnisvolles Lächeln und an die Nacht unter dem Vollmond, als er sie auf Wolkenherz' Rücken mit an den See genommen hatte. Der Druck auf ihrer Brust wurde so bleischwer, dass er sie beinah zu Boden riss.

»Der andere, hm?«

Sie nickte nur.

Katrin legte ihr die Hand auf den Stiefel. »Ich sage dir jetzt was, Lotte. Und ich sage es nur ein Mal. Dieser Mann hat ein Auge auf dich geworfen, und wenn du klug bist, schnappst du ihn dir. Sonst tut es eine andere. Männer wie Klaus Neumann sind in diesem Land nämlich gerade Mangelware.«

»Lotte!«

Sie fuhr herum und Wolkenherz machte einen erschrockenen Satz. Herr Neumann winkte sie heran – sie waren an der Reihe! Aber die Bilder waren noch in ihrem Kopf, die Bilder vom Vollmondsee und Max und … Wie sollte sie so reiten?

»Bitte hilf mir«, flüsterte sie und trieb Wolkenherz in einen leichten Galopp. Auf keinen Fall wollte sie sich blamieren, nicht vor Hannes und den anderen und schon gar nicht vor Herrn Neumann.

Wolkenherz spannte seinen Hals an und zuckte mit den Ohren, als sie in den Springparcours einritt. Der weiche Boden federte unter seinen Galoppsprüngen, und er nahm das erste Hindernis, ohne zu zögern. Nun nach links. Den Parcours kannte sie auswendig. Ein Graben, dann ein Oxer mit einer Hecke darunter. Der war ziemlich breit, aber Wolkenherz taxierte genau und überflog die Hürde mit spielerischer Leichtigkeit. Nun zur Mauer. Katrin hatte recht, dieses Hindernis sah wirklich hoch aus. Sie ritt in die Biegung und be-

merkte Klaus Neumann, der hinter der Mauer stand, ein gutes Stück entfernt. Heute trug er keinen Hut, seine blonden Haare bewegten sich leicht im Wind. Sie konnte seine Augen sehen, die jede ihrer Bewegungen verfolgten. Seine klaren hellblauen Augen …

Plötzlich lächelte er und das Blut schoss ihr ins Gesicht. Wolkenherz empfing ihr Zaudern und stockte, nur einen winzigen Moment, aber der reichte aus, damit sie den Absprung verpassten. Krachend schlugen seine Hufe gegen die Mauerblöcke und fegten sie in alle Richtungen davon. Mit bebenden Nüstern blieb der Hengst stehen und sah sich nach ihr um.

»Nichts passiert«, flüsterte sie und schlang die Arme um seinen Hals. »Es war meine Schuld. Entschuldige bitte!«

Sie versuchte, nicht zu Klaus hinüberzusehen, als sie sich sammelte, einen kleinen Kreis galoppierte und schließlich ohne Schwierigkeiten nochmals beim Oxer ansetzte, während der Parcourshelfer die Mauersteine wieder aufrichtete. Ihr Herz schlug wie verrückt, aber sie würde sich nicht von diesem Gefühl unterkriegen lassen.

Sie ließ Wolkenherz noch eine Runde galoppieren, bis sie ihren gemeinsamen Takt wiedergefunden hatten. Für einen kurzen, traurigen Moment waren sie wieder allein, nur er und sie, gegen den Rest der Zeit.

»Der andere«, flüsterte sie in den Wind und hörte, wie er ihre Worte mit sich trug. Der andere war da, noch immer.

Und er würde bleiben.

Um Haaresbreite

Es fiel Jola unendlich schwer, den Mund zu halten. Der traurige Brief, den Anna ihr gezeigt hatte, ging ihr einfach nicht mehr aus dem Kopf. Den Brief musste jemand an ihre Urgroßmutter oder Großmutter geschrieben haben und daraus hatte Anna einen Song gemacht!

Andererseits konnte sie das auch verstehen. Die Zeilen aus dem Brief waren auch ihr nahegegangen. Deshalb war der Song auch nicht einfach ein Liebeskummerlied für sie, sondern etwas, was tiefer ging, denn der Briefeschreiber hatte richtig schlimm gelitten. Aber etwas hatte ihn am Leben gehalten, und das hatte er seiner Liebsten erzählt. Er hatte auch gesagt, dass sie sein Geheimnis war – ein Geheimnis …

Irgendetwas war seltsam daran. Kannte sie diese Worte nicht? Natürlich, aus dem Song. Den sie nun bestimmt hundertmal gehört hatte. Das Mondlicht in der Nacht … die silberschwarzen Träume …

Die Tür sprang auf und Katie platzte in den Stall. Sie schaute sich um, sah Jola auf einem Heuballen hocken und kam mit schnellen Schritten zu ihr.

»Hier bist du! Ich such dich schon überall. He, was ist los?«

»Nix. Ich denke nur nach.«

»Über Wolkenherz?«

Nein, dachte Jola. Ausnahmsweise nicht.

Sie schaute Katie an. »Du – meinst du, ich soll noch mal mit deiner Mutter reden? Wegen Wolkenherz und dem Turnier?«

Katie ließ sich neben sie sinken. »Hab ich mir auch schon überlegt. Aber ich glaube nicht, dass es viel bringt, wenn du ihr nur sagst, dass du ihn reiten willst. Sie müsste euch sehen. Sollen wir was inszenieren? Ich bring sie hoch zum Reitplatz, wo du gerade mit ihm den Parcours springst oder so?«

Jola nickte. Die Idee war nicht schlecht, und sie würde alles machen, damit sie den Hengst reiten durfte! Sie stand auf. »Wann, jetzt gleich?«

Katie streckte ihre Beine aus. »Sie ist einkaufen gefahren. Aber schon vor Ewigkeiten, bestimmt ist sie bald zurück. Wir können Wolkenherz ja holen, und ihr reitet euch schon mal warm, und wenn sie kommt, schicke ich sie gleich zu euch.«

Das war ein guter Plan. Zumindest war es überhaupt ein Plan! Jola schnappte sich einen Strick und lief durch den Stall nach draußen. Etliche der Ponys fehlten, Billy auch, weil Niko mit seiner Donnerstagsgruppe bei dem schönen Wetter einen Ausritt machte. Die Gelegenheit, endlich wieder Wolkenherz zu reiten!

Der Hengst stand ziemlich weit oben auf seiner Wiese und graste. Ein leiser Wind fuhr durch seine Mähne und bauschte sie, als würde er Werbung für Haarshampoo machen. Sie flüsterte seinen Namen und sofort hob er den Kopf und sah zu ihr herunter. Eine Gänsehaut kroch über ihren Körper. Wie schön er war, wie stolz – wie lebendig. Sie breitete ganz leicht die Arme aus, und tatsächlich warf er seinen Kopf herum und kam zu ihr, in gestrecktem Galopp. Ihr Herz klopfte wie wild, doch sie blieb ruhig stehen und wartete, bis er sie erreicht hatte, den Kopf senkte und seine Stirn an ihren Bauch drückte.

»Hallo, du verrücktes Geisterpferd. Gehen wir reiten?«

Er folgte ihr, ohne dass sie den Strick in sein Halfter einklinken musste.

Im Stall schloss sie das Tor und ließ Wolkenherz in eine der Boxen laufen. Sein Fell glänzte ohnehin wie frisch gefallener Schnee, da würde sie nicht viel striegeln müssen. Sie holte einen Hufkratzer aus der Putzbox und machte sich daran, seine Hufe sauber zu kriegen, während Katie Sattel und Zaumzeug aus der Kammer holte.

»Er wird immer heller, hab ich das Gefühl. Du nicht?«

Jola trat einen Schritt zurück. »Ich weiß nicht. War er nicht von Anfang an so weiß?«

»Vielleicht täuscht es auch, weil er im Herbst schon sein Winterfell hatte. Aber jetzt sieht er definitiv heller aus. So – blendend.«

»Hast du gehört? Sie findet, dass du blendend aussiehst«, sagte Jola zu Wolkenherz, und Katie lachte. Aber der hob den Kopf und stellte die Ohren auf. Plötzlich wurde er ganz aufgeregt, und Jola stellte sich auf die Zehenspitzen, um zu gucken, was er entdeckt hatte.

»Opa«, flüsterte Katie. Sie blies sich eine Locke aus dem Gesicht und sah Jola an. »Meinst du, wir kriegen ihn dazu, in den Stall zu kommen?«

»Du meinst, so wie letztens? Mit einem Trick?«

»So ungefähr. Stell dir mal vor, er wäre allein im Stall.«

Jola biss sich auf die Lippe. »Allein mit Wolkenherz?«

»Genau!«

»Er würde einfach weglaufen. So wie er es bisher immer gemacht hat.«

Katie verließ rückwärts die Box. Ihre Augen blitzten. »Dann

geht das eben nicht! Könnte doch sein, dass dummerweise gerade die Tür nicht aufgeht.«

»Das kannst du doch nicht machen!«

»Nein? Und was machen wir dann? Jola, wir eiern jetzt schon ewig rum, und er weigert sich immer noch, mit uns über ihn zu reden. Der wird den Mund nicht aufmachen, nicht wenn wir ihn nicht dazu zwingen!«

»Und wenn er wieder einen Herzanfall kriegt? Was dann? Daran schon gedacht?«

»Wir bleiben doch vor der Tür stehen. Los, komm schon – das ist die Gelegenheit!«

»Und wie willst du ihn in den Stall locken?«

Katie grinste. »Da fällt mir schon was ein. Wäre ja nicht das erste Mal! Pass auf, du gehst außen um den Stall rum und verrammelst die Tür zum Paddock, okay? Schieb einfach einen Stecken durch den Riegel, dann kommt man nicht mehr raus.« Sie sprintete los, drehte sich in der Tür aber noch mal um. »Und lass seine Box offen!«

Jola starrte ihr fassungslos hinterher. Wollte Katie echt ihren Großvater in den Stall sperren? Andererseits … sie waren keinen Schritt weitergekommen, obwohl sie inzwischen einiges über Max wussten. Wenn sie ihn nicht zum Reden kriegten, würde er sein Geheimnis irgendwann mit ins Grab nehmen. Sie legte ihre Hand auf Wolkenherz' Hals, aber der Hengst beachtete sie gar nicht mehr. Er hatte nur Augen für Max, der jetzt draußen im Hof stehen geblieben war und seiner aufgeregt mit den Armen wedelnden Enkelin zuhörte.

»Also gut«, murmelte Jola und verließ ebenfalls die Box. »Viel Glück, ihr zwei!«

Sie lief durch die hintere Stalltür und schloss den Riegel sorgfältig. Dann suchte sie fieberhaft den Boden ab, aber auf dem Paddock fand sie nichts, womit sie ihn zuklemmen konnte. Also durch den Zaun und ab zu den Obstbäumen, wo genügend Zweige auf dem Boden lagen. Als sie endlich einen gefunden hatte, der stabil genug aussah, betrat Katie eben mit ihrem Großvater den Stall. Schnell duckte sie sich unter den Zaun, rannte zum Stalltor und schob den Stecken so in den Riegel, dass er sich von innen nicht mehr bewegen ließ. Dann stellte sie sich in den Durchgang und wartete, bis Katie aus dem großen Stalltor gehuscht kam.

»Und?«, flüsterte sie und ging zu ihr.

»Psst!« Katie legte einen Finger an die Lippen. Sie klinkte ein Führseil aus dem Haken am Anbinder, wickelte es um den Riegel und knotete es zusammen. »Er wird sich gleich fragen, wo ich bin«, flüsterte sie.

Ein Wiehern erklang, laut und durchdringend. Für einen Moment blieb alles still. Dann hörten sie die Stimme von Katies Großvater, verzerrt, fast ängstlich: »Katie? Katie, wo bist du?«

»Nicht bewegen«, wisperte Katie und duckte sich, dabei konnte man sie von drinnen ja sowieso nicht sehen.

Etwas polterte gegen das Tor, und sie hörten, wie am Riegel gerüttelt wurde. Als sich nichts tat, hämmerte Opa Max von innen dagegen. »Katie! Bist du da? Katie, KATIE!«

Er klingt panisch, dachte Jola.

Aber warum? Wolkenherz würde ihn doch nicht angreifen oder ihn irgendwie verletzen, das machte keinen Sinn … außerdem kannte Max sich mit Pferden aus, er hatte keine Angst vor ihnen.

»Los, komm!« Katie packte sie am Arm, und sie liefen zurück

in den Durchgang und weiter zur Rückseite des Stalls, wo sie sich durch den Zaun auf den Paddock schlichen und ihre Ohren ans hintere Tor pressen konnten. Wieder hörte Jola ein Wiehern, aber viel leiser diesmal. Opa Max jedenfalls hatte dieselbe Idee gehabt wie sie, denn er rüttelte jetzt an diesem Tor, das sich aber ebenfalls nicht öffnen ließ.

»Katie«, schrie er wieder. »Katie, was soll das? Katie!«

»Hör doch auf herumzurufen«, flüsterte Katie mit großen Augen. »Mensch, er tut so, als wäre Wolkenherz gar nicht da!«

Jola drückte ihr Ohr so fest gegen das Tor, bis es schmerzte. Sie hörte Hufgetrappel. Wolkenherz, er lief durch den Stall – offenbar folgte er Max! Dann wieder sein leises Wiehern, dünn diesmal, fast verzweifelt. Und schließlich Max, der wieder ans vordere Stalltor klopfte und lauthals nach Katie rief.

»Es hat keinen Sinn«, flüsterte Jola. »Er ignoriert ihn ja total.«

»Warten wir mal ab, bis er sich beruhigt hat«, wisperte Katie.

Aber Max beruhigte sich nicht. Er schrie jetzt und hämmerte wie wild gegen das Tor. Jola versuchte, am Geräusch der Hufe festzustellen, wo Wolkenherz gerade war – da hörte das panische Klopfen plötzlich auf und alle Geräusche im Stall verstummten.

Katie nahm das Ohr von der Tür und schaute Jola an. Was passierte jetzt? Funktionierte ihr Plan etwa doch?

Auf einmal eine neue Stimme. Und als diesmal »Katie?« durch den Stall drang, zuckten sie beide zusammen.

»Oh Scheiße«, krächzte Katie. »Das ist Mama!«

Sie standen wie erstarrt auf ihrem Posten. Aber es gab ja doch keinen anderen Weg. Jola hob die Hand, zog den Zweig aus der Verriegelung und Katie stieß langsam das Tor auf.

Im Stall war es duster. Staubwölkchen tanzten in den Lichtklecksen vor den Fenstern und eine Schwalbenmutter sirrte über ihren Köpfen davon.

Wolkenherz stand in Keiras verschlossener Box und stampfte mit den Hufen. Er warf den Kopf herum und versuchte irgendwie, aus seinem Gefängnis zu entkommen. Jola biss sich auf die Lippe, als sie Opa Max draußen entdeckte. Er hatte beide Hände auf den Anbinder gestützt und zitterte am ganzen Leib. Vor ihm stand Helen und strich ihm sanft über den Arm. Als sie Katie und Jola entdeckte, wurde ihr Gesicht rot wie eine Mohnblume.

»Was fällt euch ein, meinen Vater in den Stall zu sperren?«, polterte sie los. »Katie! Erklär mir das!«

»Ich …« Katie zog die Schultern hoch. »Das war keine Absicht, Mama, wir haben nur …«

»Keine Absicht?« Helen brüllte fast. Sie hob den Strick auf, den Katie um den Riegel gewickelt hatte. »Der Hengst lief frei im Stall herum. Er hätte in Panik geraten und Opa verletzten können. Ich will jetzt eine plausible Erklärung von euch hören, und zwar sofort!«

Katie und Jola sahen sich an. Es gab nur eine Erklärung, die Sinn ergab – die Wahrheit. Aber wie sollten sie Helen klarmachen, dass sie ein Geisterpferd im Stall hatte?

Gar nicht, dachte Jola. Oder zumindest nicht Helen.

Aber sie mussten es Max sagen, damit er verstand, das mussten sie wenigstens versuchen!

»Wolkenherz ist kein gewöhnliches Pferd«, begann Jola stockend. Ihre Stimme zitterte, doch sie redete einfach weiter. »Er hätte ihm nie was getan. Er … er mag ihn, weil … weil sie vom selben Ort kommen und weil … Wolkenherz ihn kennt.«

Etwas sehr Seltsames geschah. Opa Max hob den Kopf. Seine

Augen flackerten zum Stall, zu dem Fenster, hinter dem Wolkenherz verzweifelt auf und ab lief. Und dann flüsterte er etwas. Nur ein Wort. Niemand sonst schien es zu bemerken, bloß Jola – und als Helen ihren Vater anschaute, war sein Gesicht bereits wieder zu einer Maske erstarrt.

»Was redest du da?« Helen schüttelte unwirsch den Kopf. »Deshalb sperrt ihr einen alten Mann im Stall ein? Weil ihr glaubt, dass sie sich kennen?«

Katie verdrehte die Augen. »Wir waren doch die ganze Zeit hier, wir sind nur kurz … Wegen dem Schulprojekt … Ach, Mann, Opa, du wolltest ja nie mit uns reden, also haben wir uns gedacht, wenn wir hier …«

»Das geht mir jetzt echt zu weit.« Helens Miene verdüsterte sich. »Meinen Vater in den Stall sperren, damit er euch irgendwas erzählt, worüber er nicht sprechen will – ja, schämt ihr euch denn gar nicht? Was fällt euch eigentlich ein? Habt ihr vergessen, was im Winter los war?«

»Er war doch nur im Stall«, rief Katie. »Für ein paar Minuten! Warum ist das so ein Drama?«

Helen starrte sie an. »Wenn du das nicht verstehst, wirst du darüber nachdenken müssen. Am besten beim Ginstercup. Du kannst dir deine Teilnahme abschminken, Katie.«

»Was?«, kreischte Katie. »Das kannst du nicht machen!«

»Ach ja?« Helen legte die Arme um ihren Vater. »Schau ihn dir an! Er zittert am ganzen Leib. Du verhältst dich unverantwortlich und kindisch und deshalb wirst du nicht beim Ginstercup mitreiten.«

Jola biss sich auf die Lippe. So sauer hatte sie Helen noch nie erlebt. Katie stand da wie ein Häufchen Elend und Helen drehte sich einfach um und führte ihren Vater zum Haus zurück. Entschlossen machte sie zwei Schritte nach vorn, bis sie neben Katie stand.

»Helen?«

Helen blieb stehen, wandte aber nur den Kopf zu ihr um. Ihre Augen waren dunkel vor Wut.

Jola straffte sich. Eigentlich hatte sie mit Helen heute ein anderes Gespräch führen wollen. Darüber durfte sie jetzt gar nicht nachdenken. Sie versuchte, ihre Stimme fest klingen zu lassen. »Dann reite ich auch nicht mit. Beim Ginstercup.«

Helen öffnete ihren Mund, aber dann sagte sie doch nichts. Sie nickte einmal, drehte sich um und ging mit Opa Max davon.

»Das war unnötig«, murmelte Katie. »Dir hätte sie es nicht verboten. Du bist ja nicht ihre missratene Tochter.«

»Das wäre aber ganz schön mies von mir.« Jola legte den Arm um Katies Schulter. »Komm, wir müssen Wolkenherz befreien. Und ihm erklären, dass er nix falsch gemacht hat.«

Explosionsgefahr

Drei Tage lang redeten Katie und Helen so gut wie gar nicht miteinander. Katie pickte stumm auf ihrem Teller herum und aß lieber später heimlich ein Butterbrot oder Müsli, Hauptsache, sie konnte, so schnell es ging, vom Familientisch verschwinden. Auch Anna war wortkarg und in Gedanken ganz woanders, und da Helen nicht wusste, warum sie sich so verhielt, und Anna auch nichts erklärte, machte das die Stimmung im Hause Weber noch angespannter. Opa Max ließ sich zu den Mahlzeiten entschuldigen, weil er sich angeblich nicht gut fühlte – für Helen nur eine weitere Bestätigung, dass ihre Strafe gerechtfertigt war.

Stefan hatte seinen Kundentermin in Warendorf auf Samstag vorverlegt und dementsprechend viel Arbeit, um seine Sättel und Lederarbeiten fertig zu bekommen. Zu allem Übel gab auch noch der Geschirrspüler den Geist auf, und Billy zog sich einen Hufabszess zu, der zwei Tage lang gespült und mit Tonerde behandelt werden musste.

»Ich verschwinde mit Keira in den Wald«, sagte Katie am Nachmittag, nachdem sie Billy wieder auf einen abgesteckten Teil des Paddocks entlassen hatten. »Kommst du mit?«

Jola schüttelte den Kopf. »Geht nicht. Ich hab gleich Reitstunde bei Niko.«

»Ach so.« Katie raffte ihre Locken zusammen und stülpte sich den Helm auf den Kopf.

Sie machte ein so trauriges Gesicht, dass Jola ihr spontan um den Hals fiel und sie fest an sich drückte.

»Tut mir so leid«, murmelte sie. »Alles!«

»War ja meine blöde Idee.« Katie lächelte gequält. »Wenn sie nur wenigstens was gebracht hätte!«

Nachdenklich biss Jola sich auf die Lippe. »Du, Katie – das war ganz komisch. Als ich ihm gesagt habe, dass Wolkenherz ihn kennt, da hat er zum Stall geschaut und etwas geflüstert. Irgendwas ist da mit ihm passiert.«

»Meinst du echt?« Katie legte den Kopf schräg. »Aber warum hat er dann nichts gesagt? Warum redet er nicht, verdammt?«

»Weil ...« Jola überlegte. Es war nur ein Gedanke, ein Gefühl – aber es ergab Sinn, mehr als alles andere. »Weil er keine Erklärung dafür hat. Er sieht ein weißes Pferd und sein Anblick reißt alte Wunden auf. Vielleicht geht es um den Krieg oder seine Eltern, die er verloren hat, oder auch um sein Leben mit den Pferden – und jetzt ist dieses Pferd, das ihn an all das erinnert, plötzlich wieder da. Er muss doch glauben, er spinnt! Wir haben ihm nie erzählt, dass Wolkenherz ein Geist ist.«

»Du weißt doch, wie Erwachsene sind. Die glauben nicht an Geister.«

»Aber Max schon«, behauptete Jola. »Ich habe es in seinen Augen gesehen, in seinem Blick – er hatte diese Möglichkeit einfach nie in Betracht gezogen! Vielleicht müssen wir es ihm nur sagen. Vielleicht ...«

»Ja, vielleicht.« Katie schnappte sich ein Halfter vom Haken und schüttelte den behelmten Kopf. »Vielleicht kriegen wir dann aber noch mehr Ärger. Weißt du, was? Ich hab die Nase voll davon. Der Ginstercup ist mein Highlight des Jahres und jetzt darf ich nicht mitreiten! Mir reicht's. Ich muss jetzt erst mal mit mir selbst klarkommen.«

Jola schaute ihr nach, wie sie im Stall verschwand. Es war alles schiefgelaufen – einfach alles! Mit Max waren sie in einer Sackgasse gelandet und die Suche nach Wolkenherz hatte sie auch noch keinen Schritt weitergebracht. So langsam fiel ihr nichts mehr ein, was sie noch tun könnten. Und dabei war sie so sicher gewesen, dass Max das Rätsel für sie lösen würde! Jetzt hatten sie gar nichts. Und beim Turnier mitreiten konnte sie auch nicht mehr. Missmutig kickte sie Kieselsteinchen herum und sah zu, wie ein glänzender Audi-Geländewagen auf den Hof gefahren kam und Julia und Milla daraus ausstiegen.

»Scheiße gelaufen, was?« Ein Arm landete auf ihrer Schulter und Jola schaute hoch. Niko legte den Kopf schief und sah sie mitleidig an. »Erst zofft ihr euch mit Helen und jetzt ist auch noch Billy verletzt. Du ziehst das Pech ja geradezu an, Jola.«

»Tja.« Jola versuchte ein Lächeln, aber es klappte nicht so richtig. »Jetzt musst du aber gewinnen. Die ganze Konkurrenz ist ausgeschaltet.«

Niko ließ seinen Arm sinken und seufzte. »Na los, mittrainieren kannst du trotzdem. Das schadet nicht. Ich bin sogar nett und lass dir heute freie Pferdewahl, na, was sagst du?«

Das war nicht schwer. »Wolkenherz«, murmelte sie, ohne daran zu glauben, ihn wirklich reiten zu dürfen.

Niko verdrehte die Augen. Aber dann lächelte er. »In Ordnung. Ich bin heute extrem nett und sage Ja.«

Jola schaute zu ihm hoch. »Was, ernsthaft?«

»Ja! Und jetzt lauf und hol ihn dir, bevor ich es mir anders überlege.«

Jola ließ Wolkenherz in den Stall laufen und putzte und sattelte ihn gleich dort. Inzwischen waren ihr die Handgriffe bei dem Hengst so vertraut, dass sie ihn blind reitfertig machen konnte – den Gurt nur locker zu, das genügte, die Bügel in das achte Loch, die Schnalle am Nasenriemen in das zweite. Als sie fertig war und raus unter den Wolkenhimmel trat, ritt Katie eben vom Hof. Sie drehte sich noch mal um, als sie Jola entdeckte.

»Übrigens, die von Equira haben geschrieben. Die Datenbank von denen startet erst 2005 – da können wir gar nichts finden! Sie meinen, wir sollen mal bei der FN nachfragen. Die haben eine Bibliothek mit Jahrbüchern aus den Fünfzigern.«

Milla machte große Augen, als sie Jola mit Wolkenherz aus dem Stall kommen sah. Sie stieß Julia an und die beiden tuschelten miteinander.

»Warum darf sie Wolkenherz reiten?«, wollte Julia prompt wissen.

»Weil Billy ein Hufgeschwür hat und mindestens für die nächsten zwei Wochen ausfällt.«

»Also auch für das Turnier?«, fragte Milla mit großen Augen, und Jola hielt vor Spannung die Luft an.

»Jap!« Niko winkte sie mit sich und lief voran, den Weg zum Reitplatz hoch. »Der arme Kerl hat sich wahrscheinlich was in den Huf getreten.«

»Ja, aber warum darf sie ihn jetzt reiten?« Milla ließ Miley antraben und schloss zu Niko auf. »Du hast doch gesagt, keine Reitschüler.«

Niko grinste nur. »He, Milla – bist du eifersüchtig?«

»Ich frage ja nur!«

»Tja«, meinte Niko und zwinkerte Jola zu. »Schauen wir doch

mal, wie gut Jola mit ihm klarkommt, nachdem sie so große Töne gespuckt hat.«

Sie ritten auf dem überdachten Reitplatz, wo schon ein kleiner Parcours aufgebaut stand. Jolas Herz machte einen Hüpfer, als sie die bunten Hindernisse sah – oh, wie gern würde sie doch bei dem Turnier mitmachen! Aber wenigstens durfte sie heute Wolkenherz reiten, wenn auch nur eine Stunde. Denn davon, dass sie gar keine Teilnehmerin mehr war, hatte Niko Milla nichts gesagt – vielleicht wollte er sie auch nur ärgern.

»Hab ich ein Glück, was?« Jola streichelte den weiß schimmernden Hals und zog den Sattelgurt nach, vorsichtig, Loch um Loch. Wolkenherz hatte einen gut ausgeprägten Widerrist, man musste ihn gar nicht so einschnüren, der Sattel hielt auch so bombenfest.

»Das ist total unfair«, beschwerte sich Milla bei Julia. »Ich reite viel länger und besser als Jola, mir steht Wolkenherz zu! Sie reitet doch erst seit ein paar Monaten. Wie kann das sein? Wieso darf sie ihn jetzt auf einmal haben?«

Jola beschloss, das Gerede und die anderen Mädchen für die nächste Stunde einfach auszublenden. Wolkenherz stand wohlerzogen still, als sie sich in den Sattel hinaufzog, und sobald sie auf seinem Rücken saß, strömte das bekannte Gefühl auf sie ein. Eine Hand, die ihren Rücken hielt, ein Arm, der sie gerade rückte und die Zügel in ihre Finger flocht. Sie lächelte.

Mama, dachte sie. Es ist so schön, dir nah zu sein.

»Reitet euch zuerst einmal warm!« Niko ging ebenfalls nicht auf das Getuschel ein. Er ließ sie eine Abteilung bilden, und Milla durfte sie anführen, aber ihre Lippen blieben fest zusammengepresst und ihre Miene verschlossen.

Jola spürte, dass Wolkenherz nicht bei der Sache war. Etwas

bedrückte ihn – oder wurde er sogar krank? Seine Galoppade war nicht so schwungvoll heute. Er überflog die Hürden nicht, er übersprang sie nur. Und er ließ den Kopf hängen, wann immer sie mit ihm in einer Ecke warten musste, während eine andere an der Reihe war.

Auch die Bilder waren nicht so kraftvoll wie sonst. Vorsichtig strich sie über seinen Hals, ließ ihre Hand unter seiner Mähne ruhen.

»Ach, Wolkenherz«, flüsterte sie ihm zu. »Eigentlich weiß ich es doch! Du bist frustriert, weil er dich nicht erkennt. Als wärst du immer noch unsichtbar. Was sollen wir nur tun, damit er dich endlich wahrnimmt?«

»Jola, Wolkenherz – träumt ihr?«

Jola fuhr zusammen. Niko grinste sie an und deutete mit übertriebener Theatralik auf die Hindernisse.

»Eure Bühne«, rief er und trat ein paar Schritte zurück.

Wolkenherz hob den Kopf. Ein Beben lief durch seinen Körper. Auf einmal sah Jola einen Springplatz vor sich, riesengroß, mit einer Mauer in der Mitte – und genau darauf steuerte sie zu! Ob sie es wagen würde hinüberzuspringen?

Das Bild verwischte und sie drückte ihre Beine an Wolkenherz' Bauch. Wo lang noch mal? Links. Das Kreuz zuerst. Kein Problem für sie, der Sprung stand perfekt. Jetzt Steil, dann die Kombi und zum Schluss … wo war die Mauer?

Verwirrt sah sie sich um. Keine Mauer! Dafür stand der Oxer genau auf ihrem Weg, oje, aber sie waren viel zu dicht dran, schafften sie das jetzt noch? Wolkenherz machte einen Stolperschritt und sprang, und Jola hatte hinterher keine Ahnung, wie sie auf seinem Rücken geblieben war. Gefühlt hatte sie sich wie ein Katapult. Aber Wolkenherz schnaubte, und sie ließ seine Zügel locker und ritt auf Niko zu, der sie nur anstarrte.

»Hab ich was falsch gemacht?«

»Nein.« Niko fuhr sich mit beiden Händen durch die Haare. »Eh, Leute, habt ihr das gesehen?«, rief er laut in die Runde. »Ich weiß, der letzte Sprung war nicht perfekt. Aber habt ihr gesehen, wie die beiden zusammengearbeitet haben? Wie Jola in der Bewegung geblieben ist, weil sie genau gespürt hat, was Wolkenherz tut? Hammer, Jola!«

Die anderen guckten sie aus großen Augen an. Nur Millas Kopf war so rot wie eine Erdbeere.

»Das ist unfair«, beschwerte sie sich. »Mit einem Pferd wie Wolkenherz gewinnt sie bestimmt! Warum darf sie ihn reiten und wir nicht?«

»Weil Jolas Pferd verletzt ist und deines nicht.« Niko runzelte die Stirn. »Hast du Angst vor ein bisschen Konkurrenz, Milla?«

»Pah! Ich reite viel besser als sie«, maulte Milla weiter. »Du hast gesagt, er wird nicht von Reitschülern geritten. Und jetzt gibst du ihn Jola! Ich habe überhaupt keine Lust mehr auf dieses blöde Turnier.«

Niko kam zu Jola und strich Wolkenherz über den Hals. »Lass dich nicht ärgern. Das war spitze. Ihr zwei seid ein super Team!«

Jolas Herz machte einen Freudenhüpfer. »Danke«, sagte sie nur und biss sich auf die Lippe. Nein, sie würde jetzt nicht traurig werden.

Es ist nicht schlimm, sagte sie sich, immer wieder. Nicht schlimm, überhaupt nicht schlimm. Es wird noch mehr Turniere geben. Auch für mich.

Am nächsten Tag kam Jola zum Mittagessen in die Weber-Küche und merkte, wie ihr Magen vor Hunger stöhnte, als sie den Kaiserschmarrn und das frische Apfelmus roch. Helen stand am Herd und kehrte ihr den Rücken zu, aber sie hörte wohl ihre Schritte, denn sie sagte mit scharfer Stimme:

»Setz dich hin. Wir müssen reden.«

Jola ließ sich vorsichtig auf einen Stuhl sinken. Was kam denn jetzt? Hoffentlich war nichts mit Max passiert! Aber nein, dann wäre Helen traurig oder verzweifelt. Ihre Stimme hatte aber eher sauer geklungen. Stumm wartete sie ab.

»Ich habe heute einen Brief gekriegt«, fuhr Helen fort und rührte heftig durch die Pfanne. »Von deinem Lehrer! Du stehst in zwei Fächern auf Fünf, was das heißt, kannst du dir ja denken!« Sie drehte sich um und einen Moment starrte sie Jola verwirrt an.

»Du hast gedacht, ich bin Katie, oder?« Jola machte sich so klein wie möglich. »Ich … sorry. Ich geh dann mal.«

»Nein«, seufzte Helen müde. »Bleib. Gibt gleich Essen.«

Anna kam herein und tippte auf ihrem Handy herum. Sie legte es auch nicht weg, als ihre Mutter Pfanne und Schüssel auf den Tisch stellte.

»Anna!«

Aber Anna reagierte nicht. Sie schüttelte nur den Kopf. Helen stemmte die Hände in die Hüften, aber da sprang Anna auf und stürmte aus der Küche. Im Türrahmen stieß sie beinah mit Stefan zusammen.

»Anna, was …?«

»Ich gebe es auf«, rief Helen laut. »Hier macht anscheinend jeder, was er will!«

Jola beäugte den Kaiserschmarrn, der so herrlich duftete. Fehlte da nicht Puderzucker obendrauf? Oh, ihr Magen knurrte richtig. Sie hätte sich am liebsten die erste Portion genommen, wagte es aber nicht, solange Katie nicht hier war und Helen wie ein Raubtier hin und her tigerte.

»Was ist denn los?«, wollte Stefan wissen und streckte die Hand nach ihr aus.

Helen blieb stehen. »Der Sponsor ist abgesprungen, das ist los! Wir können den Ginstercup absagen!«

»Warum?«, fragten Stefan und Jola gleichzeitig.

»Was weiß ich«, knurrte Helen. »Fadenscheinige Ausreden, angeblich passen wir nicht mehr ins Budget für das Quartal. Die Getränke sind natürlich alle bestellt, da kommen wir nicht mehr raus. Das ist doch unfassbar! So kurz vor dem Turnier, wie soll ich jetzt noch einen anderen Sponsor auftreiben?«

»Dann muss es eben so gehen. Ohne Sponsor.«

Helen schüttelte den Kopf. »Unmöglich, Stefan. Ich habe das auch schon durchgerechnet. Es reicht vorn und hinten nicht!«

Jola merkte, wie ihr warm wurde. Der Sponsor – war das nicht Millas Vater? Oh nein, dann war sie schuld an dem Schlamassel! Bestimmt hatte Milla ihrem Vater nach der letzten Reitstunde was vorgeheult, weil Jola Wolkenherz reiten durfte und nicht sie. Wenn Helen das erfuhr, würde sie vermutlich platzen.

Stefan ließ sich auf einen freien Stuhl plumpsen und streckte die Hand nach dem Löffel aus, der in dem Kaiserschmarrn-Haufen steckte. Aber genau in dem Moment schlurfte Katie herein, und Helen schoss zu ihr herum, plötzlich ein Stück Papier in der Hand.

»Katie! Dein Lehrer schickt mir deinen Notenspiegel. Kannst du dir denken, warum?«

»Oh, oh«, flüsterte Stefan und stand auf. »Das könnte länger dauern!«

Jola warf einen letzten sehnsüchtigen Blick auf den Kaiserschmarrn, der jetzt bestimmt schon kalt war. Sie folgte Stefan auf den Flur, damit Helen ungestört mit Katie schimpfen konnte.

»Keine gute Stimmung gerade«, murmelte Stefan vor sich hin. Er ging zum Telefon, hob es aus der Station und suchte nach einer Nummer. »Jola, tu mir einen Gefallen und lass mich kurz telefonieren.«

Jola verließ den Flur und hockte sich auf die Treppe. Mit einem Ohr lauschte sie auf die Küche, wo Helen lautstark mit Katie herumstritt. Sie war sauer wegen dem Sponsor – und wahrscheinlich wegen Annas Verhalten. Und Katie bekam es jetzt voll ab. Den Kaiserschmarrn konnte sie sich abschminken, der schmeckte heute sowieso keinem mehr.

Stefan beendete sein Telefonat, schlurfte zu Jola und hockte sich zu ihr auf die Treppe.

»Es kommt immer alles zusammen. Das ist irgend so ein fieses Urgesetz.«

»Fährst du weg?«, fragte Jola.

»Ja, morgen. Nach Warendorf.«

Die Pferdestadt, hatte Katie gesagt. Was war noch mal in Warendorf? Richtig, die FN. Die Deutsche Reiterliche Vereinigung. Etwas klingelte da bei ihr. Genau – Katie hatte doch davon geredet, gestern erst! Eine Bibliothek mit Jahrbüchern aus den Fünfzigern. Turnierergebnisse. Und vielleicht eine Spur?

»Kann ich mit?«, fragte sie Katies Vater.

Stefan blinzelte überrascht. »Ja, warum nicht? Es wäre nett, Gesellschaft zu haben.«

Flüsterstaub

Sie brachen früh auf, so früh, dass Helen ihnen Frühstück in Tupperboxen mitgab. Im Schlafanzug stand sie in der Tür und hielt Minnie am Halsband fest, damit sie nicht mit ins Auto sprang.

»Fahrt vorsichtig«, sagte sie und küsste Stefan zum Abschied auf den Mund.

»Und ihr vertragt euch«, murmelte Stefan und umarmte sie fest. »Katie ist so ein tolles Mädchen.«

Das Zebraauto rumpelte vom Hof und Jola gähnte. Sie hatte nicht viel geschlafen letzte Nacht. Immer wieder war sie zur Tür gelaufen, kurz davor, bei Opa Max zu klopfen. Wenn sie ihm erzählte, dass Wolkenherz als Geist zurückgekommen war, vielleicht redete er dann? Würde er sein Geheimnis preisgeben? Aber nebenan war alles still geblieben, still und dunkel. Und dann hatte sie sich nicht getraut, zu ihm zu gehen, nicht nach dieser letzten, superdummen Aktion von Katie und ihr.

Von Katie hatte sie an dem Tag auch nichts mehr gesehen. Die war auf ihr Zimmer geschickt worden, um zu lernen. Herr Ernst hatte natürlich nichts von dem Referat geschrieben, an dem Katie und sie arbeiteten. Oder vielleicht traute er Katie auch gar nicht zu, dass sie an ihrer Note etwas ändern wollte.

Ich muss das gut hinkriegen, beschloss Jola. Gut genug für uns beide.

»Woran denkst du?«, riss Stefan sie aus ihren Grübeleien.

»Schule«, gab Jola zu. Und dann erzählte sie Stefan alles. Von den Pferden, die über den Schulhof gerannt waren. Wie sauer der Ernst geworden war und dass sie ihre Arbeit abgeben mussten, obwohl sie kaum damit angefangen hatten. Von der schlechten Note. Und von dem freiwilligen Referat über die Trakehner Pferde, die zu Tausenden in einem Krieg verloren gegangen waren.

»Wow«, machte Stefan, als sie fertig geredet hatte. »Eine tolle Idee, dieses Referat. Wenn ihr euch wirklich dafür interessiert, wird es auch gut werden. Leidenschaft war schon immer der beste Lehrmeister.«

Jola lehnte sich im Sitz zurück und sah hinaus. Vor dem Fenster zogen endlose Fotovoltaik-Felder vorbei. Seit wann gab es denn so viele von diesen Dingern? Überall sah man die jetzt. Sie veränderten die ganze Landschaft. Bis man irgendwann vergessen hatte, wie es ohne sie ausgesehen hatte.

Sie schloss die Augen. Natürlich hatte Max weitergelebt und die neuen Menschen in seinem Leben waren an die erste Stelle gerückt. Aber Wolkenherz war nie vergessen worden, sonst wäre er nicht mehr hier gewesen.

Veränderungen sind gut, dachte sie, aber die Vergangenheit bleibt trotzdem für immer ein Teil von uns.

Stefan legte ein Hörspiel ein, einen bayerischen Krimi mit unterschiedlichen Sprechern, aber Jola verstand nur jedes dritte Wort. Vor Würzburg wechselten sie auf die A7, und Stefan konnte etwas schneller fahren, weil hier weniger Verkehr herrschte. Nach einer Weile fielen Jola die Augen zu, und als sie wieder aufwachte, zeigte das Navi nur noch dreißig Kilometer bis Warendorf an.

»Hast du Hunger?« Stefan streckte ihr die Tupperbox hin, die Helen ihnen mitgegeben hatte. »Salamibrote und Apfelschnecken. Du kannst auch kalten Kaiserschmarrn haben, der ist in der anderen Dose.«

Jola aß eine Apfelschnecke und löffelte den Rest des Kaiserschmarrn in sich hinein. Nein, heute schmeckte er nicht halb so gut wie frisch duftend und mit Puderzucker bestäubt am Esstisch der Webers. Aber gestern hatte die explosive Stimmung jeden Geschmacksnerv betäubt. Während sie kaute, überlegte sie, was sie gleich tun würde. So genau hatte sie darüber nicht nachgedacht. Sie würde diese Bibliothek schon finden, so groß konnte das ja nicht sein.

Stefan fuhr langsamer, als sie in den Ort kamen. Auf einmal sah man überall Pferde und Reiter in Gruppen am Straßenrand, beim Training auf dem Platz oder beim Ausreiten zwischen den weitläufigen Wiesen. Keine Ponys, richtige Sportpferde mit kräftigen Hälsen und Bandagen an den Fesselgelenken.

An einem riesigen Springparcours, wo gerade zwei Füchse trainierten, bogen sie ab und fuhren zwischen den Stallungen entlang. Jede der Boxen besaß ein Fenster, und bei manchen stand es offen, sodass die Pferde darin hinaussehen konnten. Es sah alles extrem gepflegt und sauber aus, edel und exklusiv. Hier standen bestimmt superteure Turnierpferde!

Stefan parkte und stieg aus und Jola folgte ihm. Sie hätte gern mehr gesehen, vor allem von den Pferden, aber bestimmt durfte man hier nicht einfach in den Stall reingehen, und außerdem war sie ja gekommen, um nach der Bibliothek zu suchen!

Eine Frau kam auf sie zugelaufen und reichte erst ihr und dann Stefan freundschaftlich die Hand. »Herr Weber, ach, wie schön. Wir warten schon sehnsüchtig!«

Eine ganze Weile redeten sie über die Fahrt hierher, das tolle

Frühlingswetter und Stefans Arbeit als Sattler. Dann wollte die Frau die Sättel sehen, und Jola merkte, dass sie unsichtbar wurde. Schnell schob sie sich vor.

»Entschuldigung, könnten Sie mir sagen, wo ich die Bibliothek finde?«

Erstaunt sah die Frau sie an. »Ja, natürlich – gleich den Weg entlang zu dem großen Gebäude, das du dort sehen kannst. Dadrin befindet sich unsere Bibliothek.« Sie lächelte entschuldigend. »Aber am Samstag ist sie geschlossen. Tut mir leid.«

»Was?« Enttäuscht schaute Jola in die angegebene Richtung. Sie wollte gerade fragen, ob die Frau nicht vielleicht einen Schlüssel besaß und sie nur ganz kurz hineinlassen konnte, aber Stefan hatte inzwischen den Kofferraum geöffnet und holte den ersten Sattel heraus.

Die Frau flog förmlich herum. »Oh, wie wunderbar! Ja, genau so habe ich mir das vorgestellt! Können wir ihn gleich testen? Ich kann es wirklich kaum abwarten, ihn auf dem Pferd zu sehen!«

Was nun? Jola sah den beiden hinterher. Stefan hätte bestimmt nichts dagegen gehabt, wenn sie sich ihm angeschlossen hätte. So würde sie doch noch den Stall und die Pferde sehen können. Aber deswegen war sie ja nicht hergekommen!

Eine Weile stand sie unschlüssig neben dem Zebraauto herum. Zwei Reiter kamen und brachten ihre Pferde in den Stall, aber auch die nahmen keine Notiz von ihr. Ohne Pferd schien man hier niemand zu sein. Unsichtbar. Hm. Das konnte allerdings auch wieder ein Vorteil sein!

Jola schlenderte los. Zuerst ging sie an dem Stall vorbei, wo ein schöner Dunkelfuchs seinen Kopf aus dem Fenster streckte. Sie hielt ihm vorsichtig die Hand hin, und er schnupperte daran, ganz sanft und lieb. Ein tolles Pferd! Riesig. Aber nicht halb so schön wie Wolkenherz.

Der Gedanke an ihn trieb sie weiter. Sie lief den Weg entlang, den die Frau ihr gezeigt hatte, bis zu dem großen Gebäude, an dem sogar ein Schild stand. Hier war sie richtig! Leider standen da auch die Öffnungszeiten drauf. Samstags geschlossen. Mann, wie dämlich! Warum hatte sie da nicht eher dran gedacht? Vorsorglich rüttelte sie an der Türklinke, aber es tat sich nichts. Dann klopfte sie – konnte ja immerhin sein, dass dort jemand arbeitete, der sie hineinließ! Aber niemand öffnete, und auch sonst war niemand zu sehen, den sie fragen konnte.

So ein Mist! Und jetzt? Warten, bis Stefan fertig war, unverrichteter Dinge zurückfahren? Kam ja überhaupt nicht infrage. Sie umrundete das Gebäude zu Fuß. Vielleicht fand sie ja auf der anderen Seite einen Menschen mit einem Schlüssel. Als sie um die Kurve bog, konnte sie durch ein Fenster lange Regalreihen erkennen, in denen unzählige Bücher standen. Sie stellte sich auf die Zehenspitzen und drückte ihre Nase gegen die Scheibe. »Jahrbuch Zucht und Sport« stand auf einem Buchrücken – das Jahr konnte sie von hier aus nicht erkennen. Die Bibliothek hatte sie schon mal gefunden!

Leider kam sie nicht hinein. Am besten ging sie zurück und wartete auf die Frau, die mit Stefan abgezogen war. Wenn die Sättel passten, war sie bestimmt zugänglich und würde ihr helfen.

Jola wollte eben wieder umdrehen, als sie in einer Nische ein gekipptes Fenster entdeckte. Es war kleiner als die anderen und blind getrübt – möglicherweise gehörte es ja zu einer Toilette. Sie blieb stehen. Schaute sich nach allen Seiten um. Das konnte sie doch nicht machen! Wenn sie erwischt wurde, konnte Stefan mit seinen Sätteln wieder nach Hause fahren! Aber niemand war zu sehen, weit und breit keine Menschenseele. Hinter ihr lag ein ewig langer Reitplatz, versteckt hinter ein paar Sträuchern, aber gerade trainierte kein Pferd darauf.

Sie streckte die Hand aus. Das Fenster ruckte. Es ließ sich bewegen – anscheinend war der Griff nicht richtig nach oben gestellt! Sie drückte noch einmal dagegen und das Fenster sprang nach innen auf. Das war ja fast zu einfach. Jolas Herz klopfte wie wild. Sollte sie das echt wagen? Einbrechen, in die Bibliothek der Deutschen Reiterlichen Vereinigung? Sie atmete tief ein und wieder aus. Schaute noch einmal um sich. Und dann ließ sie einfach ihren Bauch entscheiden, holte Schwung und hievte sich bäuchlings auf das Fenstersims.

Sie hatte recht gehabt – das Fenster gehörte tatsächlich zu einem Klo. Besser gesagt war es ein Pissoir, sie war nämlich in der Männertoilette gelandet. Sie schob das Fenster wieder zu und schlich dann auf den Gang hinaus. Ihre Finger zitterten, als sie die Tür zur Bibliothek gefunden hatte, aber sie sagte sich immer wieder, dass sie ja nichts stehlen würde – nur eine Information. Die sie, mal so nebenbei, sowieso bekommen hätte, wenn sie an einem anderen Tag hergekommen wäre.

Die Tür zum Bibliotheksraum war zum Glück nicht abgeschlossen. Jola atmete erleichtert auf. Die vielen Buchreihen schluckten das Tageslicht, also streckte sie ihre Hand nach dem Lichtschalter aus – hielt aber im letzten Moment inne. Oh Mann, sie gab ja einen höllisch miesen Einbrecher ab! Erst mal Licht anknipsen. Sie kicherte, wurde aber gleich wieder ernst. Keine Fehler machen jetzt! Und geduckt bewegen, damit man sie von draußen nicht sehen konnte.

Leider war nun auch niemand hier, den sie nach den gesuchten Jahrbüchern fragen konnte, und so schaute sie ziemlich hilflos auf die endlosen, dicht bestückten Regale. Dann fiel ihr auf, dass am Mittelgang Jahreszahlen auf die Innenseite geklebt waren. Okay, das half doch schon mal weiter! Jetzt müsste sie nur die richtigen Jahre wissen, aber das war gar nicht so einfach. Kurzerhand setzte sie sich zwischen die Regale auf den Boden, schloss die Augen und begann zu rechnen.

Katies Großeltern hatten 1972 geheiratet. Zu diesem Zeitpunkt hatte es auf dem Ginsterhof noch Katzen gegeben – das Hochzeitsfoto bewies das. Dann war Helen geboren worden und kurz darauf kam Colorado auf den Hof. Helen hatte als Kind von einem weißen Pferd geträumt, aber da es auf dem Ginsterhof nie ein solches Pferd gegeben hatte, musste sie Wolkenherz als Geist begegnet sein. Und als das Beistellpony zu Colorado in den Stall gekommen war, hatte der Geist dort definitiv Stellung bezogen, denn dieses Pferd hatte genauso reagiert wie Keira – mit Furcht und Flucht. Wolkenherz musste also irgendwann um 1973 herum auf den Ginsterhof gekommen sein, als Geist – und das bedeutete, zu diesem Zeitpunkt war er in seinem realen Leben gestorben.

Wie alt wurden Pferde? Das hatte sie doch auch irgendwo gelesen. So etwa dreißig Jahre, oder? Wolkenherz konnte also schon 1943 geboren worden sein. Das kam geschichtlich hin, denn er war auf dem Hauptgestüt Trakehnen zur Welt gekommen – sein Brandzeichen bewies das. Nach dem Krieg hatte dieses Gestüt nicht mehr existiert. Wo er gelebt hatte und was mit ihm geschehen war, würde sein Geheimnis bleiben. Aber wenn er auf einem Turnier gestartet und dort gut gewesen war – dann stand das womöglich in einem dieser Bücher!

Jola rappelte sich wieder auf. Wann sollte sie mit der Suche beginnen? Der Zweite Weltkrieg war 1945 zu Ende gegangen. Damals hatten die Menschen andere Sorgen geplagt. Und wäre Wolkenherz damals nicht noch viel zu jung gewesen? Sie beschloss, im Jahr 1950 anzufangen, und suchte an den Innenseiten der Regale, bis sie den relevanten Zeitraum gefunden hatte. Natürlich gab es nicht nur ein Buch, sondern mehrere vergilbte Ausgaben, die lauter Namen von Orten, Reitern und ihren Pferden enthielten. Es gab auch Sparten für die unterschiedlichen Disziplinen. Oh Gott, wo sollte sie da anfangen? Wenn sie die alle durchgucken musste, würde sie in drei Tagen noch hier sitzen!

»Wolkenherz«, flüsterte Jola in den vollgestopften Raum. »Hilf mir, okay? Hilf mir, dich zu finden!«

Sie schlug das erste Buch auf und begann zu lesen. Schon bald gab sie es auf, nach Kategorien zu suchen, weil das viel zu lang gedauert hätte, sondern blätterte einfach durch die Seiten und ließ ihren Blick über die Spalte mit den Pferdenamen fliegen. Nach dem dritten Band flimmerten ihre Augen, und nach dem vierten bekam sie Kopfschmerzen, aber sie war gerade mal im Jahr 1954 angelangt und noch nicht bereit, so schnell aufzugeben. Entschlossen zog sie den nächsten Band heraus und setzte ihren Daumen vorne an. Die ersten Seiten flatterten vorüber und der Luftzug streifte wispernd über ihr Gesicht. Und plötzlich stieß sie auf ein großes »Wol« und ließ vor lauter Überraschung das Buch fallen. Hatte sie sich verguckt? Langsam hob sie das Buch wieder hoch und blätterte noch mal, diesmal sorgfältig, Seite um Seite. Bis sie es gefunden hatte.

»Vielseitigkeitsturnier Achselschwang, Kategorie A. 1. Platz: Ch. Neumann auf Wolkenherz.«

Jola verschluckte sich und musste husten. Sie blinzelte, aber die Buchstaben würfelten sich nicht auseinander. Da stand tatsächlich »Wolkenherz«! Ihre Finger zitterten, als sie das restliche Buch durchflappte, und am Ende hatte sie seinen Namen dreimal gefunden, immer mit derselben Reiterin – und immer als Sieger des Turniers. Jetzt war sie auf der richtigen Spur! Aufgeregt griff sich Jola den nächsten Band, der schon zum Jahr 1955 gehörte. Natürlich konnte sie nicht mit Bestimmtheit sagen, dass dieses Pferd *ihr* Wolkenherz war. Sein Name war schließlich auch in der Equira-Datenbank aufgetaucht und da musste es sich definitiv um ein anderes Pferd handeln.

Sie schüttelte den Kopf. Nein, diesmal passte alles, der Zeitpunkt, die Vielseitigkeitsturniere – und er war gut gewesen, er hatte dreimal hintereinander in seiner Kategorie gewonnen! Bestimmt war die Reiterin mit ihm in die nächste Klasse aufgerückt. Wenn sie richtig gut gewesen waren, konnte man vielleicht noch mehr über sie herausfinden. In alten Zeitungen oder Pferdemagazinen oder so. Ihre Finger flatterten nur so durch die Seiten, und als sie am Ende des Bandes angekommen war und nichts gefunden hatte, fing sie noch mal von vorne an und las jeden einzelnen Pferdenamen.

Nichts.

Das konnte doch nicht wahr sein! Wieso gewann ein Pferd drei Turniere hintereinander und verschwand anschließend von der Bildfläche? Das ergab keinen Sinn.

Sie griff sich den nächsten Band, wieder 1955, und blätterte. Aber auch im nächsten, übernächsten und dem danach tauchte nicht ein Mal der Name Wolkenherz auf.

Verwirrt rutschte Jola gegen ein Regal und stapelte die Bände, die sie herausgezogen hatte, zu einem Turm. Dann zog sie noch mal den 1954-Band heraus und schaute nach, ob sie sich vielleicht doch getäuscht hatte, aber dem war nicht so. Resigniert starrte sie den Bücherturm an, bis sie plötzlich Stimmen hörte, Stimmen hinter dem Fenster, die etwas riefen – sie riefen ihren Namen!

»Jola! Jola, wo bist du?«

Schnell robbte sie bis unter die Fensterbank und hoffte, dass man ihren Schatten nicht sehen konnte. Zum Glück war es wirklich duster in dem Bücherraum, und sie hatte im Dunklen gesessen, also konnte man sie von draußen nur sehen, wenn man direkt vor der Scheibe stand und mit der Nase am Glas hereinschaute. Sie lugte nach oben und erkannte Stefan, der mit seiner Sattelfrau nach ihr suchte.

Verdammt, sie hatte noch gesagt, dass sie zur Bibliothek wollte! Aber wie sollten die beiden wissen, dass sie hier drinnen war? Von außen war ja alles abgeschlossen gewesen! Schnell stopfte sie die Bücher zurück ins Regal (ob sie dabei auf die richtige Reihenfolge achtete, war ihr in dem Augenblick egal), huschte zur Tür hinaus und zurück in die Männertoilette.

Die Scheibe hinter dem Pissoir war blind, also konnte sie auch nicht hinausgucken. Bitte, bitte, sucht nicht hier nach mir! Vorsichtig zog sie das Fenster auf und spähte hinaus. Niemand zu sehen! Jetzt aber schnell. Sie kletterte auf das Sims, ließ sich zur anderen Seite wieder herunterfallen und zog das Fenster hinter sich zu. Ihre Augen schmerzten und in ihrem Kopf wirbelten immer noch Buchstaben ineinander. Sie atmete tief ein und wieder aus, drehte sich um –

– und stand der Sattelfrau gegenüber!

»Wo kommst du denn so plötzlich her?«

Jola merkte, wie ihr Gesicht heiß wurde. Sie schnappte nach Luft und stammelte: »Ich, äh, hab mir die, äh, Pferde angeguckt.«

»Was, hier?« Die Sattelfrau runzelte die Stirn. »Das ist die Bibliothek. Dadrin gibt es keine Pferde, zumindest keine echten.«

Jola schüttelte schnell den Kopf. »Nein, nein, nicht hier! Im Stall natürlich.«

Stefan kam ebenfalls um das Gebäude gelaufen und warf erleichtert die Arme in die Luft. »Mensch, Jola! Wir suchen dich schon überall! Komm, lass uns fahren.«

Auf dem Weg zum Auto warf die Frau ihr immer wieder seltsame Seitenblicke zu, also fragte sie Stefan schnell nach seinen Sätteln. Hoffentlich schöpfte sie keinen Verdacht! Jola, die Einbrecherin – zu peinlich wäre das. Aber zum Glück streckte die Sattelfrau ihnen die Hand hin und verabschiedete sich überschwänglich von Stefan.

Jola hüpfte hastig in das Zebraauto und zog die Tür hinter sich zu. Geschafft! Puh. Auf eine Karriere als Profieinbrecherin würde sie verzichten. Viel zu aufregend war das!

Stefan stieg ebenfalls ein und fuhr vom Hof.

»Na, Jola«, murmelte er, und seine Mundwinkel zuckten. »Was hast du wirklich gemacht in der ganzen Zeit?«

Jola kaute auf ihrer Lippe und überlegte, ob sie Stefan einweihen sollte. Er hatte schon einmal ein Versprechen gefordert: keine Geheimnisse mehr. Zumindest, was Wolkenherz betraf. Aber dann traute sie sich doch nicht und schüttelte nur den Kopf.

»Ich habe mir Pferde angeschaut«, beharrte sie und fand, dass das nur ein kleines bisschen gelogen war.

»Soso.« Stefan schmunzelte. »Seltsam nur, dass kein Fremder in den Stall durfte, findest du nicht? Da sind sie wirklich streng.«

Sie hielten bei einer Raststätte, um eine kleine Stärkung zu kaufen, und fuhren in die Nacht hinein. Jola merkte, wie müde sie war – das frühe Aufstehen und die Namensucherei im Halbdunkel waren doch anstrengend gewesen. Als sie bereits wieder an Würzburg vorbeisteuerten, fragte Stefan: »Sag mal, Jola, bist du sauer auf deinen Papa?«

Jola biss sich auf die Lippe. »Ja.«

»Wegen den Fotos?«

Woher wusste Stefan das? Hatte ihr Vater etwa mit ihm darüber geredet? Stefan und ihr Vater waren so was wie Brüder gewesen, keine Blutsbrüder, aber trotzdem hatten sie lange Zeit alles miteinander geteilt. Wahrscheinlich wusste er sowieso schon, was vorgefallen war.

»Ich wollte, dass er mich fotografiert. Beim Turnier. So wie … Mama.«

»Aber er weigert sich, oder?«

»Hm.«

»Er macht sich einfach Sorgen«, sagte Stefan leise. »Deinetwegen. Er will nicht, dass dir dasselbe passiert wie deiner Mutter. Er will dich nicht auch noch verlieren.«

Jola ließ ihren Kopf gegen die Scheibe sinken. Auf einmal hatte sie Sehnsucht nach ihrem Papa, nach Neuseeland und der Zweisamkeit, die hier irgendwie verloren gegangen war. Vielleicht sollte sie ihm wirklich nicht böse sein. Immerhin erlaubte er, dass sie ritt. Vor einem halben Jahr wollte er sie noch nicht einmal in die Nähe eines Pferdes lassen. Sie hauchte gegen die Scheibe, malte ein Herz und schrieb P und A hinein. Für mehr Buchstaben war kein Platz.

»Ui, hör mal!« Stefan drehte das Radio lauter. »Sie spielen schon wieder ›Schatten im Wind‹!«

Jola hörte nur mit einem Ohr hin. Das andere klebte noch immer an der Scheibe. »Du bist mein liebstes Geheimnis, wildes Wolkenkind …« Wolkenkind … Wolkenherz? Was für ein seltsamer Zufall. War der Brief an Max gegangen? Konnte nicht sein. Obendrüber hatte gestanden: »Meine Liebe.«

Die Augen fielen ihr zu, all die Aufregungen des Tages und das frühe Aufstehen forderten ihren Tribut. Sie hauchte noch mal gegen die Scheibe und das Herz kehrte zurück. Ein Schatten an der Scheibe. Eine Spur im Staub … Was hatte Anna gesagt? Der Brief lag in einer Blechbox voller Stofffetzen. Die Box war fort, aber … Jola schüttelte den Kopf. Ihre Gedanken wirbelten durcheinander, sie war einfach zu müde, um sie zu sortieren. Ein Stofffetzen unter einer Nadel. Eine Spur im Staub. Und ein Ort, an dem sie schon einmal gewesen war.

»Schlaf ruhig«, sagte Stefan sanft. »Wir fahren noch eine Weile.«

Aber Jola wollte nicht schlafen, sie wollte nachdenken, über Herzen im Staub und Wolkenherzen, über Turniere und Blechboxen und … Die Augen fielen ihr zu, ganz von selbst. Sie sank in Schlaf und konnte nichts dagegen tun, nur noch den Worten lauschen, die aus dem Lautsprecher drangen, leise, fern, wie ein Flüstern.

Silberschwarzes Fernweh, ein Schatten nur im Wind.

Wie du mir …

Herr Ernst hatte ihnen einen Beamer besorgt und die Vorhänge geschlossen, aber damit endete seine Unterstützung für ihr Referat auch schon. Jola merkte, wie nervös Katie war – sie hatte an diesem Morgen nicht trainiert und sogar ihr Frühstück stehen lassen. Für sie stand einiges auf dem Spiel: Die Note konnte darüber entscheiden, ob sie am Ende des Schuljahres ihre Versetzung schaffte oder nicht.

Jola räusperte sich und trat vor das Pult. Sie hasste es, vor anderen zu reden, obwohl sie gut vorbereitet war und ihre Sätze in- und auswendig kannte. Aber nun, wo alle sie anstarrten, schien ihr Kopf wie blank gefegt.

»Wir erzählen euch heute eine Geschichte«, sprang Katie ein. »Es ist die Geschichte eines Pferdes, das in einem Paradies zur Welt kommt. Auf weiten grünen Wiesen lernt es das Laufen und später einmal soll ein neuer Champion aus ihm werden.«

Das richtige Wort wäre »Hauptbeschäler« gewesen, aber sie hatten sich darauf geeinigt, in einer Klasse, die zur Hälfte aus pubertierenden Halbstarken bestand, auf dieses Detail zu verzichten.

»Aber plötzlich geschieht etwas Seltsames«, fuhr Jola fort. »In einer eisig kalten Nacht wird das Pferd davongetrieben. Es läuft mit den anderen mit, aber im Schneesturm verirrt es sich und verliert den Anschluss. Der kalte Wind wirbelt Flocken hoch, und das Pferd kann nicht sehen, wohin es läuft. Auf einmal ist Eis unter seinen Hufen. Es fühlt sich scheußlich an, glatt und fremd und unwirklich. Aber das Eis ist überall, also läuft das Pferd, es läuft, bis es vor Erschöpfung zusammenbricht.«

»Im Nu ist sein weißer Körper mit Schnee bedeckt«, übernahm Katie wieder das Wort. »Es wird erfrieren, wenn keine Hilfe kommt! Aber das Pferd will nicht erfrieren. Sein Lebenswille ist stärker, und so steht es auf und kämpft sich durch den Sturm, bis seine Hufe endlich wieder festen Boden unter sich spüren.«

»Das Pferd weiß nicht, dass es wertvolles Erbgut in sich trägt. Auch nicht, dass es eines der Letzten seiner Art ist, denn all seine Freunde sind auf diesem Weg ums Leben gekommen.«

»Und weil es ein Pferd ist, denkt es auch nicht zurück an die saftig grünen Wiesen und an das Paradies, in dem es geboren wurde. Es weiß nur, dass es lebt. Und das ist das Einzige, was zählt.«

»Amen«, warf einer von Jonas' Freunden ein, und die ganze Reihe gluckste vor Lachen. Herr Ernst lehnte ganz hinten an der Wand und hielt die Arme vor der Brust verschränkt. Er hatte die Stirn gerunzelt, aber noch sagte er nichts – noch ließ er sich überraschen.

»Ihr fragt euch bestimmt, was das soll.« Jola schrieb eine Jahreszahl an die Tafel: 1945. »Unsere Geschichte spielte sich zur Zeit des Zweiten Weltkriegs ab. Und das Paradies war das Gut Trakehnen, die Heimat der berühmten Trakehner Pferde. Als der Krieg fast zu Ende war, mussten Tausende Menschen und Pferde ihre Heimat verlassen und Richtung Westen fliehen. Man hatte es ihnen bis zuletzt verboten, weil ja alle denken sollten, Deutschland würde den Krieg gewinnen. Deshalb musste am Ende alles sehr schnell gehen.«

Jetzt waren sie in ihrem Element. Katie zoomte ein Video heran, das sie bei YouTube gefunden hatten und das einen Treck zeigte, der gerade über die zugefrorene Bucht – das Haff – zog. Ein weißes Pferd war auch dabei. Sie erklärte, wie es den Menschen ergangen war und dass sie hektisch all ihre Schätze an einem sicheren Ort vergruben, damit Plünderer nicht darüber herfallen konnten. Jola blendete eine Karte ein, die den Weg über das Haff zeigte, den die Trecks entlanggezogen waren, und Katie zählte ein paar Schicksale auf, die sie in dem Bildband gefunden hatten. Zum Schluss blendeten sie das Bild des Hauses ein, das von dem wachsenden Baum verschlungen wurde.

»Nur wenige dieser Leute kehrten je in ihre Heimat zurück«, erklärte Katie mit Grabesstimme. »Heute gehören ihre Dörfer und Städte alle nicht mehr zu Deutschland. Genau wie unser Pferd haben sie alles verloren, ihr Haus, ihr Hab und Gut und sogar die Tiere, die sie zurücklassen mussten.«

»Und bestimmt sind noch heute etliche ihrer Schätze und Geheimnisse dort verborgen. Aber niemand sucht mehr danach. Für die meisten Leute war es das größte Geschenk, am Leben zu sein.«

Stille folgte ihren letzten Worten. Dann fing Lea an zu applaudieren und zögerlich fielen die anderen mit ein. Herr Ernst trat vor und nickte ihnen zu, und Jola war froh, dass sie nun wenigstens nicht mehr so allein vor der Klasse standen.

»Gibt es Fragen?«, wollte er wissen. »Hat jemand etwas zum Thema beizutragen?«

Zuerst meldete sich niemand. Die Schüler rutschten nur auf ihren Stühlen herum und hofften, dass sie nicht aufgerufen wurden.

»Ich«, kam eine Stimme von der Tür. Jola erkannte sie sofort, aber sie musste trotzdem zweimal hinschauen, bis sie den Mann erkannte, der dort im Rahmen lehnte.

»Papa?«

Er lächelte. »Wer heimatlos ist, hat nicht zwangsläufig alles verloren. Du bist da zu Hause, wo die Menschen sind, die du liebst.«

Die Mädchen in der ersten Reihe seufzten, die Jungs verdrehten die Augen. Herr Ernst begrüßte Jolas Vater und stellte ihn vor. Dann ließ er die Schüler noch ein paar Fragen zum Kriegsgeschehen erklären, zu den Zuständen und der politischen Stimmung damals.

»Also, ich wäre einfach abgehauen«, schnarrte Tim, »und hätte mich in Sicherheit gebracht.«

»Klar, du Deserteur. Dann hätten sie dich aber erschossen!«

»Jungs«, brummte Herr Ernst.

»Stimmt aber doch!«

»Wisst ihr überhaupt, was ein Deserteur ist?«

»Jemand, der seine Kameraden im Stich lässt und nur seinen eigenen Arsch rettet!«

Die anderen lachten, aber Herr Ernst klopfte tadelnd auf sein Pult. »Ein Soldat, der sich unerlaubt von seiner Truppe entfernt. Was eine Straftat darstellte, die durchaus geahndet wurde.« Er begann, den Beamer einzupacken, dann drehte er sich zu Katie und Jola. »Ein sehr informatives Referat. Am Anfang dachte ich ja, ihr schießt am Thema vorbei, aber ihr habt gut die Kurve bekommen.«

»Und … meine Note?«, fragte Katie zögernd.

Herr Ernst lächelte. »Die schlechte Note ist damit aus der Welt geschafft. Das heißt aber nicht, dass du dich das restliche Schuljahr darauf ausruhen kannst!«

Die Stunde war noch gar nicht zu Ende, aber Herr Ernst scheuchte sie alle in den Schulhof und ließ sie vor dem Blumenbeet Aufstellung nehmen.

Natürlich, dachte Jola, das Klassenfoto! Deshalb ist er hier.

Sie beobachtete ihren Vater, während er sein Equipment aus der Tasche holte und mit kritischem Auge die Schüler hin und her sortierte. Er knipste nicht einfach drauflos, er hatte ganz genau im Blick, wer wie stehen musste, damit es später auf dem Bild gut aussah. Dann fing er an, von seinen skurrilen Dächern zu erzählen, und als er bei dem schwarzen Kater auf dem Grasdach angekommen war und endlich alle ein Grinsen im Gesicht hatten, drückte er ab. Er machte Fotos von unten, von der Seite, sogar vom Klettergerüst aus. Ließ sie einmal stehen, dann sitzen und schließlich mit gestreckten Armen in die Luft springen. Es machte Spaß und vor allem dauerte es lang genug, dass der Gong ertönte und das Ende der Schulstunde ankündigte.

»Ich bin mit Stefans Auto da«, erklärte ihr Vater und hängte sich seine schwere Fototasche über die Schulter. »Ich kann euch mitnehmen.«

Sie fuhren eben auf die Landstraße, als Katie das Radio lauter drehte. »Hört mal, wie verrückt – sie spielen schon wieder ›Schatten im Wind‹!«

»Wird Zeit, dass die Anna mal interviewen«, sagte Jan und wippte im Takt mit. »Der Song ist mega!«

»Ja, wir sollten wirklich mal mit diesem Radiosender reden.« Katie lachte und machte noch ein bisschen lauter.

Jola biss sich auf die Lippe. Ihr war auf einmal ein Gedanke gekommen, aber der war bestimmt noch verrückter, als seinen eigenen Song im Radio zu hören. Warum waren sie da nicht schon eher draufgekommen? Er würde Annas Problem lösen. Und vielleicht auch den Ginstercup retten! Sie lehnte sich zu Katie hinüber und zupfte sie am Ärmel.

»Du! Stell dir mal vor, der Radiosender dürfte das Konzert live übertragen.«

Katie, die lautstark mitsang, hielt mitten im Refrain inne. »Welches Konzert?«

»Na, das vom Ginstercup! Schon vergessen? Sunset Barn sollen am Abend ein Konzert geben. Die Plattenfirma will das so.«

»Das findet doch nicht statt. Oder zumindest findet der Ginstercup nicht statt.« Katie verzog das Gesicht. »Solange Mama nicht ganz schnell im Lotto gewinnt oder irgendwo ein neuer Sponsor vom Himmel fällt.«

Jola verdrehte die Augen. »Darum geht es doch gerade! Meinst du, die würden Geld dafür bezahlen? Wenn sie das Konzert übertragen dürfen?«

Ihr Vater warf ihr einen Seitenblick zu. »Aber hallo, natürlich würden sie das. Und noch mehr, wenn sie auch noch Exklusivinterviews mit den Bandmitgliedern kriegen würden. Oder eine Homestory oder so! Aber das ist doch bald Sache der Plattenfirma, darum muss Anna sich nicht mehr kümmern.«

»Es geht doch nicht um die Plattenfirma, es geht darum …«

»… unser Turnier zu sponsern!« Katie schlug sich mit der flachen Hand gegen die Stirn. »Oh Mann, Jola – genial! Wieso ist mir das nicht eingefallen?«

»Dafür hast du ja mich. Ich übernehme gern das Denken für dich.« Jola grinste. »Was ist? Meinst du, die würden das tun?«

»Das finden wir gleich raus. Jan!« Katie klopfte Jolas Vater auf die Schulter. »Kannst du bitte, bitte einen kleinen Umweg fahren? Ich weiß, wo der Sender sein Studio hat. Du musst umdrehen und dann in Steinbach die zweite links rein!«

Jolas Vater kurvte sie quer durch Steinbach bis ins Industriegebiet, vorbei an der Redaktion des Steinbacher Kuriers. Sie hielten vor einem schlichten weißen Gebäude mit großen Glasfenstern, dem Jola nie auch nur einen zweiten Blick geschenkt hätte. Aber auf dem Schild neben dem Eingang stand: Radio Active 104.9.

»Kommt ihr mit?« Katie kaute auf ihrem Fingerknöchel herum. »Ich war da nur einmal drin, in der Grundschule. Da haben wir eine Führung gemacht.«

Sie stiegen aus und betraten einen sauberen, hell gefliesten Eingangsbereich mit einem Empfangstresen, der allerdings nicht besetzt war. Jan fand eine kleine Klingel und drückte zweimal darauf. Beim dritten Mal schwang eine Tür auf und ein Mann in Jeans und T-Shirt hastete heraus.

»Ja? Oh, hey! Kommt ihr wegen ›Radio in der Schule‹?«

»Nein«, sagte Jola schnell. »Eigentlich geht es um unser Turnier und den Song ›Schatten im Wind‹, den ihr die ganze Zeit spielt.«

Der Mann fuhr sich mit beiden Händen durch die chaotischen Haare und schaute sie eindringlich an. »Bist du … nein, du bist nicht Anna von Sunset Barn, oder?«

»Nee«, warf Katie ein. »Das ist meine Schwester.«

Der Mann bekam große Augen. »Oh! Na, dann kommt doch mal rein.«

Jolas Vater zögerte, aber dann ließ er sich doch von Jola mit in den Flur ziehen. Einige Türen waren verschlossen, und an einer hing ein Schild mit der Aufschrift »Wir sind live – bitte nicht stören!«. Der Mann mit dem Wuschelkopf führte sie zur letzten

Tür, hinter der ein Büro lag, ein ziemliches Durcheinanderbüro, wie Jola fand. Hier sah es fast noch schlimmer aus als in Katies Zimmer. Sie setzten sich auf eine abgewetzte braune Ledercouch und der Mann sah sie auffordernd an.

»Also, Leute, ich bin der Harry, ihr könnt ruhig Du zu mir sagen. Ich bin hier der Programmdirektor. Mit allem, was Sunset Barn angeht, seid ihr bei mir also richtig!«

»Hast du Lust auf ein Konzert mit Sunset Barn?« fragte Katie schnell. »Am dreizehnzten Mai bei uns auf dem Ginsterhof. Es ist ein besonderer Tag für die Band, weil … weil sie da ihren ersten Plattenvertrag unterschreiben.«

Harry wackelte mit dem Kopf. »Na klar! Aber das ist doch kein Freundschaftsangebot, oder?« Er grinste. »Worum geht es hier wirklich?«

Und da erzählten sie ihm alles. Oder besser, Katie erzählte. Jola hörte erst mal nur zu und überlegte sich eine Strategie für ihr zweites Anliegen. Katie redete vom Ginsterhof und dem Turnier, das jedes Jahr stattfand, nur in diesem nicht, weil der wichtigste Sponsor abgesprungen war. Sie verriet sogar, dass ein Mädchen schuld war, das ein bestimmtes Pferd nicht reiten durfte – aber da knuffte Jan sie in die Seite. Das ging den Mann nun wirklich nichts an.

Am Ende sagte sie: »Und wenn du Lust hast, uns zu sponsern, kannst du Interviews mit allen Bandmitgliedern machen. Ganz exklusiv!«

Jola setzte sich auf. Das war ihr Stichwort! Sie schaute Harry ins Gesicht und wartete, bis er sie ansah.

»Es gibt ein Geheimnis«, verriet sie mit leiser Stimme. »Um den Song ›Schatten im Wind‹. Es stimmt nämlich nicht, was ihr immer im Radio erzählt – das ist kein normaler Liebeskummersong!«

Jetzt war Harrys Interesse geweckt, Jola sah es am Blitzen in seinen Augen, obwohl er versuchte, ganz cool auszusehen.

»So?«, fragte er nach. »Ein Geheimnis? Die Info mit dem Liebeskummersong haben wir aber aus interner Quelle bekommen. Sonst dürften wir das ja gar nicht erzählen.«

»Habt ihr die Info denn von Anna persönlich gekriegt?« Jola versuchte, ein unschuldiges Gesicht zu machen. »Oder vielleicht von einem gewissen Jonas?«

Jetzt fing der Programmdirektor an, unruhig auf seinem Stuhl herumzurutschen. »Da müsste ich nachsehen«, murmelte er ausweichend. »Was würde uns das denn kosten? Und wann kann ich mit Anna sprechen?«

Jola tauschte einen triumphierenden Blick mit Katie. Sie hatten es geschafft! Der Köder war im Fisch. Na ja, im Sender. Auf jeden Fall dort, wo er sein sollte.

»Genaue Zahlen kann nur Helen weitergeben, Helen Weber. Annas Mutter«, fügte Jan hinzu und lächelte.

»Dann werde ich mich gleich mal mit ihr in Verbindung setzen«, verkündete Harry und stand auf. »So, Leute, ich muss gleich meine Sendung vorbereiten. Wir sehen uns ja dann auf dem Konzert!« Er zwinkerte Jola zu und grinste. »Und wehe, das mit dem Geheimnis um ›Schatten im Wind‹ war nur eine Finte, um mich an Bord zu locken!«

Katie fiel Jola um den Hals, als sie wieder draußen vor dem Zebraauto standen. »Du bist so genial! Die Idee mit diesem Geheimnis war echt cool, Jola.«

»Das war kein Bluff.« Jola lachte. »Ehrlich!«

Aber Katie war viel zu aufgekratzt, um ihr zuzuhören. Sie zog ihr Handy aus der Tasche. »Ich muss Anna anrufen. Sofort! Die flippt aus, wenn sie das hört!«

Jola setzte sich zu ihrem Vater ins Auto und zog die Tür zu, damit Katie in Ruhe telefonieren konnte. Eine Weile saßen sie nur schweigend nebeneinander, aber dann merkte sie, dass ihr Vater sie anschaute und lächelte, also drehte sie sich zu ihm und fiel ihm spontan um den Hals.

»He, wofür ist das?«

»Einfach nur so. Weil ich dich lieb hab.«

»Du bist doch böse auf mich«, murmelte er und drückte sie fest an sich.

»Ich hab aber keine Lust mehr, böse auf dich zu sein!«

Eine ganze Weile saßen sie so und hielten sich im Arm.

Und Jola dachte: Mama kann ich nur fühlen, wenn ich auf Wolkenherz sitze. Aber Papa ist hier, er ist immer für mich da! Es war dumm, böse auf ihn zu sein, bloß wegen ein paar Fotos. Dumm und kindisch.

Ihr Vater lehnte sich ein Stück zurück. »Woher hattet ihr eigentlich das Bild? Am Schluss eurer Präsentation?«

»Das von dem Baum, der in das Haus reinwächst? Aus einem Bildband. Irre, oder?«

Er nickte langsam. »Irre, ja. Du weißt, dass es mein Bild ist, oder?«

Jola klappte der Mund auf. »Was?«

»Ich habe es gemacht. Manchmal kaufen Verlage Bilder aus Datenbanken, so muss es in dieses Buch gelangt sein. Aber es ist mein Foto.«

Jola starrte ihn an. »Du … du warst in Trakehnen? Also, ich meine – wo früher einmal Trakehnen war?«

Ihr Vater schluckte. »Einmal. Mit Mama. Dorthin haben wir unsere Hochzeitsreise gemacht.«

»Wow«, machte Jola beeindruckt. »Warum gerade dahin?«

Aber er schüttelte den Kopf, und Jola spürte, dass er darüber nicht reden würde. Und dann platzte auch schon Katie ins Auto und verkündete mit einem Strahlen im Gesicht, dass Anna wirklich ausgeflippt und natürlich einverstanden war und alles mitmachte, damit der Radiosender den Ginstercup sponserte.

»Und jetzt fahren wir zurück und entschuldigen uns bei Opa, und dann überreden wir Mama, uns doch beim Turnier mitreiten zu lassen!«

Jan ließ den Motor an. »Katie ist heute unbesiegbar, was?«

Katie lehnte sich zwischen den Vordersitzen durch und wippte mit ihren Locken. »Ich habe den Ernst rumgekriegt. An so einem Tag schaffe ich alles!«

Lotte
1950

Der Tisch wackelte, als der Mann daraufsprang und wild zu tanzen und mit den Händen zu fuchteln begann. Er versuchte, das Gleichgewicht zu halten, aber es standen zu viele Krüge auf dem Tisch, und so landete er unsanft auf dem Schoß seiner Frau. Die anderen johlten und klatschten, und obwohl es eigentlich nicht lustig gewesen war, lachte sie mit ihnen.

»Man sollte nicht meinen, dass du dich, ohne herunterzufallen, auf einem Pferd halten kannst«, brüllte einer, und eine Frau schrie: »Ein Pferd, bringt dem Mann schnell ein Pferd!«

Neben ihnen rutschten Neuankömmlinge in die Bankreihe und sie mussten enger zusammenrücken. Tagsüber waren sie Reiter, aber jetzt, hier, tanzten sie durch eine ganz andere Welt.

Es erinnerte sie daran, wie abgeschottet sie lebte. Warum ging sie nicht öfter aus? Sie musste nicht jede Sekunde mit Wolkenherz verbringen, er war gut aufgehoben, wo er war.

Sie fühlte sich, als wäre sie aus einer Art Schlaf erwacht. Die Lichter, das Lachen, die Ausgelassenheit. Am Tisch nebenan nahm eine junge Frau Platz, die mit ihrem gewölbten Bauch kaum hinter den Tisch passte. Ein Mann legte schützend seinen Arm um ihre Schultern. Und auf einmal spürte sie Finger, die nach ihren griffen, unaufdringlich und sanft. Die Winzigkeit dieser Berührung brachte ihr Herz zum Flattern. Es war die erste körperliche Annäherung, und sie kam so federleicht und selbstverständlich, dass sie sich vollkommen natürlich anfühlte. Unter dem Tisch hielten sie sich stumm an den Händen, während um sie herum gesungen und gefeiert wurde.

Sie ließ die Hand erst los, als sie so dringend auf die Toilette musste, dass ihre Blase vor Schmerz fast explodierte. Vor dem Frauenklo stand eine lange Schlange schwatzender Damen, also schlüpfte sie schnell aus der Tür, lief zum Stall hinüber und setzte sich in eine leere Box. Der Moment der Stille tat gut, und sie schloss die Augen, lauschte auf das leise Schnaufen der schlafenden Pferde um sie herum. Wolkenherz stand nicht bei ihnen, er war bei den anderen Hengsten untergebracht. Kurz überlegte sie, ob sie zu ihm gehen und nach ihm sehen sollte – aber bestimmt schlief er längst friedlich, und außerdem wollte sie zurück, zurück zu den fröhlichen Menschen … und zu Klaus.

Sie zupfte ihr Kleid wieder zurecht und verließ den Stall. Die Nachtluft war kühl und neblig. Ein paar der Reiter standen zusammen, rauchend und lachend. Sie spürte ihre Blicke und zuckte erschrocken zusammen, als plötzlich jemand neben ihr stand und sie am Arm berührte.

»Warte mal!«

Sie riss ihren Arm zurück und wollte loslaufen, zurück in die Wärme des Zelts – aber dann sah sie das Gesicht des jungen Mannes und die Welle der Erinnerung riss sie beinah von den Füßen.

»Lotte?«, fragte er leise.

Ein Name, irgendwo in ihrem Kopf. Sie hatte ihn vergessen, aber sofort tauchte ein anderer Name aus ihren Gedanken, und vor ihren Augen tanzten silberschwarze Sterne.

»Kennst du mich noch?«

»Natürlich kenne ich dich noch!« Wo war nur sein Name? Nicht wichtig. »Du warst als kleiner Junge doch dauernd auf dem Gestüt.«

»Du bist also in der Pferdewelt geblieben«, sagte er und lächelte. »Hätte ich mir ja denken können. Hattest als Kind schon immer Stroh in den Haaren.«

Sie schlang die Arme um ihren Körper, um ihr Zittern zu verbergen. »Ich reite bald mein erstes Turnier. Ich bin kein kleines Stallmädchen mehr.«

Er nickte anerkennend und einen Augenblick standen sie sich schweigend gegenüber.

»Weißt du, wo …«, begann sie, genau in dem Moment, als er fragte: »Du bist mit den von Weykes gegangen, oder? Weißt du, was aus ihnen geworden ist?«

Vor ihren Augen tauchte die Brücke auf, voller Soldaten, die ihren Weg versperrten. Das Pferd im Fluss.

Sie schüttelte langsam den Kopf. »Nein. Wir wurden getrennt. Ich habe sie nicht mehr gefunden.«

Er ließ die Schultern sinken. »Aber du hast überlebt. Wie hast du es geschafft zu entkommen?«

»Über das Eis«, flüsterte sie tonlos. »Und du?«

Er hob den Arm. Erst jetzt sah sie, dass ihm der komplette Unterarm fehlte. »Eine Granate. Ich wurde ins Krankenlager geschickt. Das war mein Glück.«

»Und … Max?« Jetzt zitterte ihre Stimme doch. Sie konnte es nicht abstellen. »Was ist mit Max, weißt du, wo ich ihn finden kann?«

Er blinzelte. »Du wusstest es gar nicht?«

Sie starrte ihn an und er senkte den Blick. »Lotte, Max ist damals weggelaufen. Er wollte euch warnen, euch losschicken – aber er hatte keine Erlaubnis dafür, sich von der Truppe zu entfernen. Er … er ist nie zurückgekommen.«

Ihr war mit einem Mal so kalt, dass Nacht und Nebel sie zu ver-

schlucken drohten. Max hatte Fahnenflucht begangen – um sie zu retten? Das konnte nicht sein. Das durfte nicht sein!

»Wenigstens müssen es seine Eltern nicht erfahren«, murmelte er leise. »Das Rote Kreuz hat einen Suchdienst eingerichtet. Sie haben mich zu meinen Kameraden befragt, und ich habe denen schon gesagt, dass Max … also, dass er …«

Sie hielt sich die Ohren zu und rannte los, in die Nacht hinein. Tränen strömten über ihr Gesicht, als sie sich an die kalte Stallwand lehnte. Warum spürte sie es nicht? Wie hatte sie die ganze Zeit über so sicher sein können, dass er noch lebte, auch wenn sie sich nicht wiedersahen?

Irgendwo in der Ferne wieherte ein Pferd. Sie hob den Kopf und wischte die Tränen fort. Auf einmal hatte sie solche Sehnsucht, dass sie kaum noch atmen konnte.

Wolkenherz.

Er war alles, was ihr von ihm geblieben war. Er war alles, was sie jetzt brauchte. Sie wischte die Tränen ab und stolperte los, und die fröhliche Musik aus dem Zelt verstummte, als sie die Tür zum Hengststall hinter sich zuzog und in die Dunkelheit verschwand.

Der große Tag

Jola wachte noch vor dem ersten Weckerklingeln auf und zog die Vorhänge zur Seite. Die Sonne strahlte vom wolkenlosen Himmel, als hätte man sie nur für diesen Tag erfunden. Sie zog sich in Windeseile an – Reithosen, die sie extra dafür gewaschen hatte –, stopfte sich im Vorbeigehen einen Müsliriegel in die Tasche und hüpfte hinaus auf den Hof.

Helen war auch schon auf und sammelte den Mist vom Paddock. Sie lächelte, als sie Jola entdeckte.

»Soll ich die Pferde füttern?«

»Schon erledigt.«

»Seit wann bist du denn auf?«

»Ach, weißt du, ich glaube, ich habe überhaupt nicht geschlafen.«

Jola fegte die Stallgasse und harkte den Kies im Hof zurecht. Am liebsten wäre sie sofort zu Wolkenherz gelaufen, aber was würde Helen von ihr denken, wenn sie den ganzen Tag nur an ihm dranklebte? Wenig später kam Katie aus dem Haus, und das Polizeiauto fuhr vor, um Lea und Sanne rauszulassen. Gemeinsam schleppten sie Blumenkästen, bauten Tische auf und füllten Luftballons mit Wasser und Sand und beschrifteten sie als Wegweiser: zum Meldebüro (offenes Wohnzimmerfenster), zum Abreitplatz (kleiner Reitplatz), zum Turnierplatz (überdachter großer Reitplatz) sowie hoch zur Geländestrecke.

»Was glaubst du, wie viele Pferde nicht an diesen Luftballons vorbeigehen werden?« Katie kicherte. »Zum Glück sind sie schwer genug und flattern nicht auch noch rum.«

Immer mehr Helfer kamen an und jeder bekam von Helen sofort eine Aufgabe. Sie wollte sogar Jonas einspannen, der mit dem Fahrrad anrückte – aber er deutete nur auf seine saubere Hose und schüttelte entrüstet den Kopf.

Jola lief mit Lea die Geländestrecke ab und verteilte die Flaggen, die jedes Hindernis kennzeichneten – rot nach rechts, weiß nach links. Zwischen denen musste man durchreiten, sonst galt das Hindernis als Verweigerung. Während Lea fröhlich über die Baumstammhürden turnte, war Jola schon nach kurzer Zeit aus der Puste.

»Bist du gar nicht traurig, dass du nicht mitreiten kannst?«, keuchte sie, als die letzte Anhöhe hinter ihr lag.

»Nö!« Lea nahm Anlauf und sprang mit einem Satz über den Graben. »Ich schau lieber zu, wie Sanne vor Aufregung baden geht.«

Sie verteilten kleine Klappschemel im Wald, damit die Streckenposten nicht die ganze Zeit herumstehen mussten. Nur vor den Trakehner Graben kam ein solider Klappstuhl. Hier sollte nachher Opa Max sitzen und aufpassen, wer die Hürde verfehlte. Ausgerechnet am Trakehner Graben! Niko hatte tagelang mit Wolkenherz trainiert, und der Hengst weigerte sich immer noch beharrlich, diesem Hindernis zu nahe zu kommen. Aber Niko wusste nicht, was sie wusste. Wenn Max hier war, wäre alles anders – dann würde Wolkenherz bestimmt springen!

»Wie kommt es eigentlich, dass du jetzt Wolkenherz reitest?«, fragte Lea, als sie die letzten Flaggen in den Boden steckten.

Jola deutete zur Koppel hinunter, wo heute nur drei Pferde grasten: Billy, Colorado und Bonnie. »Na ja, Billy hatte doch dieses Hufgeschwür. Der darf noch nicht wieder voll geritten werden. Und alle anderen Pferde waren schon verteilt, nur eben Wolkenherz nicht.«

»Ja, und Niko? Wollte er nicht mit ihm starten?«

»Doch! Aber er hat verzichtet.« Jola grinste. »Ich glaube, er kann nicht verlieren. Also reitet er lieber gar nicht mit, als sich zu blamieren, so wie letztes Jahr!«

»Nur weil Wolkenherz nicht über dieses eine Hindernis im Wald springen wollte«, meinte Lea kopfschüttelnd. Dann machten sie ein Wettrennen zum Stall zurück, bei dem Lea natürlich haushoch gewann.

»Das Catering ist da!« Stefan schleppte riesige Tabletts mit belegten Semmeln und Brezen in den Durchgang, wo Jan Getränkekisten stapelte. Helen hatte die halbe Nacht Nussstangen und Apfelschnecken gebacken, die jetzt in großen Körben vor sich hin dufteten. Es gab noch so viel zu tun und dabei war der Vormittag schon beinahe um!

Plötzlich fuhr ein Auto auf den Hof, ein schwarzer VW-Bus mit der Aufschrift »Cloudy Records«. Zwei Männer und eine Frau im schicken Hosenanzug stiegen aus und sahen sich staunend um. Anna trat mit roten Wangen auf sie zu und begrüßte sie, dann stellte sie ihre Eltern vor und erzählte vom Ginstercup und dem Ginsterhof und den Pferden. Sie schien tierisch nervös zu sein, aber schließlich ging es für sie heute um alles! Die Band hielt sich im Hintergrund, bis Anna die Plattentypen zu ihrem Probenraum hinaufführte.

»Ob es klappt?«, flüsterte Katie aufgeregt.

»Natürlich klappt es. Warum denn nicht? Die kennen doch den Song. Die wissen schon, warum sie hier sind.«

»Oh, mein Magen knurrt. Ich hab voll Hunger! Keine Zeit zum Frühstücken gehabt.«

Jola lachte. Sie zog den Müsliriegel aus der Tasche und reichte ihn Katie. »Hier, hilft das?«

»Mhmm.« Katie riss die Verpackung auf und schob sich den halben Riegel auf einmal in den Mund. »Los, komm – wir machen unsere Pferde schön!«

Im Stall war es herrlich ruhig, und sofort merkte Jola, wie auch sie wieder tiefer durchatmen konnte. Sie hatten ein Schild an die Tür gehängt: »Nur für Reiterinnen und Reiter!« Damit nicht jeder, der nur zum Zuschauen kam, in den Stall stiefelte und womöglich die Pferde mit Sachen fütterte, die ihnen nicht bekamen.

Wolkenherz stand in der Box neben Keira und wieherte leise, als Jola zu ihm trat. Er drückte die Stirn gegen ihren Bauch und Jola schloss für einen Moment die Augen. Wolkenherz war so stark, so lebendig. In diesem Augenblick, am heutigen Tag, würde er kein Geist sein, sondern einfach nur ein Pferd, ihr Pferd – ihr Traum. Sie fuhr mit den Fingern durch seine Mähne und legte den Kopf zwischen seine Ohren.

»He, zum Schlafen habt ihr aber keine Zeit. Von allein putzt der sich nicht!« Katie warf ihr eine Bürste zu, und Jola begann, Wolkenherz' Mähne zu kämmen und in kleine Strähnchen zu unterteilen. Sie flocht dünne Zöpfe, die sie dann zu kleinen Knoten aufrollen konnte – so wie sie es bei der schwarzen Stute auf dem Turnier gesehen hatte. Katie machte dasselbe mit Keira, und als sie fertig waren, holte Katie ihr Handy raus und fotografierte die verwandelten Pferde.

»Sieh mal, sein Brandzeichen!« Jola fuhr es mit den Fingern nach. Man sah die Elchschaufel jetzt ganz deutlich, fast so, als würde sein Geheimnis endlich sichtbar werden.

»Sommerfell«, meinte Katie. »Du kannst es aber gern nachmalen, wenn du magst. Ich glaube, ich habe irgendwo noch rosa Farbe rumstehen.«

Jola kicherte. »Nee danke! Dann werde ich bestimmt disqualifiziert.«

Die ersten Autos mit Pferdehänger kamen an, und Niko stellte sich in den Durchgang und lotste sie alle zur Koppel durch, wo sie heute parken durften. Pferde wurden ausgeladen, sauber geputzt und schön hergerichtet, mit zur Satteldecke passenden Bandagen – manchmal hatten sogar die Reiter dazu passende Blusen und Sakkos an!

»Ich glaub, mir wird schlecht«, sagte Jola zu Katie, die darüber nur lachen konnte.

Na klar, einen alten Turnierhasen wie sie störte der Trubel nicht. Katie machte sich höchstens Sorgen, wie Keira die Atmosphäre packte, die vielen Leute und fremden Pferde. Aber wo sollte sie besser lernen, damit klarzukommen, als hier?

Die Richter fuhren auf den Hof. Und dann wurde es auch schon Zeit für die erste Prüfung! Jola und Katie halfen den Kindern, die bei der Führzügelklasse an den Start gehen würden, und brachten alle heil zum Turnierplatz. Die nächste Prüfung war ein Geschicklichkeitsparcours, der nach der Siegerehrung schnell aufgebaut werden musste. Anschließend fand das Pony-Stilspringen statt, an dem die meisten von Nikos Reitschülerinnen teilnahmen.

Inzwischen waren haufenweise Zuschauer da, die sich am Rand des Platzes in die Sonne setzten und die Tribühne bis zum letzten

Platz belegten. Hunde wuselten zwischen den Beinen der Leute herum, kleine Kinder spielten Fangen und futterten Eis oder Apfelschnecken. Lea hatte Colorado und Bonnie am Strick und ließ die kleineren Kinder auf dem Paddock Ponyrunden drehen. Bislang hatte alles geklappt, keine Dramen, keine Unfälle, nicht mal die Getränke waren ausgegangen! Es war fast schon unheimlich, wie perfekt ein Tag sein konnte – ein so wichtiger noch dazu. Aber so langsam wurde es Zeit, Wolkenherz zu satteln. Sie wollte ihn in aller Ruhe warmreiten und noch mal mit ihm reden, ehe sie an den Start gingen …

»Jola?«

Sie wirbelte herum. Vor ihr stand Katies Großvater und hielt ein altes Fahrrad am Lenker.

»Ich brauche deine Hilfe.«

M wie Mut

Jola folgte Opa Max in den Schuppen, der im Winter Wolkenherz' Quartier gewesen war und wo nun wieder der Traktor parkte. Sie hatte ein komisches Gefühl im Bauch, obwohl sie sich offiziell zusammen mit Katie bei ihm entschuldigt hatte, dafür, dass sie ihn im Stall eingesperrt hatten. Und Katies Großvater hatte ihnen verziehen, zumindest hatte er das gesagt. Es hatte länger gedauert, Helen zu besänftigen.

»Hier irgendwo müsste sie sein!« Er deutete mit der Hand auf ein Regal, das in schwindelerregender Höhe baumelte.

Jola sah sich um. Sie kam da niemals dran, außer sie stieg auf den Traktorreifen und hangelte sich von da aus an der Wand entlang – ja, das klappte! Sie fand die Luftpumpe sofort. Aber als sie den platten Fahrradreifen aufpumpte, hörten sie ein Zischen, und kurz darauf pappte er wieder am Boden, genau wie zuvor.

»Da ist was kaputt«, stellte Jola überflüssigerweise fest. Sie wurde langsam zappelig, weil die erste Prüfung bald losging und Wolkenherz noch immer ungesattelt in seiner Box stand. Und auf einmal kam ihr die Idee.

»Ich kann Sie hinbringen«, sagte sie und deutete zum Stall. »Mit dem Pferd!«

Der alte Mann lachte auf. »Ich … nein. Ich werde zu Fuß gehen. Es ist ja noch Zeit bis zur Geländeprüfung.«

Jola biss sich auf die Lippe. Ganz kurz glaubte sie, Wolkenherz wiehern zu hören – oder bildete sie sich das nur ein, weil er so lange hier drin gehaust hatte? Sie schaute Opa Max fest in die Augen. »Aber Sie können doch reiten. Sie sind sogar mit Pferden aufgewachsen.«

Sie glaubte nicht daran, dass er ihr irgendwas erzählen würde. Aber der alte Mann nickte langsam.

»Das ist so lange her. Ich habe es längst verlernt.«

Nanu? Er hatte es zugegeben, ganz von allein! Sie wurde mutiger. »Katie sagt immer, reiten verlernt man nicht. Das ist wie Fahrrad fahren.«

Opa Max schaute auf das Fahrrad mit dem platten Reifen. »Ich fürchte, heute kann ich weder noch.«

Jola wagte kaum zu atmen. »Ich würde Ihnen so gern helfen«, flüsterte sie und meinte dabei nicht den platten Reifen.

Der Großvater schaute hinaus auf das bunte Treiben, das mit einem Mal leiser geworden war, so als hätte man einen Knopf gedrückt und die Wirklichkeit ausgeblendet. Und einen Moment, einen winzigen, schmetterlingsflügelschlagschnellen Augenblick lang dachte Jola: Jetzt redet er! Aber ebenso schnell war der Moment vorüber.

Opa Max stellte das Fahrrad in die Ecke und lehnte die Luftpumpe daneben. »Danke«, sagte er leise. »Dass du es versucht hast.«

»Moment«, rief Jola ihm nach. »Sie können doch nicht allein bis zum Trakehner Graben laufen!«

»Warum nicht? Das macht mir nichts aus. Aber ich werde losgehen, dann muss ich mich nicht so beeilen.«

Und du musst nicht sehen, wie ich Wolkenherz aus dem Stall bringe, dachte sie bitter.

Andererseits wäre Wolkenherz natürlich viel ruhiger, wenn Opa Max nicht in der Nähe war. Die Lautsprecher kündigten die letzte Prüfung an – den Vielseitigkeitswettkampf um den begehrten Ginstercup!

Jetzt musste sie aber wirklich dringend los. Sie spurtete aus dem Schuppen, aber dann hielt sie doch noch mal inne und lief in die andere Richtung, hinter Opa Max her.

»Er ist es«, keuchte sie, als sie ihn eingeholt hatte. »Er ist es wirklich! Warum glauben Sie es nicht?«

Zuerst dachte sie, er würde nicht antworten. So wie immer. Außerdem war es völlig verrückt, was sie behauptete – Erwachsene glaubten nicht an Geister! Aber das musste er doch auch gar nicht. Er konnte seine eigene Erklärung dafür finden, Hauptsache, er ließ es endlich zu!

»Weil er weiß ist«, flüsterte der alte Mann, ohne sie anzusehen und ohne stehen zu bleiben. »Das ist unmöglich.«

Jola starrte ihm noch hinterher, als er schon längst in der Menschenmenge verschwunden war. Sie konnte immer noch nicht fassen, dass er sie nicht abgewimmelt hatte, auch wenn sie aus seiner Antwort nicht schlau wurde – was bedeutete das nur? Er konnte nicht weiß sein? Hatte er womöglich zu Lebzeiten eine andere Farbe gehabt und war nur jetzt schneeweiß, weil … weil er ein Geist geworden war?

»Mensch, hier bist du!« Sanne packte sie am Arm und schleifte sie mit sich. »Was machst du denn hier? Du bist doch gleich dran! Komm schnell, sonst sattelt Milla dein Pferd!«

Sie rannten zum Stall, wo die anderen bereits ihre fertigen Pferde herausführten. Jola trat zu Wolkenherz, aber sie war so aufgewühlt, dass sie kaum einen klaren Gedanken fassen konnte. Was musste sie noch mal tun? Zum Glück war Sanne da und half ihr, über das ohnehin makellos weiße Fell zu bürsten und die Hufe noch einmal zu kontrollieren. Dann musste Jola sich umziehen, eine ausrangierte weiße Turnierhose von Katie – zusammen mit einem dunklen Pulli und Annas alten Lederreitstiefeln passte die wenigstens zu Wolkenherz' Look. Zusammen schleppten sie Sattel und Zaumzeug aus der Kammer und legten sie Wolkenherz an. Er sah so anders aus mit der geflochtenen Mähne, wie ein richtiges Turnierpferd. Jolas Herz klopfte zum Zerspringen, als sie ihn aus dem Stall ins Freie führte und sah, wie ein paar Zuschauer stehen blieben und staunend auf ihn zeigten.

»Geht es dir gut?« Milla zog Mileys Sattelgurt nach und sah sie schräg von der Seite an. »Du siehst irgendwie ziemlich blass aus.«

Weiß, dachte Jola. Ihr war wirklich nicht gut, aber das würde sie niemals vor Milla zugeben. »Alles okay.«

»Kriegst du kalte Füße?« Milla lächelte ganz leicht und zog sich auf Mileys Rücken hinauf. »Du dachtest wohl, mit Wolkenherz hast du den Sieg schon in der Tasche.«

»Hat sie auch«, murmelte Sanne und drückte sich an Jolas Seite. »Lass Jola in Ruhe, Milla! Wenn du nicht fair gewinnen kannst, brauchst du gar nicht mitzumachen.«

Millas Gesicht verdunkelte sich. »Fair nennst du das? Sie darf den Hengst nur reiten, weil sie mit Katie befreundet ist!«

Jola sah Sanne an, aber die zuckte mit den Schultern. »Lass sie reden. Du musst echt, echt los!«

Jola führte Wolkenherz zum Abreitplatz hoch und zog sich erst in seinen Sattel, als die Starterin vor ihr schon aufgerufen wurde. Eine Flut an Bildern rauschte auf sie ein, doch jetzt hatte sie keine

Zeit, darauf zu achten. Wolkenherz war unruhig – er spürte, dass sie mit den Gedanken ganz woanders war.

Weiß, dachte sie immer wieder, warum darf er nicht weiß sein?

»Die nächste Starterin ist Jola Sturm auf Wolkenherz!«

Oh Gott, sie hatte die komplette Abfolge vergessen! Oder doch nicht? Eigentlich hatte sie Katie zusehen und sich alles noch mal genau einprägen wollen. Jetzt musste sie eben improvisieren.

Wolkenherz schnaubte, als sie vor dem Richter hielt und grüßte. Und plötzlich – war alles wieder da. Die Gedanken, die eben noch wie ein Schwarm Schmetterlinge durch ihren Kopf geflattert waren, hatten sich alle in eine Ecke ihres Gehirns zurückgezogen und machten Platz für die Dressur, die sie reiten musste. Sie versuchte, auf die Flüsterstimme zu hören, die von überall zu kommen schien, und sie versuchte, ihre Hände und Füße ruhig zu halten und Wolkenherz nur mit ihrer Hüfte zu lenken, so wie Niko es ihr gezeigt hatte.

Als sie fertig war, applaudierte die Zuschauermenge. Einige standen sogar auf. Eine Lautsprecherdurchsage verkündete ihre Wertnote, aber Jola war zu versunken, um sie zu hören.

»Wow, Jola, das war richtig gut!« Katie trieb Keira neben sie und klopfte ihr auf die Schulter. »Du und ich haben dieselbe Wertnote gekriegt!«

Jola ließ sich aus dem Sattel gleiten. Sie fühlte sich zittrig, aber irgendwie auch gut – die erste richtige Dressurprüfung ihres Lebens lag hinter ihr! Ob ihre Mutter stolz auf sie gewesen wäre? Bestimmt. Von wo auch immer sie zusah, sie war stolz auf sie. Das wusste sie einfach.

Katie musste Keira herumführen, damit sie nicht die Nerven verlor. Die rote Stute zappelte herum und sprang jedesmal halb in die Luft, wenn sie an einem der Markierungsballons vorübergehen musste.

Katie verdrehte nur die Augen und lachte. »Na toll. Jetzt haben wir das Problem! Wer hatte nur diese dämliche Idee mit den Luftballons? Im nächsten Jahr malen wir stinknormale Schilder, so wie die anderen auch.«

Das Springen startete direkt im Anschluss, und weil es nicht genug Helfer gab, drückte Jola einer Zuschauerin Wolkenherz' Zügel in die Hand und lief in den Parcours, um beim Aufbauen zu helfen. Die Hindernisse machten ihr keine Angst mehr – auf Wolkenherz fühlte sie sich absolut sicher. Solange sie nicht die Reihenfolge der Hürden vergaß, konnte nichts schiefgehen.

Niko war der Parcours-Chef und passte auf, dass die Hindernisse alle genau im richtigen Winkel und Abstand zueinander standen. Jola übernahm Wolkenherz wieder, und diesmal stellte sie sich so, dass sie den ersten Reitern zusehen konnte. Bei der Springprüfung gab es noch feste Startplätze, auf die Geländestrecke würden sie dann nach Platzierung gehen, also der bis dahin beste Reiter zuletzt. Das steigerte die Spannung.

Katie und Keira kamen fehlerfrei durch den Parcours, aber sie bekamen trotzdem drei Strafpunkte, weil Keira den Oxer verweigert hatte. Milla und Miley dagegen schafften einen Nuller, also einen Ritt ohne Fehlerpunkte.

»Du musst besser sein als Milla«, flüsterte Sanne ihr zu. »Unbedingt, klar?«

Wieder war es die Flüsterstimme, die sie in den Parcours begleitete. Als würde der Wind durch unsichtbare Blätter rauschen. Jola versuchte, sich zu konzentrieren, und Wolkenherz sprang ohne Zögern über alle Hürden, auf die sie zusteuerte. Dann wusste sie nicht weiter. Oder doch – als Nächstes war der Steilsprung an der Reihe! Ein Rauschen, direkt in ihrem Kopf.

»Der andere«, flüsterte die Windstimme, und Jola drehte ihren Körper im letzten Moment nach links und hätte beinah den Oxer übersprungen, aber das Hindernis stand falsch herum, also ritt sie eine weitere Kurve und kehrte zurück zu dem Steilsprung.

Als sie aus dem Parcours ritt, verkündete der Sprecher: »Jola Sturm und Wolkenherz – drei Fehlerpunkte fürs Verreiten!«

»Das darf ja nicht wahr sein«, stöhnte Katie. »Machst du mir heute alles nach?«

»Was war denn los?«, fragte Milla scheinheilig lächelnd.

Aber Jola antwortete ihr nicht. Etwas stimmte nicht – die Stimmen waren so anders, gar nicht liebevoll und behütend wie sonst, sondern ungestüm und fremd. Sie flüsterten ihr Blödsinn ein. War es ihre Schuld? Hatte sie zu doll an Max gedacht, kriegte sie ihren Kopf nicht frei? Vielleicht musste sie nur fester an ihre Mutter denken. Sie herbeibeschwören.

Ohne hinzusehen, tastete sie nach dem gefalteten Bild in ihrer Hosentasche – es war noch da, es war immer da. Sie ritt für ihre Mutter, also würde ihre Mutter auch bei ihr sein.

Der Frühlingshimmel war wolkenlos und die Sonne malte alles in den schönsten Farben an. Perfekter konnte ein Tag nicht sein. Jola steckte einen Finger in den Mund und hob ihn in die Luft. Wartete, lauschte auf ein Gefühl. Aber es blieb aus. So windstill wie heute war es selten.

Das Flüstern war aus einem anderen Wind gekommen.

Oder aus einer anderen Erinnerung.

Sturzversunken

Die Geländeprüfung fing eine halbe Stunde später an, weil die Richterin sich vorher noch ein Bild vom Zustand der Pferde machen wollte. Katie zappelte nervös herum und versuchte immer wieder, Keira durch kleine Aufgaben abzulenken, aber die Stute regte sich dadurch nur noch mehr auf.

»Sie ist fertig mit den Nerven«, flüsterte Katie Jola zu. »Ich glaube, ich muss abbrechen.«

»Echt? Nach all eurem Training?«

»Was soll ich machen?« Katie sah so unglücklich aus, dass Jola der Stute eine Hand auf den Hals legte. Sie dachte gar nicht darüber nach, sie machte es einfach. Und plötzlich war Wolkenherz neben ihr und pustete Keira an. Nase an Nase standen sie da wie bei einem Pferdekuss, und als der Hengst einen Schritt zurückmachte, ließ Keira den Kopf sinken und begann zu grasen.

»Wow«, machte Katie und stupste Wolkenherz an. »Sag mir sofort, wie du das gemacht hast!«

Flüsterkräfte, dachte Jola nur.

Laut sagte sie: »Katie, ich muss dir unbedingt was erzählen! Dein Opa hat …«

Aber weiter kam sie nicht, denn die Richterin kam zu ihnen. Sie war eine kleine, drahtige Frau mit energischen Bewegungen, die schon einen Reiter nach Hause geschickt hatte, weil sein Pferd im Schritt nicht ganz klar ging.

»So, Katie!« Sie blieb vor der roten Stute stehen und tastete sie überall ab. »Sie sieht tiefenentspannt aus. Führst du sie mal für mich?«

Katie hatte Mühe, Keira mit sich zu lotsen. Viel lieber wollte die Stute jetzt fressen. Jola musste fast lachen, als Keira während dem Vortraben nach Grasbüscheln angelte. Das hatte sie bestimmt von Billy gelernt!

»Alles klar«, meinte die Richterin amüsiert. »Ihr seid fit, wie ich sehe!«

Dann kam sie auf Wolkenherz zu und streckte die Hände nach ihm aus. Wolkenherz stellte den Hals auf und sah sie aus seinen tiefdunklen Augen an.

»Nanu«, murmelte die Richterin. Sie bückte sich und betastete seine Beine, wie sie es bei den anderen Pferden auch getan hatte. Sie hob einen Huf an, fuhr an der Innenseite des Fesselgelenks entlang. Dann näherte sie sich seinem Kopf, streichelte seine Nase und schob zwei Finger zwischen seine Lippen, sodass er kurz das Maul öffnen musste. Stirnrunzelnd trat sie einen Schritt zurück und Jola musste mit ihm eine Runde im Schritt und im Trab gehen.

»Wie alt ist dieses Pferd?«, fragte die Richterin.

»Wir wissen es nicht genau«, sagte Jola. »Er ist uns zugelaufen.«

Die Richterin nickte abwesend. »Hm. Er macht einen topfitten Eindruck und scheint auch weder müde noch erschöpft zu sein. Aber vom Zustand seiner Zähne und Hufe her würde ich darauf tippen, dass er schon ziemlich alt ist. Mindestens dreißig Jahre, wenn nicht älter.«

Jola biss sich auf die Lippe. Sie wusste nicht, was sie darauf sagen sollte – ja, kann schon sein, dass er so alt aussieht, aber wissen

Sie, das ist unwichtig, denn er ist ein fleischgewordenes Geisterpferd? Die würde sie im Leben nicht mehr an den Start lassen.

»Schaut euch nur mal sein Fell an«, sagte die Richterin und fuhr Wolkenherz' Kruppe entlang. »So einen hellen Schimmel habe ich selten gesehen! Er hat keinerlei Abzeichen mehr im Fell.« Sie wanderte um ihn herum, und Jola stellte sich dicht an seinen rechten Hinterschenkel, damit die Richterin nicht auch noch seltsame Fragen zu seinem Brandzeichen stellen konnte.

»Dürfen sie jetzt nicht an den Start?«, mischte Katie sich ein.

Die Richterin schien zu überlegen. »Ich sehe keinen Grund, warum ich ihn nicht zulassen sollte. Wie gesagt, er scheint topfit zu sein. Aber ihr solltet darauf achten, dass ihr ihn nicht überfordert.«

Als die Richterin weg war und sie alle aufsitzen konnten, prustete Katie vor Lachen. »Wenn die wüsste, wie alt er wirklich ist – also, seine Geisterjahre mitgerechnet –, die würde ins Koma fallen vor Schreck!«

Jola ließ Wolkenherz eine Runde laufen und versuchte, die Flüsterstimmen auszublenden. Jetzt ergab das, was Opa Max vorhin gesagt hatte, plötzlich Sinn! Er ist weiß, hatte er gesagt. Und das kann nicht sein. Natürlich weil ein Schimmel erst im Alter richtig weiß wurde. Und wenn er ihn als Kind gekannt hatte, damals in Trakehnen – dann war Wolkenherz noch nicht weiß gewesen, sondern schwarz oder braun wie alle Schimmelfohlen. Max ging davon aus, dass Wolkenherz gestorben war, dass er nie erwachsen geworden war und sein dunkles Fohlenfell verloren hatte! Ihr wurde ganz heiß bei dem Gedanken, was das in ihm ausgelöst haben musste. Deshalb erkannte er ihn nicht! Und deshalb glaubte er ihr auch nicht – weil Wolkenherz jetzt vollkommen anders aussah!

»Wer hätte das gedacht?« Milla ritt neben Jola und kniff die Augen zusammen. »Ich hätte alles darauf gewettet, dass du nach mir an den Start gehst. Dieses Jahr hole ich mir den Ginstercup!«

»Du vergisst, dass Katie auch dabei ist. Keira ist super im Gelände.«

Milla zuckte mit den Schultern. »Keira ist jung. Die hat noch gar nicht die Nerven dafür. Und du wärst auch keine Gegnerin für mich. Aber dein Pferd, das ist unschlagbar. Vermassel es nicht, Jola! Es wäre voll schade um ihn.«

Wolkenherz warf ungeduldig den Kopf herum, und auf einmal spürte Jola die unsichtbare Hand, die auf ihrem Rücken ruhte. Ein Schauder überlief sie und ihre Hände begannen zu zittern.

Mama, dachte sie, Mama, du bist doch bei mir!

Sie schloss die Augen. Milla sagte noch etwas zu ihr, aber sie wollte nicht mehr reden, dieser blöde Konkurrenzkampf ging ihr sowieso auf die Nerven. Sie wollte jetzt endlich los und zu ihrer Mutter finden!

Katie und Keira mussten vor ihr an den Start, obwohl sie von den Punkten her genau gleichauf lagen. Das Los hatte so entschieden. Jola sah zu, wie sie über den ersten Baumstamm jagten und in vollem Galopp im Wald verschwanden.

»Gleich sind wir an der Reihe«, flüsterte sie Wolkenherz zu. »Es ist mir egal, ob wir gewinnen, hörst du? Ich will es nur … fühlen.«

Wolkenherz tippelte unruhig auf der Stelle herum. Er wurde immer ungeduldiger, warf sich herum und stieg mit seinen Vorderbeinen ein Stück in die Luft. Die Zuschauer, die sich am Start versammelt hatten, stießen sich gegenseitig an und zeigten auf den Hengst.

»Als Nächstes am Start ist unser vorletztes Team: Jola Sturm und Wolkenherz!«

Wolkenherz bäumte sich auf, und Jola musste all ihre Willenskraft aufbringen, um ihn am Loslaufen zu hindern. Sie ließ ihn an den Start traben und atmete tief ein und wieder aus, um den tänzelnden Hengst zu beruhigen.

»Jola, alles klar?« Niko kam zu ihr gelaufen und schaute Wolkenherz besorgt an. »Was ist los mit ihm?«

»Ach, nix. Lampenfieber!«

»Hey, wenn er wild wird, lass es lieber!«

»Alles gut, Niko. Danke.« Sie lächelte zu ihm hinunter. Niko wusste ja nicht, was sie wusste – Wolkenherz war nicht wild, er wollte einfach nur zu Max! Da fiel der Startschuss und endlich durfte sie ihn laufen lassen.

Wolkenherz schoss aus dem Stand los. Seine Hufe wirbelten Grasflocken auf, und Jola musste sich weit nach vorn lehnen, um nicht vom Schwung seiner Sprungkraft heruntergeschleudert zu werden. Dann lag der Baumstamm hinter ihr und sie bogen in den Wald ein. Tiefe Schatten umfingen sie, und für einen Moment musste sie blinzeln, um wieder richtig sehen zu können. Lichtblitze tanzten vor ihren Augen, nein, keine Lichtblitze – Glühwürmchen? Verwirrt schüttelte sie die Bilder ab.

Vor ihr tauchte nun die Hecke auf. Die Zweige hatten sie und Lea am Morgen selbst frisch aufgeschüttelt und somit das Hindernis höher gemacht, aber Wolkenherz segelte darüber, als wäre es überhaupt nicht da. Aus den Augenwinkeln sah sie den Streckenposten, der begeistert beide Daumen in die Luft reckte.

Der breite Holzkarren hatte Zweige und Moos geladen und sah überhaupt nicht aus wie etwas, was man überspringen konnte, doch Wolkenherz zögerte nicht eine Sekunde. Jola schloss die Augen, ganz kurz nur. Ihr Tempo war halsbrecherisch, und doch hatte sie nicht die geringste Angst, sie könnten stolpern oder der Hengst würde mit ihr durchgehen. Sie kannte sein Ziel und irgendwie … war es damit auch ihr Ziel geworden.

Der Graben, unter ihr, wie aus dem Nichts. Ein Abgrund, tiefschwarz im hellen Licht, der sich bewegte und durch das Laub schlängelte – was? Jola keuchte auf, aber da hatten sie den Graben schon hinter sich gelassen und das Laub und die unheimliche Vision auch.

Der Weg vor ihr machte eine scharfe Biegung, dann ging es steil bergauf. Nun konnte Wolkenherz zeigen, wie viel altes Pferd in ihm steckte! In gestrecktem Galopp übersprang er die breite Holzkiste und die ineinander verkeilten Balken, und Jola warf einen Blick auf den Streckenposten, um seine Reaktion abzuschätzen, aber auf dem Schemel saß niemand. Nanu? Hatte Helen doch zu wenig Leute aufgetrieben?

Erneut schossen sie um eine Kurve, und da wusste Jola, warum der Streckenposten nicht auf seinem Platz gewesen war: Opa Max hatte seinen Klappstuhl auf einen Hügel geschleppt, um beide Bereiche überblicken zu können. Auf die Art hatte er gleich drei Hindernisse im Auge. Jetzt hatte er sie entdeckt! Jola hielt den Atem an. Opa Max stand auf, um besser sehen zu können, und Wolkenherz bremste, warf den Kopf hoch und wieherte so laut, dass man es bestimmt bis zum Ginsterhof hörte.

Zu spät fiel Jola ein, dass sie nun genau auf den Trakehner Graben zuhielten. Sie konnte das Hindernis schon sehen, den Baumstamm, das matt schillernde Wasser … Wolkenherz schüttelte den Kopf und drängte nach rechts, aber Jola drückte ihm die

Schenkel gegen den Bauch, um ihn auf der Spur zu halten. Der Graben, wenn Wolkenherz nur den Graben nicht sah!

Und dann geschah alles auf einmal. Das Hindernis tauchte vor ihr aus dem Dunst, aber die Stange lag viel höher als beim letzten Mal und das Wasser glänzte hell im Sonnenlicht. Sie waren so schnell, zu schnell – sie zerrte an den Zügeln, versuchte zu bremsen, Wolkenherz geriet aus dem Takt und landete mit einem Huf im Wasserbett des Grabens. Sie schrie auf, als er stürzte. Etwas Hartes traf sie am Kopf und …

Ein Ruck, dann das Geräusch trommelnder Hufe auf Waldboden. Jola blinzelte verwirrt. Das Hindernis, es ragte vor ihr auf – nichts war passiert, sie steuerten immer noch darauf zu! Waren sie wirklich so schnell? War diese Vision eine Warnung gewesen, ein Vorbote, würde Wolkenherz in den Graben rutschen und stürzen? Dann durfte sie auf keinen Fall dieses Hindernis überspringen! Sie zerrte an den Zügeln, aber es war zu spät, sie waren viel zu dicht dran. Ein Ruck fuhr durch den Pferdekörper und plötzlich fand Jola keinen Halt mehr. Unter ihr war nichts, nur Leere – und Wasser. Sie schlug hart mit dem Kopf gegen eine Kante und Flüsterblitze explodierten vor ihren Augen.

Für einen Moment sah sie sich selbst dort liegen, mit verdrehten Armen und leerem Blick. Dann verschwamm das Bild und wurde zu jemand anders, einer jungen Frau. Konnte das …? Sie versuchte, ihr Gesicht zu erkennen, ihr Haar zu berühren, aber das Bild verblasste, alles um sie herum verblasste, die Bäume, das Laub und auch sie selbst.

Erschöpft schloss sie die Augen und alles um sie herum wurde schwarz.

Die Kraft der Gedanken

Als sie erwachte, war die Flüsterstimme wieder da, also blieb sie ganz ruhig liegen und lauschte darauf, was sie zu sagen hatte.

»Jola«, hörte sie sie wispern. »Jola, hörst du mich?«

Ja, wollte sie antworten, aber damit hätte sie die Stimme vertrieben, und das wollte sie nicht. Sie stellte sich einfach weiter schlafend und tat, als hörte sie überhaupt nichts. Etwas klebte an ihren Beinen, aber als sie die Zehen bewegte, spürte sie, dass es federleicht war, Vögel vielleicht, nein, lieber Schmetterlinge. Sie wollte lächeln, aber das ging nicht, wegen der Stimme. Wo war sie hin?

Da – eine Berührung. Gehörte die zu der Stimme? Ein Streicheln an ihrer Wange, so sacht, so leise. Wieder ein Flüstern: »Ich hole Hilfe. Keine Angst, ich hole Hilfe!«

Und dann war sie plötzlich allein. Sie wusste es, obwohl sie die Augen noch immer geschlossen hielt. Nun konnte sie blinzeln. Aua – ihr Kopf tat weh! Und alles drehte sich. Sie versuchte es noch einmal. Ah, schon besser. Nicht mehr so schwammig. Sie schien auf dem Boden zu liegen, auf der Seite, denn feuchtkaltes Laub klebte an ihrer Nase und eine riesige Waldameise schaute ihr genau ins Gesicht. Augen wieder zu und erst einmal atmen. Neuer Versuch.

Die Ameise war immer noch da. Hatte die etwa mit ihr gesprochen? Das war unmöglich. Aber was war eigentlich unmöglich?

Sie war von einem Geisterpferd gestürzt, an einem Hindernis, das genauso hieß wie das Pferd …

Der Schreck fuhr durch ihre Glieder, als hätte sie sich verbrannt. Wolkenherz! Wo war Wolkenherz? Sie blinzelte die Ameise weg und stellte ihre Augen auf die Entfernung scharf.

Er stand, Gott sei Dank. Also war er unverletzt! War nur sie in den Graben gestürzt? Etwas trat in ihr Blickfeld, versperrte die Sicht auf den Hengst. Nein, jemand. Das war doch nicht … Aber die Augen fielen ihr wieder zu und sie musste ein paarmal tief einatmen, ehe sie genug Kraft gesammelt hatte, um sie wieder aufzuklappen.

Dort, vor ihr im Wald, waren ein Mensch und ein Pferd. Es sah unwirklich aus, weil sie dort einfach so herumstanden und sich ansahen. Außerdem waren sie zur Seite gekippt, aber das waren die Bäume auch, das gehörte wohl zum Spiel. Der Mensch trat einen Schritt nach oben – nein, nach vorn –, und das Pferd tat es ihm nach. Jetzt streckte der Mensch seinen Arm aus und das Pferd machte den Hals lang. Sie waren nur wenige Handbreit voneinander entfernt, aber trotzdem schien es Stunden zu dauern, bis sie sich endlich berührten.

Das Pferd sagte etwas. Nein, der Mensch sagte etwas. Oder die Flüsterstimme? Egal. Wolkenherz, hörte sie. Du bist es wirklich! Es war, als würde ein Bann brechen. Der Mensch stolperte und fiel dem Pferd um den Hals. Oder hielt er sich an ihm fest? Sie konnte sehen, wie er das Bein anhob und versuchte, den Fuß in den Bügel zu stellen, aber er schaffte es nicht. Also trat er ein paar Schritte nach unten – oder hinten – und das Pferd folgte ihm. Nun konnte er auf einen Baumstumpf steigen und von dort den Fuß in den Steigbügel stellen.

Sie musste lächeln und wusste gar nicht, wieso. Dieser Mensch und sein Pferd passten so gut zusammen! Sie wusste, jetzt war alles gut. Ein Vorhang konnte zufallen. Und dann wurde sie traurig, einfach so. Aber nur ganz kurz. Sie sah dem Paar hinterher, wie es ins Nebellicht des Waldes davonritt, und sie hätte sich gern verabschiedet – aber sie wollte auch nicht stören, also blieb sie liegen, nur noch ein bisschen, und sah auf die Stelle, an der sie verschwunden waren.

Ein Mann und ein Pferd. Der Wald. Und eine Ameise, irgendwo vor ihrem Gesicht. Sie blinzelte wieder und die Bäume verschwammen. Das Blatt vor ihrer Nase kitzelte, aber die Ameise war verschwunden. Vielleicht war sie ja nie wirklich da gewesen. Es lauerten zu viele Bilder in ihrem Kopf, so langsam konnte sie das nicht mehr unterscheiden.

Aber der Mann auf dem Pferd, der war real gewesen. Da war sie völlig sicher.

»Vorsichtig, nicht zu doll!«

»Dürfen wir sie überhaupt anfassen? Wenn wir jetzt irgendwelche Wirbel verschieben und sie ist danach gelähmt?«

»Wir müssen sie doch hochheben oder sollen wir sie hier im Wald liegen lassen?«

»Nein, aber ein Arzt würde sie jetzt …«

»Psst! Seid mal still!«

Jola blinzelte. Hatte sie geschlafen? Wo war sie überhaupt? Etwas kitzelte sie an der Nase, aber das war gar nicht das Problem. Ihr Arm war das Problem – den konnte sie nämlich nicht mehr bewegen.

»Jola!« Jemand drückte sich an sie, wurde aber sofort wieder weggerissen.

»Katie, Mann, sei doch vorsichtig! Wir wissen noch gar nicht, was sie hat!«

Oh, das war Nikos Stimme. Und hinter ihm stand Sanne, die Hände unsicher in die Taschen gebohrt. Was machten die alle hier?

»He, Leute«, krächzte sie. »Wie geht es euch?«

Jemand ließ sich an ihre andere Seite fallen und griff nach ihrer Hand. Nach der, die sie spürte. »Kleines, was machst du nur für Sachen! Kannst du dich bewegen?«

Jola versuchte, den Kopf zu drehen. Es funktionierte. Er tat auch gar nicht mehr weh, brummte nur ein bisschen. Sie lächelte ihren Vater an. »Geht schon wieder! Ich glaube, ich bin eingeschlafen.«

Katie, die über ihr hockte, gluckste leise. »Ja, das ist ein besonders toller Ort für ein Schläfchen, Jola. Und ein super Zeitpunkt!«

»Warum?« Jola wollte sich hinsetzen, aber ihr unbrauchbarer Arm knickte immer wieder unter ihr weg. Irgendwas … hatte sie gesehen. Nein, geträumt. Sie schaute sich um. »Wir sind im Wald«, stellte sie fest. Und auf einmal war alles wieder da, das Turnier, die Aufregung, Wolkenherz, die Geländestrecke … »Oh! Muss ich nicht – bin ich schon dran?«

»Heute nicht mehr«, sagte ihr Vater sanft und streichelte ihren Kopf. »Versuch mal, ob du aufstehen kannst.«

Jola schüttelte ihren Arm, aber er war so taub, dass sie nicht mal fühlen konnte, ob die Finger noch dran waren. Dafür funktionierten ihre Beine noch ganz gut. Langsam schob sie sich auf die Knie und stellte einen Fuß auf. Ihr Vater stützte sie auf der einen Seite und Niko auf der anderen. Ui, wie die Bäume wackelten!

Nein, es ging nicht. Sie musste sich wieder hinsetzen. Und jetzt erwachte plötzlich ihr tauber Arm zum Leben. Ein Kribbeln breitete sich aus, von der Schulter bis zu den Fingerspitzen. Als wären eine Million Riesenameisen in sie hineingekrochen, während sie geschlafen hatte. Es tat weh, richtig weh, und sie streckte den Arm weit von sich. Aber nach einer Weile wurde es besser und dann konnte sie auch die Finger wieder bewegen und eine Faust machen.

»Ich glaube, ich bin wieder okay«, sagte sie langsam. »So kann ich schon wieder reiten.«

Katie legte ihr den Arm um den Hals. »Jola, das Turnier ist vorbei! Du hattest … einen Unfall.«

»Welchen Unfall?«

»Du bist vom Pferd gerutscht. Genau in den Wassergraben. Und dann bist du bewusstlos liegen geblieben und nicht wieder aufgestanden. Mann, wir haben alle ganz schön Schiss gekriegt!«

Jola schloss die Augen. Ein Bild tauchte aus ihrer Erinnerung, ein Mann auf einem Pferd, die im Zwielicht verschwanden … Max und Wolkenherz! Keuchend riss sie die Augen wieder auf.

»Wo ist Wolkenherz?«

»Keine Sorge«, piepste Sanne. »Dem geht es gut. Er steht im Stall und futtert sein Heu. Ihm fehlt nichts, er ist okay!«

»Aber … was ist mit Max?« Verwirrt schüttelte Jola den Kopf. Das klappte schon wieder ganz gut, die Bäume wackelten nur einen kurzen Moment. Sie sah sich um. Max war nicht hier, aber das konnte er ja auch gar nicht – Max war mit Wolkenherz davongeritten!

»Er hat uns erzählt, was passiert ist«, sagte ihr Vater ruhig.

»Wolkenherz hat den Sprung verweigert«, mischte Niko sich ein. Er machte ein betretenes Gesicht, als hätte er ein schlechtes

Gewissen. »Und dabei bist du runtergefallen. Er war Streckenposten und saß da oben im Wald – er hat alles gesehen!«

Ja, dachte Jola, ist mir egal, ich will wissen, was mit ihm und Wolkenherz ist!

Suchend sah sie sich um, aber auch Opa Max konnte sie nirgendwo entdecken.

»Er ist nicht hier, er war total aufgelöst, als er zurückkam. Wir haben uns alle Sorgen um dich gemacht!«

Jola suchte Katies Blick.

Sie würde verstehen, was los war. »Er ist auf ihm geritten«, flüsterte sie. »Ich dachte … ich dachte, sie gehen nun … wo sie sich endlich gefunden haben …«

»Wovon redet sie da?«, murmelte Niko und drückte sich sein Handy ans Ohr. »Alles klar, Helen. Nein, braucht ihr nicht. Sie ist wach und ansprechbar und kann sogar stehen. Wir bringen sie mit.«

Katie runzelte verwirrt die Stirn. »Was meinst du? Wolkenherz kam allein zurück. Und Opa, der muss durch den Wald gerannt sein, so fertig, wie er ausgesehen hat. Sein Funkgerät hat verrücktgespielt, deshalb musste er zu Fuß Hilfe holen!«

»Aber …« Jola merkte, wie ihr die Tränen kamen. Hatte sie sich das wirklich alles nur eingebildet? Oder hatte sie womöglich gar nicht Max gesehen, sondern jemand ganz anderes? Sie ließ den Kopf sinken und lehnte sich an ihren Vater.

»Zum Glück ist nicht mehr passiert«, sagte Jan und strich ihr eine Haarsträhne aus der Stirn. »Mann, hast du mir einen Schreck eingejagt, Kleines! Ich stand im Ziel und habe auf dich gewartet, und da kommt auf einmal dieses weiße Pferd mit fliegenden Zügeln angaloppiert, reiterlos und wiehernd …« Er blinzelte, aber sie hörte trotzdem, dass er weinte. »Oh, Jola! Ich habe doch nur noch dich.«

»Der Krankenwagen wartet schon auf dich«, verkündete Niko leise. »Wir sollten gehen.«

Er und ihr Vater nahmen Jola in ihre Mitte und stützten sie, damit sie nicht umkippte. Aber nach ein paar Schritten merkte sie, dass die Bäume nicht mehr wackelten und dass sie auch allein gehen konnte. Sie folgten einem Pfad, der genau vor dem letzten Hindernis aus dem Wald führte, und Jola sah den Krankenwagen schon von Weitem.

Am liebsten wäre sie wieder zurück in den Wald gelaufen und hätte sich durch die Ginsterbüsche zum Stall geschlichen, damit sie nicht dorthinein musste – aber dann rannten Helen und Stefan, Anna, Lea und Jonas auf sie zu, und in ihren Gesichtern stand so viel Sorge, dass sie einwilligte und dem Arzt in den Krankenwagen folgte.

»Ich muss jetzt aber nicht mitfahren, oder?«, fragte sie sofort.

»Das kommt darauf an«, verkündete der Arzt und leuchtete ihr in die Augen. Sie musste ihre Reflexe testen und sich ausziehen, damit der Arzt sie nach Blutergüssen und anderen Verletzungen abtasten konnte. Zuletzt hörte er ihre Lunge und ihr Herz ab und legte eine ganze Zeit lang die Hand auf ihre Stirn.

»Bin ich heil geblieben?«, fragte Jola vorsichtig.

»Du bist okay.« Der Arzt nickte und trat zurück, damit sie sich wieder anziehen konnte. »Durch den Sturz hast du nur ein paar blaue Flecken abbekommen. Das Problem war dein Kreislaufzusammenbruch. Du bist sehr blass, hast du heute schon was gegessen oder getrunken?«

Jola überlegte. Sie konnte sich nicht daran erinnern, doch, der

Müsliriegel heute Morgen – ach nein, den hatte sie Katie gegeben. Sie schüttelte den Kopf.

»Aha. Ich denke, die Aufregung hat dich in Unterzucker versetzt, und deshalb bist du ohnmächtig geworden. Du kriegst jetzt ein paar Elektrolyte von mir und dann ist für heute Bettruhe angesagt, hörst du?«

Auf keinen Fall, dachte Jola. Ich muss doch rauskriegen, was mit Max und Wolkenherz geschehen ist!

Aber sie nickte artig und war froh, als der Arzt sie wieder nach draußen entließ.

Noch immer strahlte der Himmel indigoblau, und obwohl die Sonne bereits tiefer stand, war die Luft noch warm, und es duftete nach Apfelschnecken. Jola erzählte geduldig, was passiert war, und versicherte allen, dass sie okay war, wirklich, und ihr war auch nicht mehr schwindlig und nein, sie wollte sich nicht hinlegen, nur umziehen, weil ihre Hose nass und das Wasser in ihre Stiefel geschwappt war.

Katie schnappte sich die letzte Apfelschnecke aus dem Korb und reichte sie Jola. »Hier! Du brauchst sicher Energie.«

Dankbar biss Jola hinein und dann packte sie Katie am Ärmel und zog sie mit sich. Natürlich lief sie nicht zum Haus, sondern stieß die Tür zum Stall auf, an der immer noch das Schild »Nur für Reiterinnen und Reiter!« klebte.

»Es geht ihm gut, ehrlich!« Katie folgte ihr und sie blieben vor Keiras Box stehen.

Die anderen Pferde waren alle längst wieder draußen und fraßen ihr Heu. Nur Wolkenherz war im Stall geblieben. Er warf den Kopf hoch, als er Jola sah, und stieß ein leises Brummeln aus.

»Hey, mein Schöner«, sagte sie leise. »Wenn du nur reden könntest!« Sie öffnete die Tür und trat zu ihm. Sein Fell glänzte, als hätte er den ganzen Tag hier herumgestanden. Sacht legte sie ihm die Hand auf den Hals und lehnte ihren Kopf an seine Schulter.

»Hast du wirklich geglaubt, Opa hätte ihn geritten?«, fragte Katie ungläubig.

»Ich habe es gesehen.« Jola schaute sie an. »Er hat ihn erkannt, Katie! Er weiß jetzt, wer er ist.«

»Und das hast du nicht geträumt? Du warst ohnmächtig. Da sieht man schon mal Dinge, die es nicht gibt.«

Jola schüttelte den Kopf. »Ich habe den ganzen Tag Dinge gesehen, die es nicht gibt. Aber dazu brauche ich Wolkenherz. Als ich auf der Erde lag, war er aber nicht bei mir. Er war bei Max!«

Katie blies sich eine Haarlocke aus dem Gesicht und straffte die Schultern. »Gut, dann müssen wir eben noch mal mit ihm reden. Aber diesmal lassen wir ihn nicht mit Ausreden davonkommen!«

Sing my Song

Als sie aus dem Stall traten, war der Hof voller Menschen. Vor der großen Kastanie war eine Bühne aufgebaut und Annas Bandmitglieder schleppten Instrumente, Mikroständer und Kabelrollen heran.

Auf der Bühne standen schon der Verstärker und ein Mischpult – und Anna, die gerade ein Interview ins Mikrofon von Radio-Active-Harry gab. Dabei sah sie so selig aus, als hätte sie eben im Lotto gewonnen.

Jola lief zu ihr und wartete, bis sie fertig war. »Hat es geklappt?«

Anna grinste. »Der Plattenvertrag? Oh ja. Der Hammer!«

»Und der Song?«

»Was ist damit?«

Jola biss sich auf die Lippe. »Wirst du den Song genauso spielen? Als … Liebeskummerlied?«

Anna schüttelte den Kopf. »Nein. Es wird wieder ein trauriger Song daraus. Den Plattenbossen hat er so auch besser gefallen.«

»Oh!« Überrascht schaute Jola zu Jonas, der eben einen neuen Kabelsalat anschleppte. »Das ist gut. Aber was sagen die anderen dazu?«

»Sie waren nicht begeistert, aber letztendlich müssen sie jetzt sowieso machen, was die von Cloudy Records wollen. Und in dem Punkt waren wir uns absolut einig.«

»Anna«, begann Jola vorsichtig. »Kann ich den Brief noch mal haben? Ich würde ihn gern Katie zeigen.«

Anna legte den Kopf schräg. »Ach, warum nicht? Eigentlich brauche ich ihn nicht mehr. Er hat … seinen Zweck erfüllt, sagt man doch so schön! Ich gebe ihn dir nachher.«

»Danke!« Jola hüpfte von einem Bein aufs andere. Jetzt, wo die Sonne unterging und die Tageswärme nachließ, wurde ihr doch kalt in ihren nassen Hosen. Sie lief zum Haus hinüber, schälte den feuchten Stoff von ihren Beinen und stellte die Stiefel verkehrt herum am Fensterbrett auf, damit sie von innen trocknen konnten. Zum Glück passten sie Anna sowieso nicht mehr – es wäre megapeinlich gewesen, wenn sie ihr gute Stiefel ruiniert hätte! Sie schlüpfte in eine gefütterte Stoffhose und ihren Kapuzen-Kuschelpulli, der mit dem Koru-Symbol vorne drauf. Bei den Maori stand diese Spirale für ein Leben in Harmonie innerhalb der Familie – nicht ganz unpassend, fand Jola. Sie brauchte zwei Paar Socken, um ihre Füße wieder warm zu bekommen, und ihre Schuhe wurden davon ganz schön eng, aber das war ihr gerade egal.

Sie wollte eben zurück nach draußen laufen, als ihr Blick auf etwas fiel. Ein Stückchen Stoff. Nicht groß, aber mit einer ordentlichen Schnittkante. Sie hob ihn auf und drehte ihn in den Fingern. Wie kam er hier in den Flur, genau vor ihre Tür? Seltsam, irgendwo hatte sie dieses Muster schon einmal gesehen. Oder täuschte sie sich? Heute war Tag der Täuschung, sie sollte vorsichtig damit sein. Okay, nachdenken. Wo konnte sie dieses Stoffmuster schon einmal gesehen haben? An Katies oder Annas Kleidung? Nein. Eher … Auf einmal wusste sie es. Sie erinnerte sich so genau, als hätte sie erst gestern vor diesem Stückchen Stoff gekniet und wäre darüber enttäuscht gewesen, was sie entdeckt hatte! Ohne die Schuhe auszuziehen, stieß sie die Verbindungstür zum Haupthaus auf und rannte die Treppe hoch, immer zwei Stufen auf einmal. Sie schlingerte um die Kurve und stand vor einer Tür, die, wie sie wusste, niemals abgeschlossen war. Trotzdem wurde sie nicht häufig benutzt, und so quietschte sie ein wenig, als Jola sie aufschob.

Der Dachboden war dunstig und aufgewärmt von dem sonnigen Tag. Staublicht fiel durch das kleine Fenster über dem Sekretär, aber das, was sie erkennen konnte, genügte Jola. Sie lief zu dem alten Möbelstück und zog die kleine Tür des Schränkchens auf, das die Tischplatte stützte. Das ging ganz leicht, weil sie die Tür im Winter bereits aufgebrochen hatte.

Und da stand sie, eingestaubt und angerostet. Die alte Nähmaschine von Katies Großmutter, und vorne, unter der Nadel, klemmte ein Stückchen Stoff. Jola drehte vorsichtig an dem Rad, und tatsächlich bewegte sich die Nadel und gab das Fetzchen frei, sodass Jola es herausziehen und ins Licht halten konnte.

Die zwei Stoffstückchen passten so perfekt ineinander wie Puzzleteile.

Ein Schauder überlief Jola. Sie stand auf und schaute hinunter auf das Treiben, die letzten Turnierpferde, die noch an ihren Hängern angebunden standen oder in kleinen, selbst abgezäunten Vierecken grasten. Das Licht hatte sich verändert, schimmerte jetzt golden, und für einen Moment sah Jola nicht die Menschen dort unten, sondern jemand anders, einen Mann, der sich in der Scheibe spiegelte. Sie lehnte sich vor und hauchte gegen das Glas. Das Staubherz war beinah verblasst, aber es war noch da, ganz leicht, ganz schwach. Stoffstücke in einer Blechdose. Versteckt im Stall, versteckt wie ein gut gehütetes Geheimnis. Ein Brief voller

Schmerz – ein Herz im Staub. Wolkenherz. Sie wusste es, sie hatte es die ganze Zeit schon gewusst! Es gab überhaupt keine andere Erklärung.

Niemand am Ginsterhof hatte den Brief bekommen. Er war hier geschrieben worden, hier oben. Und dann in einer Blechdose verschwunden. Aber warum der Stall? Warum dort? Auch darauf hatte sie eine Antwort. Sie selbst hatte es gesagt: Die Menschen versteckten ihre Schätze und Geheimnisse an einem Ort, der ihnen sicher schien. Dieser Brief – an wen auch immer er gerichtet war – hatte niemals seinen Empfänger erreicht, denn er war nie abgeschickt worden.

Du bist mein liebstes Geheimnis.

Sie nahm den zweiten Stoffstreifen mit und hastete die Treppe wieder nach unten. Niemand war im Haus, nur Minnie, die Helen weggesperrt hatte, weil zwei Kinder fürchterliche Angst vor ihr gehabt hatten. Jola streichelte die Faltennase und Minnie drückte sich an sie. Bestimmt waren die Kleinen längst weg.

»Komm«, sagte sie zu dem Hund, und Minnie wedelte so heftig mit ihrem Schwanz, dass ihr ganzer Körper wackelte.

Aber Jola wollte durch den Anbau raus. Minnie folgte ihr und blieb stehen, als Jola die Stirn runzelte. So wie der Stofffetzen gelegen hatte, sah es aus, als hätte ihn jemand vor ihre Tür geworfen. Aber wahrscheinlich stimmte das gar nicht. Jemand hatte ihn verloren, unabsichtlich.

Aber nicht vor ihrer Tür, sondern der daneben! Unsicher trat sie von einem Bein aufs andere, dann klopfte sie an die Tür von Opa Max. Zaghaft. Und noch einmal, diesmal etwas lauter. Sie klopfte noch dreimal, bis sie einsah, dass sie keine Antwort erhalten würde.

Farbschimmer tanzten durch die Luft, golden, rot, orange. Das letzte Sonnenlicht schien genau auf die Bühne und verfing sich in Annas Haar, als sie vor das Mikro trat und verkündete, dass Sunset Barn nun zu Cloudy Records gehörten und bald ihre erste offizielle Single herausbringen durften! Die Menge jubelte und applaudierte begeistert. Jonas stimmte den ersten Ton an und sofort legten die anderen los und Annas Stimme hallte klar und kraftvoll in die aufziehende Nacht.

Eine Weile stand Jola am Rand und hörte zu. Sie freute sich für Anna, für ihren Erfolg, und am meisten freute es sie, dass »Schatten im Wind« nun wieder seine ursprüngliche Bedeutung bekam. Jemand legte von hinten die Arme um ihre Schultern, und sie lehnte sich an ihren Vater, den sie erkannte, ohne sich umschauen zu müssen.

»Ich bin so froh, dass dir nichts passiert ist«, murmelte er in ihre Haare.

Sie legte den Kopf in den Nacken. »Keine Sorge! So leicht wirst du mich nicht los.« Dann fiel ihr etwas ein. »Hast du wirklich im Ziel auf mich gewartet?«

»Hm. Ich wollte dich … na, du weißt schon. Ich hätte dich sogar fotografiert.«

»Auf Wolkenherz? Ehrlich?«

»Hm.«

Sie musste lächeln. Das war wirklich eine riesige Ehre! Und wie gern hätte sie dieses Foto besessen. Aber wenn sie durchs Ziel geritten wäre, hätte Max ihn doch niemals … Sie machte sich von ihrem Vater los.

»Ich muss Katie finden. Aber Papa – danke. Das bedeutet mir so viel!«

Er verdrehte die Augen, aber dann lächelte er und nickte. Plötzlich schien ihm etwas einzufallen und er griff in seine Tasche. »Ach so, bevor ich es vergesse … das hier soll ich dir geben. Von Anna.«

Es war ein Umschlag, nicht zugeklebt und nicht beschriftet. Jola wusste sofort, was darin war.

»Danke!«, rief sie, nahm den Umschlag an sich und drückte ihn fest gegen ihre Brust. Sie schob sich durch die Menge und suchte nach Katie – die stand doch bestimmt wieder in der ersten Reihe, so wie bei jedem Konzert! Aber diesmal hatte sie kein Glück, also lief sie zum Stall.

Das Tor stand offen, rotgoldenes Licht schwappte herein. Es roch nach Heu und Bratwürstchen, und Jola merkte, dass sie einen Bärenhunger hatte. Katie hockte auf einem Heuballen, hatte die Beine untergeschlagen und den Kopf an die Wand zur Futterkammer gelehnt. Sie lächelte, als Jola hereinkam und sich neben sie setzte.

»Ich hab ihn nicht gefunden«, berichtete sie. »Im Stall ist er nicht, im Haus auch nicht und in seiner Wohnung ist alles dunkel.«

»Ich weiß. Da habe ich auch gerade geklopft.«

»Was meinst du, wo ist er hin?«

Jola überlegte kurz. »In das Geheimversteck unter dem Stall?«

Sie schauten sich an. Dann lehnten sie sich beide zur Seite und guckten um die Ecke, aber der Riegel war nicht in die Öse geschoben, daher konnte auch niemand die Luke geöffnet haben.

»Er kann ja nicht verschwunden sein. Irgendwo wird er schon sein.«

Sie lauschten eine Weile und Katie bewegte stumm die Lippen

und sang lautlos mit. Jola entdeckte Julia in der Menge, sie tanzte und hüpfte mit den anderen Mädchen aus ihrer Reitgruppe. Nur Milla stand ein Stückchen abseits und machte ein stinkiges Gesicht.

»Mann, die war vielleicht sauer.« Katie hatte Milla ebenfalls entdeckt. »Dabei hat sie den Ginstercup gewonnen! Aber alle haben nur nach dir geschaut, und niemand hat so richtig auf sie geachtet, als sie durchs Ziel kam. Der ganze schöne Sieg und niemand kriegt es mit!«

»Dann könnte sie ihren Vater doch überreden, im nächsten Jahr wieder der Sponsor zu sein«, meinte Jola. »Immerhin ist sie jetzt Titelverteidigerin.«

»Wahrscheinlicher ist es, dass wir im Lotto gewinnen und endlich eine richtige Reithalle bauen.«

Jola musste lachen. Ein neuer Song erklang, langsam und schön. Die Melodie kroch ihr unter die Haut, und Jola lauschte eine Weile schweigend, bis Wolkenherz in seiner Box unruhig wurde und den Bann zerstörte.

»Weißt du, was seltsam war?« Jola drehte den Brief zwischen ihren Fingern hin und her. »Heute im Wald. Bevor ich an den Trakehner Graben kam, habe ich gesehen, dass ich stürze und Wolkenherz sich verletzt – es war gruselig, echt! Ich hab dir doch mal erzählt, dass ich … also, dass ich eine Verbindung zu meiner Mutter spüre, wenn ich auf seinem Rücken sitze. Da kommen Erinnerungen hoch, von denen ich gar nichts mehr weiß! Manchmal sehe ich sie auch, ihr Gesicht, ich erinnere mich sogar an ihr Pferd, und … und ich liebte diese Momente, ich brauchte sie so sehr, weißt du? Ich war so klein, als sie aus meinem Leben verschwunden ist. So viel habe ich einfach vergessen. Aber das heute … Ich weiß nicht, Katie, das war – anders! Als ob … als ob es nicht mehr meine Erinnerungen sind, die ich sehe, sondern …«

Langsam wandte Katie den Kopf. »Sondern seine?«

»Vielleicht.«

Katie überlegte einen Moment. »Deine Mutter – sie hatte doch einen Reitunfall, oder?«

Ein kalter Schauer überlief Jolas Rücken und sie schüttelte schnell den Kopf. »Unmöglich. Die Vision hatte nichts mit ihr zu tun, ganz bestimmt nicht!«

Katie sagte nichts, sah sie nur weiter an.

»Kann gar nicht sein! Es war doch – es hat geregnet, deshalb … sie ist … wegen dem nassen Boden …« Jola schluckte und schüttelte wieder den Kopf. »In meiner Vision lag der Wassergraben im hellen Sonnenlicht! Deshalb kam mir das so seltsam vor, weil wir doch mitten im Wald waren und das Wasser eher grün und schummrig aussah.«

»Aha.« Katie blies gegen ihre Locken. Sie schien nicht überzeugt zu sein. »Wer weiß? Vielleicht geht das ja. Dass ihr … na ja … Erinnerungen austauscht. Was hast du da eigentlich in der Hand?«

Jola hörte auf, den Umschlag zu kneten. Langsam klappte sie ihn auf und zog den abgegriffenen Brief heraus. Und dann erzählte sie Katie alles. Von dem Versteck im Stall und der fehlenden Blechdose mit den Stofffetzen darin. Dass sie das Gegenstück zu einem der Fetzen oben auf dem Dachboden gefunden hatte – in der Nähmaschine ihrer Großmutter. Und dass ein Brief darin aufbewahrt worden war, ein Brief, den irgendwer geschrieben, aber nie abgeschickt hatte – und aus genau diesem Brief war Annas Song »Schatten im Wind« entstanden.

»Sie hat die Wörter benutzt und seine Stimmung eingefangen. Und als der Song dann bekannt wurde und Jonas so ein Zeug darüber erfunden hat, von wegen Liebeskummerlied und so, da ist sie ausgeflippt. Zuerst wollte sie hinwerfen und gar nichts mehr damit zu tun haben, aber dann hat sie sich doch für das Lied entschieden. Und jetzt wird es wieder zu einem traurigen Song.«

Katie hatte ihr die ganze Zeit über schweigend zugehört. Ihre Augen glänzten, als würde sie gleich losheulen, aber ihre Stimme war ganz ruhig und gefasst, als sie die Hände nach dem Brief ausstreckte. »Kann ich ihn lesen?«

Jola reichte ihr den Brief und stand auf. Sie stellte sich ganz nach vorn in den Stall, wo sie die Leute sehen konnte, die jetzt wild zu einem schnellen Rocksong hüpften und den Takt mitklatschten. Helen stand seitlich am Rand und hüpfte und klatschte ebenfalls. Ihr Vater hatte sich mit Stefan an den Würstchenstand verdrückt und unterhielt sich leise mit ihm. Von Opa Max hingegen war immer noch nichts zu sehen, aber vielleicht war ihm das Konzert auch einfach zu laut.

Katie kam zu ihr, den gefalteten Brief in den Händen. »Wow.«

»Ja, oder?«

»Anna ist ja drauf! Das hätte ich ihr im Leben nicht zugetraut.«

»Sie hat eben gespürt, welche Kraft in den Zeilen steckt. Traurigkeit ist ein großes Gefühl.«

»Weißt du, woran mich das erinnert?« Katie lächelte. »An dieses Gebet! Du weißt schon, das in meinem Pferd versteckt war. Mein Kinder-Einschlaf-Gebet.«

Jola dachte angestrengt an das Gebet – genau kriegte sie die Zeilen nicht mehr zusammen, aber wenn Katie recht hatte, dann bedeutete das …

Ein kraftvolles Wiehern riss sie aus ihren Gedanken. Wolkenherz polterte gegen die Boxenwand und sie fuhren gleichzeitig herum.

»Mensch, den habe ich ja total vergessen! Wir müssen ihn rauslassen zu den anderen.«

»Nein!« Jola hielt Katie am Arm fest. »Warte. Wenn er so ist, will er nicht zu den Pferden. Dann will er …«

»… zu Opa!«

Sie schauten sich an. Katie holte ein Halfter und Jola griff sich einen Strick vom Haken. Sie öffneten die Box nur einen Spalt weit, damit der tanzende Hengst ihnen nicht entwischte und die Konzertbesucher in Angst und Schrecken versetzte. Katie legte ihm das Halfter an, was nicht leicht war, weil er immer wieder mit dem Kopf schüttelte, und Jola klinkte den Strick hinein. Er war kaum zu bändigen. Katie griff nach dem Strick und schob die Tür auf, aber Wolkenherz bäumte sich einmal kurz auf, riss ihr den Strick aus den Fingern und galoppierte aus dem Stall ins Freie.

»Oh shit«, rief Katie, und sie beide spurteten los.

Es war unmöglich, den Hengst einzufangen oder aufzuhalten! Zum Glück stürmte er nicht in die Menge, und da die meisten Leute zur Bühne sahen und seitlich zum Stall standen, kriegte es auch kaum jemand mit. Wolkenherz stürmte in den Durchgang und verschwand um die Kurve. Sie rannten hinterher.

»Wo will er denn hin?«, keuchte Katie.

»Werden wir gleich sehen!«

Wolkenherz lief auf die Quittenbäume zu und stieg zwischen ihnen in die Höhe. Seine Vorderbeine wirbelten durch die Luft, und er wieherte erneut, so laut, so verzweifelt, dass er sogar die Musik übertönte.

Hier sind wir schon einmal gelandet, dachte Jola. Im Winter, als ich gedacht habe, wir hätten uns im Schneesturm verirrt. Waren seine Erinnerungen schon damals in meinem Kopf?

Und dann sah sie das Glimmen. Es war winzig klein und unscheinbar, aber wenn man es einmal bemerkt hatte, konnte man nicht mehr wegsehen.

Jola ging auf den Schuppen zu. Die Tür stand ein Stückchen offen, gerade so weit, dass die Nase des Traktors herausgucken konnte. Jola sah sich um. Das Glimmen stammte von einer Kerze, die in einem Glas am Boden stand. Und oben, auf dem Fahrersitz, saß jemand im Dunkeln.

»Opa?« Katie schob sich neben Jola und kletterte, ohne zu zögern, zu ihm hinauf. »Was ist mit dir, geht es dir nicht gut?«

Der alte Mann lächelte. »Hallo, Katie! Hallo, Jola. Hallo, Wolkenherz.«

Jola drehte sich um. Der Hengst hatte sich ebenfalls in den Schuppen gedrängt und stand dicht hinter ihr. Er hielt die Ohren fest auf Max gerichtet und brummelte leise.

Katie setzte sich aufrechter hin. »Wie bitte? Du begrüßt ihn? Was ist denn jetzt los?«

»Ich habe es dir doch gesagt«, flüsterte Jola und trat zur Seite, damit Wolkenherz zum Traktor laufen konnte.

»Bist du wirklich auf ihm geritten?«, fragte Katie. »Ich glaub das gar nicht. Du bist doch noch nie auf einem Pferd gesessen!«

»Oh doch«, sagte er. »Aber das ist schon ewig her.«

»Also stimmt es!« Katie starrte ihn ungläubig an. »Warum hast du uns nie erzählt, dass du reiten kannst?«

Der alte Mann streckte die Hände nach Katie aus und sie stieg zu ihm hoch und quetschte sich neben ihn. Er schloss sie in die

Arme und hielt sie so fest, dass Jola fürchtete, er würde sie niemals wieder loslassen.

Auf einmal merkte sie, dass die Musik draußen verstummt war. Nein, nicht ganz – Anna sagte etwas ins Mikro. Jola verstand nicht, was geredet wurde, aber dafür erkannte sie den nächsten Song bereits am ersten Ton. Bitte, dachte sie – und tatsächlich, sie spielten wirklich wieder die alte, traurige Version, die sie so sehr liebte! Unwillkürlich trat sie einen Schritt zurück und schob die Tür auf, ganz weit, damit jeder einzelne Ton zu ihnen hereinkriechen konnte.

Mit dir hab ich die beste Zeit
Du bist zu jedem Scheiß bereit
Mit dir kann ich oft Dinge sehn
Die andre nicht im Traum verstehn
Jetzt kannst du nicht mehr bei mir sein
Ich hoffe, du bist nicht allein –

Du bist das Flüstern im Nebel, das Mondlicht in der Nacht
Ein Umriss im Regen, das Gefühl um Mitternacht
Du bist mein liebstes Geheimnis, wildes Wolkenkind
Silberschwarzes Fernweh – ein Schatten nur im Wind

Mit dir kann ich bis morgen sehn
Und in der Zeit nach Norden gehn
Mit dir lass ich die Leinen los
Wir treiben fort, die Welt ist groß
Und kann ich nicht mehr bei dir sein
Vergiss nicht, du bist nie allein –

Du bist das Flüstern im Nebel, das Mondlicht in der Nacht
Ein Umriss im Regen, das Gefühl um Mitternacht
Du bist mein liebstes Geheimnis, wildes Wolkenkind
Silberschwarzes Fernweh – ein Schatten nur im Wind

Ich kann dich sehn
Kann dich verstehn
Ich bleib bei dir
Du bist in mir.

Als sich der Chorus ein drittes Mal wiederholte, ließ der alte Mann seine Enkelin los und stieg umständlich von dem Traktorsitz herunter. Katie machte ihm Platz, und Jola griff nach dem Kerzenglas und hielt es hoch, damit er sehen konnte, wohin er trat.

Wolkenherz senkte seinen Kopf, doch er wartete ab, bis Max heruntergeklettert und sich aufgerichtet hatte. Max streckte die Hand aus und Wolkenherz legte seine Nase hinein. Im schwachen Schimmer der Kerzenflamme sah Jola, wie sehr seine Hand zitterte.

»Mein silberschwarzer Freund«, murmelte er leise. »Es tut mir so unendlich leid, dass du so lang auf mich warten musstest.«

Lotte
1955

»Und nun mit der Startnummer 27 – Charlotte Neumann auf Wolkenherz!«

Sie atmete tief ein und wieder aus. Der letzte Ritt für heute! Und sie hatte den Sieg so gut wie in der Tasche. Ihr Magen fühlte sich an wie ein Ameisenhaufen, als sie an den Start trabte und den Kopf zum Gruß der Richter senkte. Eine Glocke bimmelte. Sie sah zum Zaun, wo Klaus stand und beide Daumen hob, und sie lächelte und drückte ihre Beine fest gegen den Pferdebauch.

Wolkenherz schoss aus dem Stand los. Der Weg war steinig und führte leicht bergan. Schon ragte vor ihr das erste Hindernis auf, ein dicker Baumstamm, den Wolkenherz mühelos übersprang. Weiter ging es, quer über eine Wiese. Vor dem Waldrand ein Graben, kurz darauf eine Hecke, die versteckt in einer Senke stand. Wolkenherz bewegte sich weich und kraftvoll unter ihr, und sie spürte, wie seine Ruhe auf sie überging.

Wen kümmerte es schon, ob sie siegten – der Tag war ein Traum und Wolkenherz so stark und gesund wie noch nie in seinem Leben! Sein Fell glänzte im Sonnenlicht wie helles Silber und er trug seinen Kopf stolz erhoben, er sah einfach wunderschön aus. Nichts an ihm erinnerte mehr an das verängstigte Gewitterpferd von damals.

Max, dachte sie, und für einen winzigen Moment fiel ein Schatten auf sie beide. Ich wünschte, du könntest uns jetzt sehen.

Vor ihr tauchte das nächste Hindernis aus dem Wald – ein schma-

ler Stamm, je links und rechts auf einem Querbalken gelagert. Es sah nicht schwierig aus, und Wolkenherz galoppierte schneller, um mehr Schwung zu haben. Etwas war mit diesem Hindernis, aber sie war die ganze Zeit so aufgeregt gewesen, dass sie es vergessen hatte. Sie ließ Wolkenherz laufen und sah erst im letzten Moment den Graben unter dem Stamm.

Das war es gewesen – der Trakehner Graben! Sie hatten noch Witze über den Namen dieser Hürde gemacht. Wie hatte sie den Wassergraben vergessen können? Auf einmal wurde ihr schwindlig vor Schreck. Wolkenherz war viel zu schnell! Er steuerte auf einen Steilsprung zu, weil der Graben im toten Winkel lag – er konnte ihn noch gar nicht sehen!

Instinktiv nahm sie die Zügel an. Wolkenherz geriet aus dem Takt, hob verwirrt den Kopf und in dem Moment sah er das Glitzern des Wassers. Sein ganzer Körper schoss herum, bremste, schlitterte und dann geriet er mit einem Huf in den Graben. Es war, als würde ihm jemand die Beine unter dem Körper wegziehen. Wolkenherz schlug hart auf dem Boden auf und etwas Schweres stieß sie von ihm fort.

Sie hörte den Aufprall, bevor sie ihn spürte. Etwas brach und sie fiel – Schmerz riss sie mit sich. Wolkenherz, wo war Wolkenherz? Fiel sie noch immer? Lichtblitze zuckten in ihrem Kopf, sie konnte ihn nicht sehen, nichts mehr sehen, auch nichts fühlen, sie sackte in eine bodenlose Welt ohne Farben, ohne Silberweiß, ohne … alles.

Ein Raunen aus dem Nebel, aus dem Nichts. »Lotte«, flüsterte es. Sie wollte den Kopf drehen und nach der Stimme suchen, aber sie hatte keine Kontrolle mehr über ihren Körper.

»Max«, wisperte sie.

»Verabschiede dich nicht. Bitte, tu das nicht!«

Sie wollte sich nicht verabschieden. Das hatte sie nie gewollt. Aber andere Mächte waren stärker. Sie versank in dem Nebel und dem Nichts und ihre Gedanken hörten auf zu suchen.

»Bring ihn in Sicherheit«, hörte sie ihre Stimme durch den Nebel schweben. »Und pass gut auf ihn auf.«

Dann war alles still.

Schatten im Wind

Der Hengst warf seinen Kopf hoch und galoppierte durch die Nacht. Sein Schweif flog hinter ihm her wie Sternenstaub. Er war groß und stark und frei. So frei, wie man als Geisterpferd eben sein konnte.

Ein bisschen war es wie bei einem Déjà-vu, dachte Jola. Vor nicht allzu langer Zeit bin ich auch mit Katie hier gesessen, und wir haben Wolkenherz zugesehen, wie er unter dem Sternenhimmel herumgerannt ist. Damals wussten wir gerade mal, dass er der Geist aus dem Stall war. Wahnsinn, was seitdem alles passiert ist!

»Jetzt ist er glücklich«, sagte Katie und lächelte. »Schaut ihn euch nur mal an!«

Aber Jola schaute nicht zu dem Hengst, sondern zu Opa Max, der innen am Zaun lehnte und gedankenverloren in die Nacht hinaussah. Wolkenherz war ihm nachgelaufen, als er ihn zur Koppel geführt hatte. Ganz ohne Strick und Halfter. Es war absolut irre, wie deutlich er ihn spüren ließ, dass sie sich kannten – dass sie einmal Freunde gewesen waren.

»Er war nicht immer so weiß.« Jola biss sich auf die Lippe. Sie wollte, musste einfach wissen, was geschehen war – und diese Nacht war perfekt dafür! Nach dem aufregenden Turniertag und dem lauten Konzert (mit seinen fünf Zugaben) senkte sich eine wohltuende Stille über den Hof und die Koppeln. Endlich konnte man wieder seine Gedanken hören und auf seine Gefühle lauschen.

Opa Max schien es auch zu spüren. Er räusperte sich leise. »Als ich ihn kennenlernte, war er drei Jahre alt, und sein Fell war silberschwarz. Wir nannten ihn das Gewitterpferd, denn er war seinem Besitzer in jener Nacht weggelaufen und hatte sich in unserem Haselstrauch verfangen.«

Jola und Katie wechselten einen stummen Blick. Keine von ihnen wagte, etwas zu sagen – sie wollten die Geschichte endlich hören, und wer wusste schon, wie viel Max bereit war preiszugeben?

»Wir lebten …« Er musste sich abermals räuspern. »… wir lebten auf einem Gestüt in Trakehnen. Meine Eltern kümmerten sich um die Nachzucht der Trakehner Pferde. Bei uns lebten über hundert Stuten mit ihren Fohlen, wundervolle, wunderschöne Tiere mit feinem Gespür und tollen Anlagen. Wir bildeten Jungpferde aus, hatten immer auch ein paar Reitwallache bei uns – ja, und eines Tages schenkte mein Vater mir diesen Hengst. Er sollte nur mir gehören, und ich tat alles, um sein bester Freund zu werden.«

Wolkenherz kam in die Mitte der Koppel gelaufen. Er blieb stehen und hob den Kopf, als würde er Max' Worten lauschen.

»Er hat eine Verletzung«, warf Katie ein. »Am Mundwinkel, innen.«

»Die hatte er schon, als er zu uns kam. Wir haben vermutet, dass niemand ihn reiten konnte, weil er sehr kraftvoll und wild war. Sein Besitzer musste in den Krieg ziehen, und so überließ er den Hengst den jungen Reitburschen, die mit ihm hoffnungslos überfordert waren.«

»Was ist passiert?«, flüsterte Jola.

Der Großvater antwortete nicht sofort. Er legte den Kopf in den Nacken und schaute zu den Sternen hoch. Seine Augen flackerten, als würde er jemandem zublinzeln, aber dann schaute er wieder zu Wolkenherz, und Jola hatte das Gefühl, dass er die Geschichte in Wahrheit ihm erzählte.

»Der Krieg ist passiert. Ich war jung, gerade siebzehn Jahre alt. Am Ende nahmen sie uns alle mit. Meine Familie musste fliehen und mit ihnen all die Pferde. Auch Wolkenherz.«

»Du hast sie nie wiedergefunden«, sagte Katie leise. Es war keine Frage – sie wussten das schon aus dem Buch. Und trotzdem tat es weh, Opa Max dabei zuzusehen, wie all seine alten Wunden wieder aufrissen.

»Nein. Nie. Sie haben es nicht geschafft.«

»Die Pferde auch nicht?«

»Vereinzelt tauchte mal eines auf, das ich erkannt habe. Pferde, die sich anderen Trecks angeschlossen hatten oder von irgendwem gefunden wurden. Doch niemand konnte mir etwas über den Verbleib meiner Familie sagen. Oder über ihn.« Er streckte die Hände aus, und Wolkenherz kam zu ihm, so selbstverständlich, als hätten sie sich nie verloren.

»Warum bist du nicht mit ihnen gegangen?«, fragte Katie. »Oder zusammen mit Wolkenherz geflohen?«

»Wir waren im Krieg, Katie. Da konnten wir nicht gehen, wohin wir wollten. Ich hatte meine Truppe verlassen, um meine Familie zu warnen, und als ich zurückkam, fingen mich Soldaten ab. Ich musste in einem Lager arbeiten, viele Jahre lang.« Seine Stimme war so klar und ruhig, als würde er die Geschichte von jemand anders erzählen. Aber Jola spürte, dass er diese Worte zum ersten Mal aussprach – dass sie tief in ihm versteckt gewesen waren, genau wie das Geheimnis um Wolkenherz.

»Und als du wieder nach Hause kommen durftest … da war niemand mehr da?«

»Mein Zuhause war eine Ruine. Ein Ort der Erinnerungen. Ich wollte nirgendwo anders sein und doch konnte ich an dem Ort nicht bleiben. Also bin ich losgezogen, ohne Ziel.« Er streichelte Wolkenherz über die Mähne. »Und hier gelandet.«

»Hast du nach ihm gesucht? Nach Wolkenherz?«

Der Großvater schüttelte den Kopf. »Nein, wie auch. Ich habe nach meiner Familie gesucht. Und … nach … Menschen, die ich kannte.«

»Wahnsinn«, murmelte Katie. »Ihr habt euch in diesem Krieg verloren, und jetzt steht ihr hier und – oh Mann!«

»Er ist weiß«, warf Jola ein und sprang vom Zaun. »Das heißt doch, er muss überlebt haben! Sonst wäre er immer noch silberschwarz. Oder?«

Opa Max wandte ihr den Kopf zu und sah sie aufmerksam an. »Jola«, sagte er langsam, »kannst du mir das erklären? Ich glaube es, aber ich verstehe es nicht. Wie kann er hier sein? Wie ist das nur möglich?«

Jola lächelte. »Dafür gibt es nur eine Erklärung. Als er starb, war er ziemlich alt, dreißig Jahre oder mehr. Die Richterin heute hat es bestätigt! Aber er ist nicht verschwunden, sondern dorthin zurückgekehrt, wo sein Herz wohnte – und das waren Sie! Er ist der Geist vom Ginsterhof, der hier fast fünfzig Jahre lang durch den Stall gespukt hat. Manchmal konnte man ihn sogar sehen – Helen zum Beispiel. Als kleines Kind hat sie immer von einem weißen Pferd geträumt. Und Katie genauso. Als Kinder konnten sie ihn sehen, aber dann wurden sie groß und haben nicht mehr an Geister und Träume geglaubt. Aber er blieb im Stall, die ganze Zeit. Er wäre dortgeblieben, solange Sie leben. Aber dann …«

»… dann kam Jola und Jola ist nicht wie wir!« Katie sprang ebenfalls vom Zaun. »Jola glaubt an Geister. So richtig, wirklich, echt! Das hat genügt, um ihn sichtbar zu machen. Und jetzt – jetzt hat er endlich erreicht, was er wollte! Du und er, ihr seid wieder vereint.«

Opa Max nickte bedächtig mit dem Kopf, aber Jola wurde das Gefühl nicht los, dass seine Geschichte noch nicht zu Ende war.

Aber was, dachte sie, was fehlt? Er hat uns doch alles erzählt!

Fieberhaft dachte sie nach. Wolkenherz hatte Max aufgesucht, weil sie Freunde gewesen waren, Menschen-Pferde-Freunde, aber er hatte danach auch noch ein Leben gehabt, ein Leben ohne Max. Zählte das nicht? Warum war er nicht an diesen Ort zurückgekehrt, warum zu Max?

»Ich kann ihn mir gar nicht anders vorstellen.« Katie trat vor und strich Wolkenherz ebenfalls über das Fell. »Silberschwarz! Bestimmt war er wunderschön, als er noch jung war, oder?«

»Oh ja«, sagte Max. »Er war schön. Und er hatte einen starken Willen. Das war mitunter das Schönste an ihm.«

Silberschwarz, dachte Jola. Fernweh. Mein liebstes Geheimnis.

Sie tastete in ihrer hinteren Hosentasche nach dem Umschlag mit dem Brief, zog ihn heraus und faltete ihn auseinander. Ohne ein Wort reichte sie ihn an Opa Max und sah ihn abwartend an.

Der alte Mann warf einen kurzen Blick auf den Brief und sah überrascht auf. »Woher habt ihr den?«

»Anna hat ihn gefunden«, berichtete Jola. »Vor Ewigkeiten. In einer alten Blechbox.«

Der Großvater strich den Brief glatt und drehte ihn in den Fingern, genau wie Jola vorhin. Er brauchte ihn nicht zu lesen – er wusste schon, was darin stand.

»Danach habe ich gesucht«, sagte er leise.

»Du?« Katie lachte auf. »Nein, oder? Du warst der Eindringling im Geheimkeller? Wir haben dich gehört, wir haben nämlich auf dem Heuboden übernachtet. Das war echt gruselig, wir dachten, du bist ein Einbrecher!«

»Oder ein zweiter Geist.« Jola sah ihn vorsichtig an. »Der Brief – an wen ist er gerichtet?«

Diesmal brauchte Max unzählige Augenblicke, bis er wieder sprach.

Er faltete und entfaltete den Brief, strich darüber, drückte ihn an seine Brust und lehnte sich an Wolkenherz, der wie ein Fels neben ihm stand und ihn stützte.

Schließlich sah er auf und schaute von Jola zu Katie und wieder zurück zu Wolkenherz. »Der Brief ist für ein Mädchen.«

Jola hielt den Atem an, und Katie fragte: »Welches Mädchen?«

Plötzlich schien es, als hätte Opa Max keine Kraft mehr. Er schwankte und musste sich an Wolkenherz' Hals festhalten, um nicht zu fallen.

»Es ist okay«, flüsterte Jola schnell. »Sie müssen nicht darüber reden.«

»Doch«, sagte Max heiser. »Es ist an der Zeit, über sie zu sprechen. Ihr Name … ihr Name war Lotte und sie war die Tochter des Stallmeisters. Ein Mädchen, das immer Stroh im Haar hatte, am liebsten im Stall bei den Pferden schlief und mir heimlich zusah, wenn ich trainierte. Sie hat Wolkenherz gerettet, in jener Gewitternacht. Und sie war es auch, die zuerst sein Vertrauen gewonnen hat, die ihn verstand wie niemand sonst. Sie war sanft und klug – wie er. Ein richtiges Pferdemädchen.«

Katies Mund stand offen. »Aber … warum hast du ihr den Brief nie geschickt?«

Der Großvater schüttelte langsam den Kopf. Seine Augen schimmerten, und sein Blick war so unendlich traurig, dass Jola ihn am liebsten in den Arm geschlossen hätte.

»Sie ist gestorben«, wisperte er tonlos. »Auf der Flucht. Genau wie meine Eltern.«

Wolkenherz trat einen Schritt zurück. Er warf den Kopf hoch und lief ein Stück in die Mitte der Koppel.

»Und wenn …«, begann Jola.

Traute sie sich, ihren Verdacht laut zu sagen? Was, wenn sie unrecht hatte, wenn sie einem alten Mann Hoffnungen machte, die es nicht gab? Würde er das verkraften? Oder machte sie damit seinen Schmerz nur noch schlimmer? Sie schloss die Augen. Oh, wie gern hätte sie jetzt auf Wolkenherz' Rücken gesessen und die Wärme ihrer Mutter gespürt! Sie hätte gewusst, was richtig war. Bestimmt. Mütter wussten so was immer.

Sie machte die Augen wieder auf und sah Max an. »Und wenn sie doch überlebt hat? Wenn Wolkenherz die ganze Zeit über bei ihr war?«

Der alte Mann wich ihrem Blick nicht aus. »Dann hätte ich sie gefunden.«

»Wolkenherz ist auf Turnieren gestartet«, warf Katie aufgeregt ein. »Vielleicht können wir den Reiter finden und ihn fragen? Wie hieß der noch gleich, Jola? Neumüller … Neumaier?«

»Neumann.«

»Lottes Nachname war Thaler«, sagte Max. »Eine Lotte Thaler

tauchte in keiner der Listen auf. Glaubt mir. Ich habe wirklich überall gesucht.«

Katie guckte Jola an und zwinkerte ihr zu. Natürlich, sie würden diesen Reiter trotzdem fragen! Den würde man schon finden, und dann wüssten sie wenigstens, was Wolkenherz erlebt hatte, ehe er zum Geisterpferd wurde, wo er gelebt hatte und alt geworden war.

Ihn müssten wir fragen, dachte Jola, Wolkenherz!

Und da wusste sie, was zu tun war. Wenn es Hoffnung gab, durfte nur er sie wecken! Sie atmete tief durch und ging zu Wolkenherz, der unruhig mit dem Kopf schlug. Langsam ging sie vor ihm in die Hocke. Das hatte doch schon mal geklappt! Würde er sie verstehen? Nein, er lief von ihr weg. Schüttelte weiter den Kopf, als würden unsichtbare Fliegen um sein Gesicht schwirren. Einen Augenblick stand er wie erstarrt, dann stieg er plötzlich auf seine Hinterbeine und stieß ein lautes Wiehern aus. Sie blieb, wo sie war, saß still und breitete ganz leicht die Arme aus. Und da kam er zurück zu ihr, unvermittelt, als hätte er verstanden. Er knickte mit den Vorderbeinen ein und legte sich neben sie.

»Max«, rief Jola.

Katie schaute zweifelnd auf Wolkenherz. »Jola? Was hast du vor?«

»Max«, sagte Jola wieder. »Es gibt eine Möglichkeit. Wenn Sie es zulassen. Er kann … er kann es Ihnen zeigen.«

Katie schüttelte den Kopf. »Jola«, flüsterte sie, »das ist doch völlig verrückt, er kann doch nicht ohne Sattel auf ihm reiten! Hast du vergessen, wie alt er ist?«

»Wolkenherz ist kein gewöhnliches Pferd«, sagte Jola und sah Max tief in die Augen. »Man muss nur daran glauben.«

Der alte Mann zögerte, aber nur einen winzigen Moment. Dann kam er zu ihr und strich über Wolkenherz' Hals. Erstaunlich behände legte er ein Bein über seinen Rücken und griff nach der Mähne. Beinahe sofort stand Wolkenherz auf, so mühelos, als würde Max nichts als Luft wiegen, und setzte sich mit ihm in Bewegung.

»Jola«, keuchte Katie. »Echt jetzt, er kann doch nicht …«

»Ssscht«, machte Jola und lächelte. »Sieh nur!«

Aufrecht und stolz saß der Großvater auf Wolkenherz' Rücken. Unter dem Sternenlicht verschmolzen beide zu einer silberschwarzen Silhouette, und Jola spürte, dass ihr nun doch die Tränen kamen.

Lass es zu, dachte sie die ganze Zeit. Bitte, lass es einfach zu!

Wolkenherz lief ans Ende der Koppel. Dort fiel er in Trab und nur wenige Schritte später galoppierte er. Der Wind fuhr in seine Mähne, und Jola glaubte, ein Flüstern zu hören. Katie griff nach ihrer Hand und drückte ihre Finger, aber Jola hatte keine Angst um Max – er hielt die Augen geschlossen und saß so sicher, als wäre er niemals von Wolkenherz' Rücken gestiegen.

Sie galoppierten um die Wiese und warfen Schatten in den Wind. Auf Opa Max' Gesicht erschien ein Lächeln, und da wusste Jola, dass sie recht gehabt hatte.

Es gab noch Hoffnung.

Sie mussten diese Lotte finden!

Natürlich magellan©

FSC
www.fsc.org
MIX
Papier aus verantwortungsvollen Quellen
FSC® C083411

Wir pflanzen Bäume
Für unsere Umwelt
www.magellanverlag.de

FAIR PRODUZIERT
www.magellanverlag.de

Hergestellt in Deutschland
Gedruckt auf FSC®-Papier
Lösungsmittelfreier Klebstoff
Drucklack auf Wasserbasis

1. Auflage 2021

Dieses Werk wurde vermittelt durch die Literatur Agentur Hanauer
Umschlaggestaltung: Christian Keller
unter Verwendung von Motiven von iStock / mari-art / Ekaterina Romanova
Lektorat: Marion Perko
Druck: CPI, Leck
ISBN 978-3-7348-5412-5

www.magellanverlag.de